Red Label

五木寛之セレクション

HIROYUKI ITSUKI SELECTION II

音楽小説名作集

東京書籍

HIROYUKI ITSUKI SELECTION II

五木寛之セレクション◉目次

装幀　長谷川　理

さらばモスクワ愚連隊

1

ソ連民間航空《アエロフロート》のＴＵ１１４は、雲海の上を粘りづよく飛びつづけていた。ハバロフスク空港を発《た》ってから、もう六時間はたっぷり飛んだだろう。

私にとっては、ついてない空の旅だった。厚い雲海にさえぎられて、シベリアの大地は完全にその顔を隠している。わずかに見えたのは、離陸直後に急上昇する翼をかすめて光ったウスリー江《こう》ぐらいのものだ。

乗客の半数は日本人だった。緑色の軍帽をかぶったソ連の士官や、家族連れのロシア市民たち、それに馬鹿におとなしいアメリカ人の旅行者も数人いた。チェスを指しているのもいたし、酒を飲んでいる男もいた。後席の百キロはありそうなロシア人の女は、爆音に負けない堂々たるいびきを周囲に響かせている。

「ニェート！」

すらりと背の高い赤毛のスチュワーデスがやってきて首をふった。

「ノー・カメラ」

私の前の席でレンズを窓の外に向けていた日本人乗客が、薄笑いを浮べながら8ミリ撮影機をバッグに押しこんだ。スチュワーデスは指先でそのバッグをつまみあげると、ひょいと横の席においた。それから彼女は私のほうにむかって、早口のロシア語で何かしゃべった。

「もういちど、ゆっくりどうぞ」

と、私がお恥ずかしいロシア語でいう。英語なら商売がら、かなりこなせるのだが、ロシア語のほうはそうはいかない。私のロシア語は昔、しばらく同棲《どうせい》していたオリガから習ったものである。白系ロシアの混血娘で、竜土町のロシア料理店で働いていたオリガとは、正式の結婚こそしなかったが、三年も一緒にくらした。もうずっと昔、私がジャズ・ピアニストとしては、まだ食っていけなかった駆けだしの頃のことだ。

オリガはいい女だった。見かけだけじゃなく、気だてのほうもとても良かった。彼女は稼《かせ》ぎのないくせに気位《きぐらい》ばかり高い私が、一般受けしないスタイルの演奏に頑固にしがみついていることに、ちっとも不平をいったりはしなかった。くたくたになるまで働いて帰ってきて、それから私の身の回りの世話をやくのが楽しそうですらあった。掃除もきちんとやり、シーツに上《じょう》手《ず》にアイロンを当て、いつも手づくりの料理を食わせてくれた。しいて彼女の欠点をあげるとすれば、私が疲れていいようがいまいが、ほとんど毎晩のように、あのことを求めたことと、私にロシア語を無理やり教え込もうとしたことだ。

彼女は私と、夜、ベッドの中でロシア語のおしゃべりをすることを好んだ。彼女は自分が生れたというハルビンの街の話を、くり返し私に話してきかせたものである。私はなにかひとつくらいオリガをよろこばせてやりたいという殊勝《しゅしょう》な気持ちから、できるだけロシア語を熱心におぼえようとつとめたものだ。つまらないことで彼女と別れてから、もうかなりたつが、それでもロシア語を聞くと胸の奥がかすかにひきつるような感じがある。私はやはりオリガを本当に好きだったのかもしれない。今ごろになって気がついても、もう取り返しのつかない過ぎ去ったことなのだが。

同じ注意を三度もさせないで欲しいとこの日本人たちに伝えてくれ、とスチュワーデスは私にむかって言った。この人たちは公式代表団員《デリガーツィア》でスチリャーガなんかじゃないんだから。

「スチリャーガというのは何だい？」

と、私はたずねた。彼女は呆《あき》れたように肩をすくめると、そのままいってしまった。

モスクワまで、あと二時間。窓の外はあいかわらず明るいままだ。私はシートを倒し、サングラスをかけて目をつぶる。機体を抜けてくる震動に身をまかせながら、今度のモスクワゆきのことを考えた。

妙な仕事に首を突っ込んだものだ、と私は思う。何しろソ連人民相手にジャズの興行を打とうというんだからな。おかしな話だ。

今度のソヴェート訪問のお膳立《ぜんだ》てをととのえたのは、大学時代の友人である日ソ芸術協会の森島だった。大学の頃、彼は政治活動に熱中していたし、私のほうは何となくその日を送っていた意識の低いジャズフリークの学生だったのだが、彼も私と同じように、授業料が払えず抹《まっ》籍《せき》処分をくらった組である。学校を追い出されると、おたがい、やがてアルバイトがそのまま本職になってしまったのだ。私は知り合いのプロのバンドにもぐり込んで本気でジャズをやりだしたし、彼は労働組合の専従《せんじゅう》とやらに就職した。あれはたぶん、朝鮮戦争が終った翌年ぐらいのことだったように思う。

　それから五年ほどたって私たちは思いがけず再会した。彼は組合問題についての本を書いていると言っていた。そして私は自分のバンドを持って仕事と人気の波に追われていた。しかし、実際にはおたがいに何かしらゆき詰り、精神的に迷っていた時期だったようだ。その時、私たちは歩道の端で立ち話をしただけで別れた。

　それからしばらくして彼は葉書をよこし、組合運動をやめて株屋になったと知らせてきた。私はその返事に、近々自分はピアノを捨てて芸能ブローカーに転向するつもりだと書いてやったのだ。

　事実、それから間もなく私はジャズをやめ、ステージを降りた。そしてあらたに興行関係の仕事を始めた。その仕事は奇妙にうまくいって、三年目には事務所も構え、やがて株式会社・国際プロモーションを設立して代表におさまった。

興行関係の仕事で、私が人びとを驚かせるような成功をおさめたのは、決して仕事に対する熱意や努力のたまものではないだろう。むしろそれと反対のもののためではなかったろうか。ピアノを捨て、ステージを降りたことは、私にとって人生を降りてしまったことと同じだった。当時の私は、すでに失うものを何ひとつ持ってなかったといっていい。今にして思えば怖さを知らぬ投げやりの強気が、私をそこまで押しあげたのである。同業者たちが二の足をふむ危険な企画を、私は醒《さ》めた心で片っぱしから手がけ、そして当てたのだ。

平均年齢六十四歳という絶望的な黒人バンドをニューオリンズから呼んだ時も、そうだった。業界では嘲笑《ちょうしょう》よりむしろ同情の声が聞かれたほどである。だが、私はそれに賭《か》けた。そして、わずかな赤字こそ出したものの、予定通り一カ月の全国巡演を打ちあげたのだ。

その頃の私は、ひょっとすると無意識のうちに破滅を求めていたのではないかと思う。そして興行という仕事に、その自分の行きどころのない苛立《いらだ》ちを賭けていたのではあるまいか。

その後、森島があの葉書をよこしてのち、ふたたび私の前に現われたのは、つい数カ月前のことである。

おたがいに三十代にようやく踏みこんだばかりの年齢だった。そのくせ二人とも、すでに高価なダブルの背広がすっかり身についた感じの男になっていた。彼の名刺には、日ソ芸術協会専務理事という物々《ものもの》しい肩書きまであった。

「お前のことはよく聞いてるよ。外タレの呼び屋としちゃ一流だそうじゃないか」

と森島は私の名刺をひねくり回しながらいった。

「そこで少し頼みがあるんだ。まあ、どこか静かな場所でゆっくり話そう」

彼は私を四谷の古い名の通った料亭へ連れていった。そして、そこで森島はいささか毛色の変った話をもち出したのである。それは私にとって、かなり意外な提案だった。

最近、ソヴェートで日本のジャズ・バンドを呼びたがっているんだが、と彼は切りだしたのだ。

彼の主宰する日ソ芸術協会は昨年設立以来、日本のアーチストをソ連に紹介する仕事をつづけてきたという。古典芸能や民族舞踊、また合唱団などの公演も手がけてソ連各地で非常な好評を博しているのだそうだ。だがソ連側からのジャズ・バンドを送れという今度の注文には正直言って頭を抱えてしまったらしい。なにしろ全く畠《はたけ》ちがいの代物《しろもの》だけに見当がつかなかったのだろう。

そこで、と森島は私を挑《いど》むような微笑で見つめながらいった。

「窓口はおれの協会扱いということで、どうかね」

「実質的なプロモートを頼む、というわけか」

私はぼんやりと庭を眺めながらいった。

「いま即答はできんな」

わかってる、と森島はうなずいて、

「まずこっちの協会の実績や銀行関係を調べたうえで改めてお話をうかがいましょう、というところかね。ま、いいだろう。それがビジネスの常識ってもんだからな」

この野郎、と私は思った。見えすいた挑発《ちょうはつ》だ。私はそしらぬ顔で、有名な興行会社であるNプロやA企画センターには話は持ちこまなかったのか、とたずねた。彼は苦笑して答えた。

「実をいうと、両方とも断られた。それでお前のところへ持ちこんだんだ」

「なるほど」

乗ってやろう、とそのとき私は唐突《とうとつ》に思った。不動産業や学校経営にまで手をひろげ始めているNプロやA企画センターに対する反撥《はんぱつ》も、多少はあったに違いない。その晩、森島と私は少し酒を飲み、競馬の話などをして、別れた。

翌日、私はその仕事を引受ける旨を森島に電話で伝え、数日後に事務所で業務に関する簡単な覚え書を取り交した。そして、森島が帰った後で、私は日ソ芸術協会の信用調査を電話で依頼した。

調査書は三日後に届いた。銀行筋の信用は予想通り、余りかんばしいものではなかった。だが意外だったのは、会長をはじめ役員の重だったポストに五井物産ほか、旧財閥系商社のお偉方が数人顔を連ねていたことである。私は反対の側の革新団体のスポンサーを考えていたのだが。いずれにせよ、それは私にとってはどうでもいいことだった。誰の懐から出ようと金に変りはないのだ。

そしてその後、仕事はかなり順調に進んでいった。送り出すメンバーの編成も、思ったより楽にまとまりそうだった。当然のことだが、不況の波は、本格的なジャズをやっている連中のほうに厳しく押し寄せてきているようだった。実力ではナンバーワンと言われているサックス奏者が自分で売り込みに来たりもした。ビッグ・バンドはテレビの歌謡番組の伴奏で何とか食いつないでいるらしい。だが、自分たちの好きな演奏のスタイルを守りつづけている小さなグループは、かなり無理なエキストラにも顔を出しているらしかった。

　やがて五月の末に急に森島から、いちど現地へいってみてくれ、といってきた。公演は九月だったが六月中にモスクワで打合わせをやって欲しいという話だった。私はレパートリーの決定や構成の面で迷っているところだった。ロシアの聴衆がいったいどんなジャズを聞きたがっているのか、それが知りたいと思っていた。ちょうどいいタイミングだったので、私はそれをＯＫした。

　私は夏休みをかねて、モスクワへいくことにきめた。当の相手であるソ連対外文化交流委員会と、日本大使館の担当者との意見調整を終えれば、十日余りの休暇が楽しめる。帰りはコペンハーゲンへ回って、ＳＡＳで東京へ直行すればいい。そんなわけで山積みしたスケジュールを強引に整理してしまうと、私は六月十日横浜発のソ連船舶公団船バイカル号で、ナホトカへ向け出発したのだ。ナホトカからハバロフスクへは鉄道で、そこからＴＵ１１４で一気にシベリアを越えるというコースに私は惹《ひ》かれたのだった。

ロシア語のアナウンス。つづいて訛《なま》りの強い英語のアナウンスが響いた。間もなくモスクワ上空へ到着だ。禁煙の赤ランプがつく。

私は体をおこして窓の外を眺めた。巨大なエンジンを抱えた主翼の先が、不意に激しくしなうのが見える。八個の逆回転するダブル・ターボ・エンジンは、快調なテンポで迫力のあるジャム・セッションをやっていた。他の乗客たちにとっては、それはただの騒音にすぎまい。だが、その轟音《ごうおん》が時おり微妙に音階《キー》を変え、転調するのが私にはわかる。

機体を抜けてくるその爆音に耳を傾けているうちに、なぜか重苦しい不安が心の隅で魚の尾びれのように動いたのを、私は感じた。いやだな、と私は思った。それは覚えのある不吉な予感だった。こんなふうになると、ろくなことはない。

不意に機体がゆれた。激しくしなう翼の先に、厚い陰惨な雲の壁が迫って見えた。ＴＵ１１４は、その暗い壁に正面から突っこんでいこうとしていた。その時、さっきの予感が的中した。深い所に閉じこめておいたはずのピアノの音が、噴水のように目の前にふきあげてきた。

それは突然、何かの拍子に引きおこされる激しい鬱状態のイントロだった。私がステージを降りてから、年に一度か二度、こいつがやってくる。私にはその病気の原因も治療法も判っていた。必要なのは音だった。

靴先で軽く床をたたく出の合図。さり気ない導入部《イントロ》の数小節。滑りこんでくるクラリネットとトランペットの同調《ユニゾン》の合奏《コーラス》。そして、思わず声をかけずにはいられない感動的な独奏《ソロ》の受渡し。心臓の鼓動をおもわせるベースの底深い唸《うな》りと、旋律の流れを鋼鉄のタガのように締めあげるドラムのリズム。しだいに熱く、さらに激しくふくれあがる血管。それが今にも破れようとする瞬間、一斉に吹きあげる最後の合奏《コーラス》。ため息のような終結部《エンディング》のあと、一瞬の間《ま》をおいてあふれだす客席の興奮。したたる汗と仲間同士の目くばせ。微笑と、爽やかな疲労。

　だが、それはもはや私が再び帰ってゆくことのできない過去の世界だった。私が一言《ひとこと》、入れてくれ、と言えば昔の仲間はいつだって喜んで弾かせてくれただろう。だが、私にはそれはできなかった。私はジャズを愛し過ぎているのだった。かつて私がつくりだした、あの自分で納得のいくブルースの音を、私の指はもう弾くことができない。私に本当のジャズを弾かせた何かが、今は私の中から失われてしまっているのだった。五年前のあの夏のおわりに、何かがこわれ、気がついた時にはすっかり錆《さ》びついていたのだ。それに気づいた時、私は人生を降りた気でステージを降りたのである。

　録音の終ったスタジオで、私がピアノをやめてビジネスマンに転向すると突然宣言した時、メンバーは皆、黙って楽器をいじっているだけだった。連中は私と同じようにジャズを愛していた。そして私の決心の背後にあるものを、彼ら全部が感じ取っていたのだろう。私は仲間が口先だけの止めだてをしないことが嬉しかった。正直にいって誰か一言《ひとこと》ぐらい反対するのではないか、とは思ってはいた。だが誰も何もいわなかった。それだけにある意味でつらい嬉しさだったと言いなおすべきだろう。

私は当時注目され始めていた新人を後釜《あとがま》にすえることを皆にすすめたが、それだけは誰にも受入れられなかった。彼らは当時、かなり売りこんでいた私たちのバンド、〈ブルー・デュークス〉を解散し、ちりぢりに他のバンドへ移っていったのだ。連中は私の退職金がわりに、彼らとファンたちが愛していたバンドの名前を私に贈ってくれた。〈ブルー・デュークス〉。一文にもならない代物《しろもの》だったが、私にとっては何物にもかえ難い大切な記念品である。

その夏の最後のステージを終えたあと、私たちは人気《ひとけ》のない客席に降りて、清酒とスルメで一杯やり、聴き手のいない演奏を一曲やって別れた。黒人の弔《とむら》いの行進をまねて、ブルースをやりながら、一人ずつステージから消えていった。皆の姿が消えると、私はピアノのふたをしめ、管理人に挨拶して最後に建物を出たのだった。

機体が傾いた。エンジンの音が急に力を失った。短い衝撃と数回のバウンド。どこかでコップの割れる音がした。女の悲鳴と、早口のアナウンス。ＴＵ１１４は、百七十人の乗客をのせ、七千キロを飛んで、今モスクワに着いたのだ。

空港の待合所の前には国営旅行社《インツーリスト》のマイクロバスが私たちをまっていた。ドモヂェードヴォという名のこの空港は、最近モスクワに出来た四番目の空港で、ソ連最大のものだという話だった。まだ拡張中らしく、ブルドーザーがまるで巨大なバリカンのように、見事な白樺《しらかば》の原生林を切り開いていく。滑走路のそばに数頭の牛がねそべっているのが見えた。

バスは時速百キロは出てるだろうと思われるスピードで、白樺林の中の直線道路を走り続けた。しばらくすると、お伽《とぎ》の塔のような奇妙な高層ビルと灰色の市街が見えてきた。モスクワの街は雨だった。六月の半ばというのに、まだ肌寒い感じなのだ。

国営旅行社が私に割当てたのは、ホテル・ナショナルというおそろしく古風なホテルだった。広場をへだてて歴史博物館の真赤《まつか》な建物があった。その背後、右手にクレムリンの胸壁《きようへき》と高い塔が見えた。

私が通されたのは、天井の高い、清潔だが殺風景なツインの部屋である。三食付き一日十四ドルのペンション・クラスとしては、まあまあのところだろう。

少し疲れていた。靴のままベッドにひっくり返っていると、突然、机の上で電話が鳴った。受話器をとりあげると、歯切れのいい日本語が響いてきた。

「北見さんでいらっしゃいますね。こちら大使館の白瀬ですが」

「はあ。これはどうも」

と私は間の抜けた返事をした。白瀬という大使館員のことについては出発前に森島から聞いていた。今度の仕事の面倒を見てくれる大事な人物だという話だった。それにしても、着く早々、向こうから電話をくれるとは意外だった。白瀬のことを、エリートコースを突っ走っている典型的な外務官僚、と聞かされていただけになおさらだった。お前があの男と喧嘩《けんか》さえしなければ仕事は九分通り成功なんだがと、森島は船が出るまでくり返し私に念を押したものである。私はできるだけ丁重にいった。

「いま着いたところです。明日でも早速大使館のほうへご連絡いたすつもりでいたのですが。恐縮です」

「仕事のほうは明日でも結構です。ところで今夜のご予定は？　もし差しつかえなければ、これからどこかで一杯やりませんか。でも、お疲れかな？」

「大丈夫です。お供《とも》しましょう」

九時に一階のロビーで会う約束をして、私は電話を切った。飛行機の中で感じたあの重苦しい気分は幾分おさまっていた。私はシャツを着かえ、濃紺の背広を出してハンガーにかけ、急いでひげを剃《そ》りにかかった。

約束の時間の十分前に私は部屋を出て一階へ降りていった。

白瀬は九時五分前に現われた。長身で、浅黒い皮膚をした切れものらしい青年だった。彼はロビーを落着いた足どりで横切ってきた。

「北見さんですね」

彼は少し離れて立ち止り、私の全身を首をかしげるようにして眺めた。

「よくいらっしゃいました。お会いできて嬉しいです」

翻訳調のそんな挨拶が、不思議に温かい感じで私の耳に響いた。彼は眼鏡の奥から、古い友人を見るような目で私を眺めていた。

型通り名刺の交換をすませて、私たちは外へ出た。そして、すぐ近くの別なホテルへ向かって広場を横切っていった。外交官や特派記者などが集まる外国人専用の酒場へ行こうという白瀬に、バンドの入っているクラブが見たいと私が頼んだのだ。

そのモスクワのレストランは今が最も混《こ》み合う時間らしかった。客のざわめきと煙草の煙。何か酸っぱい匂いと、音楽と、給仕たちの叫び声。フロアでは鉤鼻《かぎつぱな》の老人が色白の少女を抱いて踊っている。それを見おろしている天井や柱の、時代がかった彫像たち。

「食事は飛行機でおすみでしょうからコニャックでも飲みますか」

と白瀬が給仕に指を鳴らしながらいった。

「東京から見えた方は、たいていエレバンのコニャックとキャビアを注文なさるようですがね」

「ぼくはビールにしてください。キャビアも苦手なんですが。食べ慣れないもので」

「ロシアじゃ普通のイクラのことを〈赤いイクラ《クラースナヤ・イクラ》〉、キャビアのことを〈黒いイクラ《チョールナヤ・イクラ》〉というんです」

白瀬はチェコのビールと鮭《さけ》のイクラをウエイターに注文し、さらに牛肉の煮こごりと赤カブの酢漬けを追加した。少し気障《きざ》っぽいほど鮮かなロシア語だった。

彫刻で飾られた古い額縁《がくぶち》のようなステージで新しい曲がはじまった。人気のある曲らしく部屋のあちこちで拍手がおこった。演奏しているのは、八人編成の女ばかりのバンドだった。ドタドタドタと草競馬の調教みたいなドラムが鳴る。スティックが爪楊子《つまようじ》くらいに見えるヘビー級の女丈夫《じょじょうふ》だ。眼鏡をかけた猫背の女は、ショパンでも弾くような手つきでピアノをまさぐっていた。ヴァイオリンが二人、自分の番がくるのを真剣な顔で譜面を睨《にら》んで待っている。曲そのものは明らかにジャズだった。辛子《からし》の代りに蜂蜜《はちみつ》をぬったホットドッグみたいな演奏だが、それはそれでまた楽しくないことはなかった。

白瀬が靴先で軽くシンコペイションのリズムを取っていた。私が微笑すると、彼はあわてて脚を引っこめ、赤くなって少しどもりながらいった。

「専門家のあなたから見れば、こんなものはさぞひどい演奏でしょうね」

「そんなことはないですよ」

と私はいった。私はこの有能な二等書記官が、何となく少し好きになりかけていた。

「これはこれでスラブ風のフィーリングがあって面白いじゃありませんか。ビールもうまいですね」

「今夜は運よくピルゼンのビールを持ってきたようです」

バンドは〈マイアミ・ビーチ・ルンバ〉をやりだした。どう聴いても陽気なラテン音楽には聴こえなかった。シベリアの森林伐採でもやっているような重厚な演奏である。

「ところで、日ソ芸術協会と五井物産とはどんな関係があるんでしょう。よかったらお話ねがえませんか」

煙草に火をつけながら私はきいた。白瀬は金紅色の美しいイクラを黒パンに載せて口に運びながら、私の顔をじっと見つめた。

「わたしはまた、森島氏から万事お聞きの上でいらしたんだとばかり思ってましたよ」

と彼はいった。そして続けた。

「つまり、こういうことです。日本の財界が、最近の雪どけムードにともなう日ソ間の通商拡大に非常な期待をよせていることはご存じでしょうね。いずれきっと将来問題となってくるシベリア開発を当てこんでいるわけです。そこで大きな商社間では競争で対ソ接近工作が展開されることになる。だが相手は韓国やインドネシアとは違うし、またアメリカへの遠慮もあるというわけでね。あまり露骨な接近策もとれない。そこで直接的でない文化的な交流活動が必要になってくるのです」

五井物産の老会長や社長らは、日ソ芸術交流の推進者としてもソ連政府側に知られているのだ、と白瀬は説明した。彼らは財界人としてではなく日ソ芸術協会の役員として度々訪ソし、また、ソ連要人の訪日に際しては彼らを協会の名で招いて個人的な親交を深めている、というのである。白瀬はその事実を冷静な口調でいくつかの例を引いて私に教えた。

「ライバルの三洋商事でも、今になって五井物産の深謀遠慮に気づいてあわててるようですな」

「つまり、ソ連の要人と日本の財界人の間を取りもつのが、森島とあなたというわけですか」

と私は二等書記官を眺めながら醒《さ》めた気分で言った。

「そしてぼくはその使い走りってわけか」

「わたしは本省の出先の人間ですよ。その問題に関して別にこれという個人的な見解はありませんね」

白瀬は素早く役人の声に返って言った。

「明朝十時に大使館へお出ましになってください」

私たちは立ちあがり、彼が勘定を済ませて外へ出た。白瀬はタクシーを拾い、私は歩いてホテルへ帰った。

部屋にもどって窓を開けると、夜の空にニコリスカヤ塔の赤い星が、異様な大きさで輝いていた。その下にクレムリンが暗く重く横たわっている。どこかでライラックの強い匂いがした。再びあのやりきれない憂鬱がゆらりと頭をもたげるのを、私は感じた。

2

つぎの日の朝、六時に目を覚ました。二階のレストランで朝食を食いながら、同じテーブルに坐ったアメリカ人旅行者と少しおしゃべりをした。それは灰色の目をした見事な体格の青年でサンフランシスコの大学生だという。フットボールの選手かね、とたずねたら、環境衛生を専攻していると答えた。

レーニン廟《びょう》は見たか、ときくので、余り興味がないのだ、と私が言うと、彼はヒューと口笛を吹いて体を乗りだした。

「あれは絶対に見るべきだよ。とにかくあそこに立ってる衛兵ときたら、何しろ十分間というものまばたき一つしないんだぜ。おれはたまげたよ。正確に十分間だぜ」

「ほんとかね」

「ほんとだとも。おれは医学の本で読んだんだ。通常人間は一分間に平均十二、三回まばたきをするはずなんだよ」

食後のワルシャワ風コーヒーを飲み終えて散歩に出かけた。気持ちのいい天気だった。ボリショイ劇場の前まで歩くと、肌がじっとりと汗ばんでくる。

広場でマルクスの石像をぼんやり眺めている時、妙な少年がこちらをじっとうかがっているのに気づいた。破れたGパンに派手なチェックのシャツ。リーゼント風になでつけた髪と、踵《かかと》の高めの靴がひどく目立っている。一面にそばかすだらけの顔には、まだ幼い表情が残っていた。たぶん十七か八ぐらいの年齢だろう。

私が彼を見つめると、相手はちょっとちゅうちょしたあげく、思い切ったように近づいてきた。

「日本人の旅行者ですね？」

と下手な英語で少年はしゃべりかけた。

「少しお話があるんですが」

「カメラは持ってない。時計もこれ一つきりだ。ドルは売らないよ」

おれも意地の悪い男だ、と思いながら私は少年に言った。

「きみのいう話というのは、たぶん個人的なビジネスのことだろう、え？」

「ぼくは闇ドル買いじゃない！」

そばかすだらけの顔にさっと血の色がさした。

「ぼくは、ただ――」

「ただ、何かね？」

「つまりレコードとか車のカタログとか、ラジオとか、ぼくはそんなものが欲しいだけなんだ」

少年は声こそ低かったが大そうな見幕で私に食ってかかった。

「だが、ロシア人がそんな物に不自由してるなんて思うなよ。グムに行きゃ何だって買えるんだ。そうだとも！」

「じゃ、なぜ外国人のものを欲しがる？」

「おれたちは自分の好みに合った品物が欲しいだけさ。その、何とゆうか――」

「わかったよ」

と私は彼をなだめるようにうなずいてやった。子供をからかうのは良くないことだと反省したのだった。

「きみの考えてることはわかった。どうかね、そのへんのベンチで少し話そうじゃないか」

少年は首をふってウインクをして見せた。

「だめだ。俺をつけてるイヌがあそこにいるんだよ。目立っちゃまずい。後で他の場所でもう一度会うほうがいいんだけど」

八時過ぎならいい、と私は言った。

「ＯＫ、じゃ今夜八時に。場所はプーシキン広場の銅像の前だ。ゴーリキー通りを行けばすぐわかるよ。おれの名前はミーシャだ」

少年はポケットに手を突っこんで跳ねるように素早く人混みの中へ消えてしまった。おかしな少年だ、と、私は思った。

私が歩きだそうとすると、今度は別な人物が私の前に現われた。灰色のシャツに紺の背広をきちんと着た二十歳ほどの青年だった。彼は行儀のいい英語で私に話しかけた。

「失礼ですが外国の旅行者のかたですね」

「何かご用ですか？」

と私は相手を観察しながら答えた。青年は文法通りの英語をしゃべろうと固くなっているようだった。厚い本を裸のまま抱えている。ズボンの膝《ひざ》のあたりは光っていて、靴もかなり傷んだのを大事に使っているらしかった。全体に粗末ななりだが、どこか折目正しい雰囲気《ふんいき》を身につけている若者だった。彼は聡明そうな色白の額に乱れた金髪がかかるのを指でかきあげながらしゃべりだした。

「さっきの少年は何か失礼なことを申しあげなかったでしょうか、あなたに」

「いいえ、別に。でも、なぜです？」

「ぼくらはああいった連中をソヴェート社会の恥だと思っています。労働や勉強から逃げだして、外国人に闇商売をもちかけては問題をおこすスチリャーガです。それにあんな恰好で」

「あんな恰好って？　ジーンズのこと？」

「西欧やアメリカの悪い影響を受けてるんです。そう思いませんか？」

「どうかな。ぼくもあの年頃にはあんなふうでしたよ。いや、もっとひどかったかな」

　青年は驚いたように私を眺め、そして学校の教師が生徒に教えるような口調で言った。

「とにかく、あの少年には近づかないでください。そのほうがあなたのためにもいいのです」

「ありがとう。だが自分のことは自分で決めるよ」

　と私は言った。

「ほら、あのポスターにも書いてあるじゃないか。ベトナムのことはベトナム人にまかせろって」

　青年は急に元気がなくなってうつむいた。それから、そのまま立ち去りかけて、再び戻ってきた。

「ぼくがお願いするのは、実は彼自身のためなんです」

小さな声で彼は続けた。

「あの少年はすでに二回も地区の未成年問題委員会の処分を受けています。こんど摘発されたら間違いなくトルーダヴァヤ・カローニアへ送られるでしょう。おわかりですか？　このロシア語が」

強制収容所《ラーゲリ》のことか、と私はきいた。

「そうじゃありません。非行少年たちを労働によって更生させる機関です」

なるほど、と私はうなずいた。つまり練鑑《ねりかん》のことか。私も一度その門口《かどぐち》までいきかけた時代があったのだ。

「一体あなたはどういう立場のかたなんです？」

と私はたずねた。彼は顔をあげて答えた。

「失礼しました。ぼくはモスクワ大学の学生でユーリイ・ペトローヴィチ・マカーロフといいます。もちろん青年共産同盟《コムソモール》員ですが」

「そいつは凄《すご》い。ところで、あの少年とあなたはどんな関係がおありなんです？」

青年のこめかみがピクリと動いた。彼はなぜかひどく狼狽《ろうばい》したようだった。

「あのミーシャを、いや、あの少年をよく知っている者です」

「それはご心配でしょうな」

と私はわれながら厭味《いやみ》な言いかたをして、彼の肩をたたいた。

「あなたの忠告はおぼえておきますよ、ユーリイ・ペトローヴィチ。また会いましょう」

青年共産同盟員は黙ってうなずいた。私はホテルのほうへ、ゆっくり歩いていった。


部屋へ帰って服を着かえ、タクシーで日本大使館へ時間通りに出頭した。

受付で名前を名乗ると、白瀬二等書記官が二階から降りてきて、私に会釈した。今日はとり澄ました役人の顔だった。

「早速まいりましょう。車を待たせてありますから」

表に黒いベンツが止っていた。白瀬は私に運転手の隣りに坐るようにすすめていった。

「この国じゃ助手席がどういうわけか好まれておりましてね。タクシーでもよく客はそこに坐るんですよ。時どき立腹なさる代議士先生がたもおられます、それをご存じなくて」

車は走り出したかと思うと、すぐ止った。目の前に奇妙な建物がそびえていた。入口から壁、窓、屋根と、手のこんだ装飾がちりばめてある。かつて、豪商モロゾフが建てさせた邸で今は対外団体の事務所に使われているのだ、と白瀬が説明した。

内部は薄暗く、ひんやりと涼しかった。私たちは、これもロシア貴族の物語にでも出てきそうな応接間に通された。部屋の隅の黒いピアノに見とれていると、白瀬が立ちあがって私をこづいた。

若い男を従えて、背の高い中年の男が足早にはいってきた。白瀬がロシア語で私を紹介した。相手は日本語とロシア語で印刷した名刺を取り出して私に突きつけた。ソ連対外文化交流委員会第三部長、ヴェ・ゲー・ダンチェンコ。登山靴の踵のようにがっしりと張った意志的な顎《あご》と、厚い胸。耳の穴に褐色の剛毛が密生している。彼はバリトン・サックスみたいに底力のある声で、よくいらした、お坐りなさい、という。それから剃刀《かみそり》傷のある頬をなでながら、フランス語をしゃべるか、と私にきいた。

「いいえ。英語とロシア語を少し」

「よろしい。それでは英語で打合わせをやりましょう」

ダンチェンコ部長のいう打合わせとは、つまり演説のことだった。えんえんと続くバリトンのソロだ。最初のうち、ええとか、なるほどとか相づちを打っていたが、途中からうなずくだけに切りかえた。三十分たって、話が日ソ文化交流の意義にさしかかってからは、それもやめにした。

しばらくたって、ふっとわれに返ると、第三部長は口をつぐんで、じっとこちらを見つめていた。

「まったく同感です」

と、あわてて私はうなずいてみせた。

「ふむ。よろしい。ではこのへんで」

立ちあがりながら彼は言った。

「今回はきわめて有効な打合わせができたと信じます」

「ちょっとお待ちください」

私はテーブルの脚に膝をぶっつけながら立ちあがって、彼を押しとどめると言った。

「大変有意義なお話でした。私もまったく同感です。ところで、部長にもうひとつふたつ、おうかがいしたいことがあるんですが――」

「おっしゃってください」

「つまり、私が知りたいのは、部長、あなたがたがどのようなスタイルのジャズ・バンドを求めておられるか、ということなんです」

ダンチェンコ氏は坐り直して私を眺めた。私は演説にならぬよう気を配りながら、私の言いたいことを簡単な英語で説明した。

ジャズと一口に言っても、それはきわめて広い分野であること。たとえばポピュラーなダンス音楽から前衛ジャズまで、また小編成のものからシンフォニックなジャズ・オーケストラまで、その他様々なスタイルが含まれること。

また私は公演の進行責任者として、編成、選曲から構成まで配慮しなければならない立場にあること。私としてはジャズの発生から成長、現代にいたるまでの歴史的展望を三部に分けて構成したいと考えていること。また日ソ芸術協会の意向をくんで日本のオリジナル曲やロシア民謡をジャズに編曲したものもつけ加えるつもりであること。

「つまり、こうした全《すべ》てのことに関して、私はあなたがた受入れ側の率直なご意見や希望をうかがいたいのです。私がやってきたのはそのためじゃなかったのでしょうか」

　第三部長は、私の気持ちが判らないというふうに肩をすくめ腕を拡げた。

「ジャズはジャズです。それだけのことです。あなたは日本からジャズを演奏するバンドを連れてくればいいんです。そうじゃないんですか？　え？」

　おや、と私は思った。この男、良いことを言うじゃないか。だが、それは私の買いかぶりだったようだ。彼は言葉をつづけた。

「何も考え過ぎることはありません。これがまともな音楽でも呼ぼうというんなら話は別ですがね」

「ジャズはまともな音楽じゃないとおっしゃるんですか？」

「何といいますかね。つまり、簡単に言いますとそれは娯楽の一種だということです」

「それはそうでしょう。でも――」

　と私は食いついてみた。

「ソ連ではサーカスやボードビルの人たちを人民芸術家と呼ぶそうじゃありませんか」

「その通り。あれは人民を楽しませ、明日への労働意欲を高めるものです。ですが、娯楽には変りありません。そこでエストラーダ芸術とそれは呼ばれています。エストラーダ劇場で公演しますし、全ソ・エストラーダ芸術コンクールという催しも行なわれています。だがそれは交響楽団や国立バレエなどとは、別な世界のものですよ。ジャズは娯楽的音楽であって、芸術的音楽とは違うものです。あなた、ボリショイ劇場でジャズをやるなんてことが考えられますか？」

「考えられますね」

と私は言った。私は不意に、コップの中に拡がるインクのようにどす黒い憂鬱が心にあふれだすのを感じた。私はダンチェンコ部長の顔を正面から見すえて言った。

「あなたのおっしゃる芸術的音楽とは、一体どんなものです？　よろしかったら私によく判るようにご説明いただきたいものですな」

第三部長の真黒な眉がぴくりと動いた。背中のほうで白瀬が唾を飲みこむ音がした。私はダンチェンコ部長の強く輝く目から視線をそらさなかった。

「よろしい」

ダンチェンコ部長が立ちあがった。椅子が音をたててうしろへ倒れた。彼は大股《おおまた》で部屋の隅へ歩いて行き、ピアノの前に坐った。私はあっけにとられて、そのたくましい背中を眺めた。秘書らしい若い男が、首をかしげてかすかに微笑した。白瀬は体を乗りだすようにして部長のほうをみつめていた。

軽い、濁りのない旋律が流れだした。第三部長の骨太な指が、不思議なほどの優雅さで鍵盤《けんばん》の上にひらめくと、ふくらみのあるフレイズが響きあい交錯しあって立ち昇った。弾ける、と私は思った。飾り気のないタッチだったが確かにうまいピアノだった。暗譜で楽々と弾いている。手なれた曲だ、と私は感じた。だが、怖くはなかった。うまいピアノだが、それだけだ。

　ちょっとした聞かせ場所をさりげなく弾いて、ダンチェンコ氏は立ちあがった。彼は自信たっぷりに微笑していた。

「この曲は、ご存じですかな？」

「ええ聞いたことはあります」

「ラフマニノフですね」

　と白瀬が横から口をはさんだ。イエス、と部長はうなずいた。

「これが本当の音楽です。芸術です」

　第三部長は、テーブルを軽く指で叩いて言った。

「ジャズはこれとは全く違ったものです」

　その時、私を椅子から立ちあがらせたものは何だったろう。気がついた時には、私はもうピアノの前に坐って、〈ストレインジ・フルーツ〉をイントロなしで弾きだしていた。

　私刑《リンチ》にあった黒人が、丘の上の木にぶら下っている。たそがれの逆光の中に、風に吹かれて揺れている首の伸びたシルエット。それは、まったく哀れで滑稽な「奇妙な果実《ストレインジ・フルーツ》」だ。その時、私はなぜか引揚船の甲板から見た、赤茶けた朝鮮半島の禿《は》げ山のことを思い出した。ほこりっぽい田舎道と、錆《さ》びたリヤカーのきしむ音がきこえてきた。十三歳の夏の日。

どんなテンポで弾こうとか、どのへんを聞かせてやろうとか、そんなことは全く頭に浮んでこなかった。音を探そうとあがくこともなかった。音楽は向こうからひとりでにやってきた。私の指が、おずおずとそれをなで回すだけだ。私は確かにブルースを弾いていた。背筋に冷たい刃物を当てられたようなふるえがくる。時間の裂け目を、過去が飛びこえて流れこんできた。ピアノは私の肉体の一部のように歌っていた。五年前に私が失った音が今そこに響いている。

いつ弾き終えたのか、私は強い疲労を感じながら鍵盤の上の自分の指を、ぼんやり見つめていた。部屋はしんと静かで、窓から射しこむ日光が床に幾筋か縞模様を作って揺れていた。

「それは何という曲ですか？」

ややあって、背後でダンチェンコ部長のくぐもった声がした。

「黒人のブルースです」

と私は言った。

「これは何でしょう。芸術的音楽でしょうか、それともボリショイ劇場ではやることのできない単なる娯楽的音楽でしょうか」

私は振り返って部長を眺めた。そして、この頑強な男の目から涙がこぼれ落ちそうになっているのを見てひどく驚いた。彼はあきらかに感動を押さえかねていた。

「それはジャズの一種ですね」

と彼はハンカチを取りだしながらきいた。

「そうです」

と、私はうなずいた。ダンチェンコ部長はハンカチをしまうと無言でドアに歩みより、ちょっとの間こちらに背を向けたまま、無言でじっと立っていた。だがやがて、しゃんと背筋をのばすと、部屋を出て行きながら振り返って言った。

「それはやはり娯楽的音楽です。では、また」

部長が部屋に残していった若い男と、会場、日程、その他二、三の手続上の問題を打合わせて私たちはそこを出た。

正午を少し過ぎていた。白瀬が自分のアパートへいらっしゃいませんか、と私を誘った。細君が娘を連れてストックホルムへ買出しに出かけたので目下やもめ暮しだという。彼が余り熱心にすすめるので私は招待に応ずることにした。私はこの男がわからなくなってきた。尊大な官僚と、素朴な青年の二つの仮面を交互に付けかえている感じなのである。

私を部屋に連れていくと、彼は上衣《うわぎ》の上からエプロンをかけて、飯をたき味噌汁を作りにかかった。

食事をすませ、緑茶を飲み、じゅうたんの上に寝そべって煙草をふかしている時、白瀬が一枚のレコードを持ってきた。

「是非お聞かせしたい盤がありましてね」

彼はレコードをプレイヤーに乗せ、私の顔を楽しそうに眺めた。床においたスピーカーの中で、ピアノが鳴った。出だしの短調《マイナー》のコードを聞いた瞬間、私にはそれが自分の演奏であることがわかった。

「これを聞かせるためにわたしを連れてきたんですね」

と私は言った。

「それ、やめてくれませんか。あなたも意地の悪い人だな」

白瀬は、おとなしくレコードを止めた。

私の横に並んで寝転びながら、彼は煙草に火をつけてしゃべりだした。

「実を申しますとね、わたしは学生時代に、大変なあなたのファンだったんですよ」

「東大受験にはじまって外交官試験におわる青春。そんなサブタイトルをつけたくなるような学生時代でしてね。登山もスキーも、ダンスもヨットも、全く関係なし。もちろん恋愛や学生運動も敬遠しました。わたしは天才じゃなくて地方出身のありふれた秀才にすぎませんでしたからね。だけど、たったひとつ、誰も知らないわたしの道楽があったんです。何だと思います？」

「さあ」

「それはね、深夜放送の受験講座と宗教番組にはさまれた、十分間のあなたの音楽番組だったんですよ。あの頃は今みたいに深夜のディスク・ジョッキーなんてほとんどありませんでしたよね。夜中に下宿の部屋で、その時間になると本を閉じてイヤホーンを耳に差しこむんです。まあ、センチな言いかたですが、それだけがわたしの青春だったといえるかもしれません」

「ブルースの誕生」

と私が言った。

「あれは悪くない番組でしたね。自分で言うのも変だけど」

それはほとんどノー・ギャラにひとしい仕事だったが、確かに良い番組だった。予算を持たないラジオ・プロデューサーの情熱に負けて、私は四年間も身銭《みぜに》を切りながら生《なま》の演奏を続けたのだ。

「なぜピアノをおやめになったんです？」

彼が突然言った。きっときかれるに違いないと思っていた、いやな質問だった。

「別に。正直いって弾けなくなったんですよ、ブルースが」

「なぜでしょう？」

「さあね。たぶん世の中が、いやわたしの生活が変ってしまったからでしょうね。気障《きざ》な言い方で照れ臭いけど、つまり、ブルースの音を生みだす何かが消えてしまった、ということです。気づいた時はもう駄目だった」

私たちのバンドは何でも演奏した。ディキシーだ、ソウルだ、前衛だと、うるさい連中からはそんな行きかたが、どうにも我慢がならないらしく、いつも手ひどく攻撃されたものである。

私たちのバンドは放送のBG音楽もやったし、コマーシャルもやった。注文があれば映画主題歌や民謡をジャズに編曲して演奏もした。だが、周囲から攻撃や批判はされても、馬鹿にはされなかった。古い黒人《ニグロ》スピリチュアルやゴスペル・ソングのメロディーから取った曲を、当時、自分たちのジャズとして本当に聴かせられるのは私たちのバンドだけだったと思う。そして、ブルースをやらせたら、それこそ〈ブルー・デュークス〉はどこのバンドの連中にもやれない凄いブルースを聞かせたものだった。

最初の頃は、全員が貧しく、無名だった。私たちのズボンは、アイロンの当て過ぎで楽器より光っていた。川崎や蒲田《かまた》あたりのアルサロで、深夜、客の残したオードブルをあさりながら練習し、一番電車で楽器を抱えて火の気のないアパートに帰る。そんな時期が何年も続いたのだった。

だが、その頃、私は本当のブルース・ピアニストだったと思う。私たちの体の中には、貧乏と他人へのやりきれない憎しみが、重油のようによどんでいた。失業と病気への不安、人びとに賞讃《しょうさん》され愛されたいという激しい欲望、そしてこれだけはいつも体中にあふれていた演奏への情熱。私たちは、ナイフを振り回したり、呑んだくれたり、ストライキをやったり、神様に祈ったりする代りにブルースをやったのだ。

だが、そのうち私たちのバンドも売れだした。安いギャラで使えて、何でもこなす器用なバンドを、当時の放送界が必要としたのである。私たちはうまくその波に乗った。テレビで顔を売って、ステージで稼ぐ。人気が出ると、金もはいってきた。それぞれ車を買ったり、バス付きの部屋を借りたり、ゴルフを始めたのもいた。だが、私たちは次第にブルースをやらなくなっていった。誰言うとなく、おたがいにやりたがらないムードになってきたのだ。

どんなに成功しても、人間は人間であるという重さから逃げることはできない。だが、私たち、いや、私は、いとも手軽にかつてのあのメタンガスのような憎しみと、ステージへの燃えるような愛を忘れてしまったのではなかったか。そして何かが私たちから去って行った。あの夏、突然に。

「何かほかの話をしませんか」

と私は言った。白瀬は黙って立ちあがり、奥の部屋から黒い小型のケースをさげてきた。それは、かなり使い古した安物のクラリネットだった。彼はそれを取りだし、舌で唇をなめると、部屋の中央に立って無造作に〈表通りで〉のメロディーを吹きだした。彼が頭の中で、他の楽器、ピアノやベースやドラムやトランペットなどの仲間を思い描きながら、その流れの中で吹いているのが私にはわかった。ワン・コーラス吹いて彼は一歩退《さが》った。私のピアノにソロを渡したつもりなのだ。私は頭の中でそれを受け、彼が素朴なオブリガートをつける。

そばで他人が見ていたら何と思っただろう。時どき彼が吹くだけで、二人の男が体をゆすって首を振っているのだ。彼は熱っぽく最後のコーラスを吹きおえる。私がさり気ない無言のエンディングでしめくくった。白瀬はうなだれて、頬を染めていた。私には、いま、二等書記官でない一人のジャズ・プレイヤーが、押しよせる拍手に包まれてふるえていることがわかった。

「あなたがいらっしゃると森島氏から聞いて、わたしはお待ちしてたんです」

と白瀬は言った。

「今でも時どき考えることがあります。外交官試験、それが何だっただろうってね。わたしは、きっといつか大使になるでしょう。だけど、わたしは一度でいいからあなたがたと一緒にステージで演奏してみたかったんです。一度、家内に冗談にその話をしたら次の日、早速、家内の父に呼ばれてひどくやられましたよ。おまえは気持ちが浮わついてるとね。義父は麻井信久です」

私はその名前に聞き憶《おぼ》えがあった。かつて外務大臣をつとめたことのある有名な政治家だ。

私は食事の礼を言って、アパートを出、ホテルへ帰った。ひどく疲れていた。ミーシャと会うまで一眠りしようと考えた。カーテンを閉めに窓際に立つと、クレムリンの胸壁をかこむ緑の木々が初夏の日射しの中で鮮かに目にしみた。

夕食はホテル・ナショナルのレストランですませた。鮭《さけ》のザクスカ、ウクライナ・スープとシャシリク。それにグルジアの葡萄酒を一罎《びん》あけ、コニャックを二百グラム飲んだ。

部屋に帰って服を着かえた。私がフラノのスラックスに黄色のポロシャツ、派手な格子の替え上衣という恰好で降りて行くのを、メイドがうさん臭そうな目付きで眺めていた。

　ホテルの横からトロリーバスに乗って、プーシキン広場へ出た。モダンなガラス張りの映画館を背に、高い台座つきの銅像がある。花輪がいくつか捧《ささ》げられていた。ベンチでは市民たちがしゃべったり、煙草をふかしたりしていた。八時ちかいのに、あたりはまだ明るかった。広場の横のビルでイズベスチヤ新聞社のネオンが点滅していた。鳩が寄ってきて、私のショルダーバッグにひょいと止った。

「ハロー！」

　振り返るとミーシャが笑っていた。

　馬鹿でかい上衣に細いスラックス。原色のシャツに蝶ネクタイを結んで、まるで仮装行列のスターだ。ＳＡＳのマーク入り搭乗《とうじょう》バッグの中でトランジスタが鳴っている。

　私たちは人目につかない木陰のベンチを物色して腰をおろした。ライラックの茂みでキスをしている若者たちが慌てて姿を消した。

「ところで、何を持ってきたんだい。レコード？　それともスウェーター？」

　私の取りだした茶色の靴とＶネックのスウェーターを見て、少年はごくりと唾をのみこんだ。スウェーターの模様を指先でたどり、袖を首にまきつけて頬ずりをしながら彼は呻《うめ》いた。

「悪くないよ、まったく悪くない」

「ところでミーシャ」

と私は英語で言った。

「きみはいくら金を持ってる？　取引が済むまでは、そいつはまだきみのものじゃないんだぜ」

好きな相手にはつい、いたずらをしたくなる、それが私の欠点だった。別に金が欲しかったわけではない。ミーシャはもじもじしながら、ポケットから丸めた五ルーブル札を二枚ひっぱりだした。十ルーブルで四千円だ。

「これだけかね」

「靴とスウェーターで十ルーブル。悪い値段じゃないよ。ね、いいだろう？」

「二十ルーブル」

と私はミーシャの手から品物を取返しながら言った。

「十ルーブルなら靴だけだ」

ミーシャは散々ロシア語で私に悪態をついたあげく、結局、金を都合しに仲間の所へ出かけて行った。

十分ほどして少年はもどって来た。あたりはかなり暗くなっていた。ミーシャのうしろに二人の男の影がくっついているのに私は気がついた。

「二十ルーブル持ってきたかい」

と私が言った。ミーシャのうしろの男がロシア語で何か言った。私はライターをつけて相手を眺めた。この野郎ホージャ《中国人野郎》じゃないだろうな、とミートボールみたいに肥った小男がミーシャにロシア語でしゃべりかけた。あとでごたごたするのはおれはごめんだ、と言っていた。

大丈夫だよ、と少年がロシア語で答えた。こいつは日本人《ヤポーニエツ》の旅行者さ。俺たちの本当の名前も住所も、それにあんたらが〈赤い鳥《クラースナヤ・プチーツァ》〉で働いていることも、なにも知りゃしないのさ。

黙れ、とおそろしく背の高いあばた面の男が二人を叱った。

「お前らしゃべり過ぎるぞ」

「ロシア語が判るもんか」

とミーシャが言った。それから彼は私の肩を叩いて英語で言った。

「両方で十ルーブル。それ以上欲しがるなんて泥棒だっておれの友達が言ってるよ」

「靴とスウェーターで二十ルーブル。それで高けりゃ家に帰ってママにねだるんだな」

のっぽと肥った小男が、ミーシャを押しのけて私を両方からはさみつけた。ウオツカの匂いがぷんときた。生臭い魚の匂いまでさせている。

「ぼくの友達は怒《いか》ってるんだ」

ミーシャが言った。

「ほんとだぜ」

私はそこで、呼吸をととのえると、できるだけはっきりしたロシア語で言ってやった。

「おれの友達もおこるだろうな」

男たちの腕がはなれた。私は今朝もらったダンチェンコ部長の名刺を取り出し、ライターをつけると、その光でそれを読みあげた。

「ソ連対外文化交流委員会第三部長、ヴェ・ゲー・ダンチェンコ――」

「こいつ！　ロシア語をしゃべるぞ！」

「変なことをしたら、このおれの友達はきっとおこるぜ」

と私は言った。二人の男は私から飛びすさると、声をそろえて少年に怒鳴った。

「ミーシャー！」

　少年は大急ぎで体勢を立て直して、私に食ってかかった。

「あんたは嘘つきだ！　ロシア語が判らないふりをしておれをだましたんだ」

「きみが勝手に下手な英語をしゃべっただけだろう」

「ふん。でも、おどしはきかないぜ、あんたの友達におれたちのことを何と言って話すんだい。モスクワの人口は七百万なんだぜ」

「きみのことはモスクワ大学生のユーリイ・ペトローヴィチ君に聞けばわかるだろう。そっちの二人は〈赤い鳥《クラースナヤ・プチーツア》〉で見つけるさ」

　これでこの勝負は終りだった。のっぽのほうがミーシャの頭を一発ぶんなぐり、肥った男が少年の向こうずねをけとばした。それから二人がかりで私をなだめにかかった。ミーシャはぼんやり突っ立ったままだ。そのとき私は急に強い好意をその少年におぼえた。いたずらもいい加減にするべきだ。何となくいやらしい自分の思い上りが恥ずかしい気がした。

「ミーシャ」

と私は少年の肩を抱いて言った。

「仲なおりだ。おれも欲が深すぎたよ。靴とスウェーターで十ルーブル。確かに売ったぜ」

「ほんとかい！」

「ところでどうかね。そっちの二人に一杯おごりたいんだが。十ルーブル手に入ったからな。おれは今夜は飲みたい気分なんだ」

二人の男は顔を見合わせてもじもじしていたが、背の高いほうが手をのばして握手をもとめた。肥った男は、うなずいただけだった。ミーシャはスリップオンの靴を早速ためしてみるように妙なステップを踏んでいる。

「どこへ行く？」

「その赤い鳥《クラースナヤ・プチーツァ》とやらは何かね」

「汚ねえレストランさ。おれはその店のコックだ。イーゴリと呼んでくれ」

と背の高い男が名乗った。

「この肥っちょはコック見習いのヴィクトル」

「今日は休みで玉を突いてたんだ。そこへミーシャが――」

「しゃべり過ぎるぞ、酔っぱらいめ！」

「さあ、そうと決まったらいこうぜ。今夜はエルザはきてるかな」

とミーシャが叫んだ。彼はツーステップを踏みながら先に立った。二人の男の後について、私は夜のプーシキン広場を横切っていった。

3

ミーシャの後をついて数ブロック歩くと、ひどくごみごみした裏通りに出た。建物はどれも前世紀の遺物みたいで、何やら酸っぱい匂いがあたりに漂い、酔っぱらいが壁に吐いていたりする一画だ。

路地の奥に赤い鳥が翼をひろげた形のネオンがジージー鳴りながら点滅していた。中から人の叫び声やドラムの響きがもれてくる。

「赤い鳥《クラースナヤ・プチーツァ》だ。おれたちの店さ」

と、のっぽのイーゴリが私に言った。ミーシャについて入って行くとウオツカの匂いがむっときた。玉ねぎの匂い、魚の匂い、黒パンの匂い、それに小便の臭気もまじっている。

煙草の煙をかきわけてテーブルについた。部屋の隅におんぼろピアノとドラムのセットがおいてあり、ベースが壁に立てかけられている。小学校の教室ぐらいの広さの店だ。客はロシア人ばかりだった。あちこちのテーブルからミーシャに声がかかった。どうやら彼はこの店での人気もののようだ。肥った小男はカウンターの奥へ消えて、のっぽのイーゴリが周囲の客に私のことを説明していた。

　おれの友達だ、ホージャじゃない、日本人の公式代表団員《デリガーツィア》で政府のお偉方とジュードーの大会を開く打合わせに来てるんだ、などと勝手なことを言っている。

　客は若い連中が多かった。労働者ふうの粗末な服装で凄《すご》い筋肉をのぞかせているのもいたし、ミーシャと同じような超モダンな伊《だ》達男《ておとこ》たちもいた。まだ十代らしい女の子も派手なメイキャップで仲間と騒いでいる。

「何を飲む？　ウオツカは売ってないんだ。あいつらは他《ほか》で買ってきて持ち込んでるのさ。安いコニャックはどうだい？」

　ミーシャがマルボロの煙を吐きあげながらきいた。

「闇のスコッチもあるぜ」

「コニャックでいい」

　肥った男がウオツカの壜を二本さげてきてドンとテーブルの上においた。

「仕入れてきたよ。コニャックなんか飲めたもんじゃねえ。これがロシアの酒だ！」

　私たちは透明なニトログリセリンをコップであおった。腹の中で火がついた。

「よう日本人！」

と洒落《しゃれ》た背広を着た長髪の男が私の肩を叩いた。

「テープレコーダーは持たんかね？」

「あっちへ行け！　闇屋め」

とのっぽが怒鳴った。何の闇屋か、と私はたずねた。楽譜や本の闇屋だ、とミーシャが言った。人気のある曲の楽譜はすぐ売切れる。ベストセラーは三時間で全部なくなる。

「あいつに頼めばシェークスピアでもパステルナークでも、ヘミングウェイでも何でも手にはいるんだ。アメリカのヌードもな」

「こいつも闇屋だ」

と肥った男が隣りのテーブルの老人を指さした。老人は私にいんぎんに一礼した。何の闇屋か、と私はたずねた。ミーシャは口ごもって、英語で魚の食物だ、と言う。首をかしげているとボールペンで紙きれに妙な絵を描いて渡した。しばらく考えて、それがみみずだと気がついた。私はみみずの闇屋に敬意を表して一杯つぎたしてやった。

しばらくすると、音楽が始まった。勝手な服装をした兄《あ》んちゃんたちが五、六人、気取ったスタイルで演奏をやりだした。部屋中の若い連中がいっせいに手をたたいた。

「日本の曲をやらせたのさ。あんたのために」

と、ミーシャが言う。曲は〈恋のバカンス〉だった。椅子とテーブルの間で踊り出すサックドレスの少女とリーゼントの若者。トランペットが情けない悲鳴をあげる。間の抜けたベースは熊の足音さながらの調子だ。

一曲おわると、ピアニストが大声でミーシャを呼んだ。周囲からわっと喚声がおこった。ミーシャは気取ったポーズで手をふって言う。

「今夜はかんべんしてくれ。飲み過ぎちゃって調子がでないんだ。また、な」

壁際のテーブルから一人の少女が煙草の煙をわけるようにして近づいてきた。ミーシャが固くなって立ちあがった。

「こんばんは、エルザ」

「どうして吹かないの？　ミーシャ」

少女は私を全く黙殺してミーシャの首に白い指をそっと滑らせた。少年は電撃療法をかけられた患者のようにふるえだした。

「あんたが言うんなら、吹くよ、エルザ」

少女は微笑してミーシャを押しやった。そして、ミーシャの席に、猫のような身のこなしで滑りこむと、黒い下着のレースをのぞかせて高々と脚を組んだ。体の線をはっきり見せるニットのドレス。白っぽい金髪を裸の腕でかきあげながら、彼女はさもまずそうにウオツカのコップを口に運んだ。安っぽいアメリカ映画のギャングの情婦めいたしぐさだが、実際は十六か七、といったところだろう。すらりと細く、胸も薄いが、肌は原生の白樺《しらかば》の表皮みたいにみずみずしい。ひどくセクシュアルな感じもする一面、どこかおっとりした育ちの良さみたいなものが感じられる。

ステージでピアノが鳴った。ミーシャがトランペットを吹きだした。子供にしては張りのある音だ。高音部を吹くとき、体全体をしぼるように傾けると、テーブルから女の子の声が飛んだ。曲は〈君去りし後《アフター・ユーヴ・ゴーン》〉。ふつう陽気なディキシー風の演奏で聞かせるこの曲を、ミーシャは原曲の味を生かしてバラード風に吹いていた。妙なロシア風のペーソスがあって面白かった。

曲がおわった。ブラボー、とイーゴリが怒鳴った。どのテーブルからも拍手がどっとミーシャに押しよせた。アンコールを断って少年はテーブルにもどってきた。エルザを見つめて突っ立っている。エルザの白い腕がのびてミーシャの顔を引きよせ、軽いキスをした。肥った小男が少年の頭からウオツカをあびせると、ミーシャは夢から覚めたように目をあけた。イーゴリが口笛を吹いて冷やかした。

「ミーシャだけにキスをするのは不公平だと思うがね」

と私は英語で冗談を言った。エルザが初めて私の顔を見た。大きな灰色の眼だった。

「あなたも何かやったら？」

と彼女はうまい英語で言った。

「太鼓でも叩いていらっしゃいな。そしたらキスしてあげるわ。坊や」

「そのうちにな。嬢ちゃん《ベイビー》」

「よしてくれ。エルザにそんなこと——」

ミーシャが彼女の腕を支えて椅子から立たせ、私をにらみつけると二人で壁際のテーブルへ行ってしまった。

「スチリャーガめ！」

と、隣りの席からみみずの闇屋が移ってきて吐きだすように言った。私は残りの酒を彼のコップに満たし、のっぽのイーゴリと肥った小男に十ルーブル渡して、店を出た。二人は後から追っかけて来て、玉を突こう、と私を誘った。私は断わった。するとイーゴリが明日、また来いよ、ミーシャからだ、と私に何か紙きれを手渡した。私はそれをポケットに押しこんで、タクシーの拾えそうな大通りのほうへ夜の路地を抜けていった。

ホテルに帰って、ポケットの中の紙片に気がついた。筆記体と活字体がごっちゃになった英語の綴りで、明日、三時にゴーリキー通りのカフェー・コスモスで待つ、とあった。

翌日、大使館に電話をかけて、白瀬を呼びだし、昼飯を一緒に食った。昨夜の話を少し脚色して話してきかせると彼はちょっと驚いた様子だった。

「スチリャーガですな、その少年は」

日本でいう、みゆき族。古い言葉で言えば太陽族に当る呼び名だ、と彼は説明してくれた。ロシア語のスチーリ、つまりスタイルから来た流行語で、お洒落に夢中な若い者という意味から転じて、一種の非行少年をさすようになったのだ、ということだった。

　もっとも今では流行おくれの言葉で、老人や時代おくれの堅物《かたぶつ》が使うだけだという。

「いわゆる雪どけの落し子ですよ。突飛なお洒落をする、ジャズを好み、ジルバやツイストを踊る、煙草を吸い酒を飲む、大人に反抗する、まあ、そういった連中です」

「でも、それは若い連中の通例でしょう」

「ええ。ですが、政府が頭を悩ましてるのにも理由はあるんです。まず、学業をサボるし、労働は嫌うし、競馬や賭《か》け玉つきに熱中するのもいれば、懐にナイフをしのばせて仁義を切ったり、闇商人の手先をつとめたり、中には犯罪に関係したりするのも出てきます。ほとんどが問題家庭の子ですがね」

　問題家庭とは、家庭内にアルコール依存症患者や犯罪者を持つ不道徳家庭、片親の、あるいは両親が死亡、離婚、別居等で不在の家庭、それに何らかの理由による貧困家庭、そんなたぐいのものをいうのだと白瀬は要領よく説明した。

「トルーダヴァヤ・カローニアというのは何ですか？　こないだ聞いたんだけど」

「労働更生所のことですよ。感化院と言ったらいいのかな。重い犯罪をおかしたり、累犯の少年たちが刑期を務める機関ですね」

　私は話題を変えた。白瀬が興味のなさそうな顔をしていたからである。

「ところで、あなた、クラリネットはどこで習ったんです？」

　独学で、と彼は答えた。

「教則本をあげて、後はレコードです」

ウエイターにチップを渡して私たちは店を出た。そろそろ三時だった。私はなぜか、ミーシャに会いにゆく気になっていた。


カフェー・コスモスは小綺麗《こぎれい》な喫茶店だった。若い客で混雑していたが、明るい店内にはバニラやミルクの甘い匂いが漂っていた。

奥のテーブルにミーシャがいた。そして彼の横にエルザが腰かけてこちらを見ていた。

エルザはアイスクリームの匙《さじ》を唇にくわえて、健康な子供のように見えた。だが、あいかわらずそっけない態度を守りつづけていた。

「今日は忙しかったぜ」

とミーシャが言った。

「全ソ・モード会館でファッション・ショーを見てさ、それからグムの三階へ仮縫いのお供ときた。エルザはこんど凄いドレスを作るんだぜ」

ミーシャは空中に手でブリジッド・バルドー張りの曲線を描いてみせた。お黙り、とエルザが匙で少年の頭をコツンと叩いた。

「あたし帰るわ」

ミーシャがあわてて止めたが、彼女はさっさと行ってしまった。少年はすっかりしょげこんでいた。心配するな、あの娘は君が気に入ってるよ、と私は言った。

「今晩また誘いにいけばいいだろ」

「ぼくはエルザの家を知らないんだ」

とミーシャが言った。エルザは誰にも自分の家を教えない。時どきふらりと〈赤い鳥〉へやってくるだけだ。

「エルザって名前だって嘘っぱちさ。ぼくらは何ひとつ彼女のことを知りゃしない。ただ判ってるのは、エルザが良い家の娘だってことだけなんだ」

良い家とはどういう家だ、と私はきいた。

「偉い役人か、芸術家か、工場長か、技師か、とにかく彼女の父親が共産党員だってことは間違いないよ。彼女は時には親の車でくるんだぜ。金だってうんと持ってるしね」

私はふと昔別れたオリガのことを思い出した。かすかに胸が痛んだ。それから、私たちはコスモスを出てゴーリキー通りをぶらついた。プーシキン広場を通りすぎてさらに遠くまで歩いていくと、左手に馬の首の像を彫りこんだ堂々たる門があった。競馬場だ、とミーシャが言った。広い並木道を通りぬけて場内にはいると、世界中どこでも似た形の観客席があった。今日はレースは休みと見えて、人気《ひとけ》がなく、コースは広々と初夏の太陽のもとに横たわっている。ダートコースで繋駕《けいが》の調教をやっていた。向こう正面から三コーナーへ小刻みに駆けてゆく。一周千五百メートル以上はあるだろう。スタンド上段に貴賓席が見えた。私はふと、菊の鉢が飾られている中山の貴賓席を思い浮べた。かつて私のバンドの仲間が、楽器を質に入れて中山通いに夢中になったこともあったのだ。

ミーシャはスタンド前の柵《さく》にもたれて、ぼんやり空を眺めていた。そばかすだらけの横顔が、ひどく幼く、ひよわなものに見えた。

「なあ、おいミーシャ」

と私は彼の頭をこづいて言った。

「お前、どうして学校へいかないんだ？」

「学校は兄貴が行ってるよ」

とミーシャが言った。

「兄貴はいつだって一番さ。ピオネール、コムソモール、そのうち党員候補とくる。モスクワ大学を卒業して航空技師になるんだ。エルザの父親より、もっと偉くなるさ」

「きみは何になるんだ？」

「おれは呑んだくれの無頼漢《フリガン》になる、ママがそう言ってるよ。お前は前の亭主そっくりだってね」

「ジャズを本気でやったら？　きみだったらちゃんとしたプレイヤーになれるぜ」

「あんたに保証されてもしようがないよ」

と少年は鼻先で笑った。

「ちゃんとしたプロが認めてくれるんなら話は別だがね」

私はしばらく黙っていた。それからミーシャの耳を引っぱってこちらを向かせると、彼の淡い青色の目をのぞきこんで言った。

「よし、今夜八時に〈赤い鳥〉で会おう。必ずくるんだぞ、男の約束だ」

そのとき一頭のアラブが、天神乗りの騎手に叩かれながら土煙をたてて四コーナーを回ってきた。

「いいぞ！　追い込め、ライカ！」

とミーシャがロシア語で叫んだ。

ホテルに帰って白瀬に電話した。今夜つきあってもらえるかときくと、結構です、と例の役人口調がはね返ってきた。七時にアラグビを予約しときます、と言う。六時にしてくれるよう頼んで電話を切った。

ふと思いついて、対外文化交流委員会に電話をしてみた。ダンチェンコ部長は重大な用件で会議中、という返事だった。

底の薄い黒靴をていねいに磨き、ひげを剃《そ》り、爪を切ってホテルを出た。アラグビは有名な料理店である。旅行者が一度は訪れる古い店だ。白瀬は先にテーブルについて待っていた。私の顔を見るなり、彼は声を低めて囁《ささや》いた。

「河島五郎が亡くなりました」

それは保守党の実力者と呼ばれる政治家で、次期首相の噂《うわさ》もある男だった。しかし、それがどうしたというんだろう？　白瀬は私に何か言いたそうな表情だった。だが、その時、通りかかった外国人客が私に声をかけた。例の環境衛生専攻のアメリカ人学生だった。私はあることを思いついて、彼にたずねた。

「あんた、まさか楽器はいじらんだろうね」

「こっちがいじらんでも、楽器のほうでおれをいじりたがってね。ボ、ボン、ボン」

彼は背中を丸めて、ベースを弾く真似をしてみせた。指づかいだけで、かなりいけると判った。大学バンドででも遊んでいたのだろう。私は彼をテーブルに誘った。白瀬は面くらったようだったが、やがて達者な英語で彼と冗談を言いだした。彼の名前がビルということを、私はその時知った。

私は白瀬とビルに食事の後で面白い所へ連れて行くと約束した。二人とも、そんな所なんかあるものか、というような顔をしていた。

アラグビを出て、タクシーを拾い、〈赤い鳥〉へ乗りつけた。店のドアを開けようとすると、横から一人の青年が出てきて私の腕をおさえた。青年共産同盟員《コムソモール》のユーリイだった。

「あれほどお願いしたのに」

と彼は私を咎《とが》めるような目で見ながら言った。

「まだミーシャと会ってるんですね。あなたはミーシャに、ジャズメンになれってけしかけたそうじゃありませんか」

「ミーシャから聞いたんですね」

と私は言った。

「ぼくはミーシャが好きなんです。だから会うんです。彼が優れたジャズメンになるという夢を持つことが、なぜいけないんです？　あなたは航空技師になる、ミーシャは音楽家になる、いいことじゃありませんか。他人のあなたが、それを止める権利はないはずですよ。そうでしょう？」

ユーリイは、つかんでいた私の腕をはなした。そして何か叫ぼうとするように私を見た。

そして彼は小さな声で素早く言った。

「ミーシャは、ぼくの弟です」

「ぼくはミーシャを愛しています」

「ぼくだってそうだ」

と私は言い、白瀬とビルをうながして店内にはいって行った。音楽の波がどっと押しよせてきた。トランペットの音はミーシャだった。白瀬とビルは、ひどく驚いた様子で顔を見合わせていた。私は若い客たちをかきわけて前のほうへ進んでいった。

ミーシャは気取ったポーズで腰を振りながら〈セントルイス・ブルース〉を、吐気がするほど甘ったるく吹いていた。そして私を見ると、妙なウインクをしてみせた。女の子たちが黄色い嬌声《きょうせい》を張りあげる。

「やめろ！　ミーシャ」

と私は英語で怒鳴った。少年の目が、びっくりしたように大きくなった。彼は吹くのを止めた。部屋がしんと静かになった。

「そんな吹きかたはよせ、ミーシャ」

と私は少し小声になって英語で言った。

「きみは良いプレイヤーになれるとおれは言ったが、あれは間違いだった。いまきみがやってるのはジャズじゃない。すくなくともブルースじゃないだろう」

「あんたはぼくにペットの吹きかたを教えようというのかい、え？」

ミーシャはトランペットのバルブを指でかたかた鳴らしながら、せせら笑った。

「ジャズは――」

と、そこまで言って私は言葉につまった。ジャズは人間の生きかただ、そいつはごまかせない、と私は言いたかったのだ。勉強が苦手なら学校なんかいかなくったっていい、働くのが嫌いなら食わなきゃいい。だけど、そんな演奏《プレイ》だけはやめろ。おふくろが憎けりゃ憎むことだ。兄貴がうらやましければ自分に腹を立てろ。それを、そのトランペットでやるんだ、それが本当のジャズってもんだろう。そうじゃないのか、ミーシャ！

だが私はそれを言えなかった。それは私の勝手に考えていることだ。それに自分は他人にそんな綺麗なことを言う資格のある人間なんかじゃない。だがどうにかしたかった。じっとしていられない気持ちだった。

「ビル！　ちょっと手伝ってくれ」

と私はアメリカ人青年に言った。そして目顔で、ベースと代れ、と合図をした。ビルはうなずいてベースのほうへ行った。私は隣りで口をあけて突っ立っている男からクラリネットをむしり取り、白瀬を呼んで、それを渡した。

「ぼくが――」

と、彼はどもりながら後ずさりをした。

「やるんですか、ここで。だめですよ」

「あんたわたしとやりたいと言ったでしょう」

私は強引に彼を中央に引っぱり出した。二等書記官は倒れそうになりながら、クラリネットを握りしめた。ビルが、片手で軽々とベースをつかんで持ってきた。店中の客も、ミーシャも、バンドの連中も、あっけに取られて私たちを眺めていた。

私はピアニストの肩を叩いて、彼を椅子から立たせた。ピアノを前にして坐ると、不意に落ちついた気持ちになった。

「ワンコーラスは俺のリードで行く。どこからでも勝手にはいってこいよ」

私はちらと目をあげてミーシャを見た。少年は少し青ざめて、こちらをみつめていた。

前奏《イントロ》なしで、〈セントルイス・ブルース〉を私はごく自然に弾きだした。はじめは独りきりだった。最初の十二小節を飾らずに押さえてくり返す。短調の十六小節のところで、ビルがはいってきた。ベースの無口な音が、私のピアノを下からがっしりと支えだす。そのうち、おずおずとクラリネットが滑りこんできた。頼りなげなその音をビルと私が力づけるように弾く。乗ってきた。音楽が流れだした。ほら、ブルースの誕生だ。これでよし。いけるぞ。

白瀬は昔の〈ブルー・デュークス〉のクラリネットと、そっくり同じに吹いていた。レコードがすり切れるほど聴いて、練習したに違いない。さあ、いいか、ソロを渡すぞ、ほら！

前に、彼のアパートで聞いた時と全く違う音が流れだした。すっかり目を閉じてしまって、何かに祈るように彼は吹いている。そいつはたしかにブルースの音だった。ビルが掛け声をかける。白瀬が出た。プッシュ。そのうち、いつの間にかドラムスが加わってきた。トロンボーンが、遠慮がちに一オクターブ下の音でついてくる。厚味をました音の流れを、ビルのベースはびくともせずに支えていた。

私はミーシャに目で合図した。さあ、はいってこい！　少年は唇をかんで首を振った。私はうなずいた。そうだとも。それでいいんだ。

混雑した、だが力のこもった最後のコーラス。そして地面に吸いこまれるようなエンディング。大した演奏ではなかった。だが、フィーリングのある温かいブルースだった。

一瞬、しんと静まり返った店内が、どっと沸いた。ミーシャが私のところへやってきて、頬っぺたにキスをすると、また、どっときた。バンドの連中や客たちが、グラスと壜を抱えて集まってきた。目を真赤にして、ライラックの花束を投げつけた娘もいた。見おぼえのある大きな灰色の目が近づいてきた。エルザだった。彼女は私の唇に柔らかいキスをし、子供のように歯を見せてほほえんだ。

「とても素晴らしい演奏でしたよ！」

と意外な人物が客をかきわけてきて声をかけた。青年共産同盟のユーリイだった。

「青年共産同盟《コムソモール》主催のジャズ・フェスティバルに出てもらいたいくらいです」

「ミーシャに好きなことをやらせなさい。それがあの子のために一番いいんです」

と私は言った。彼はうなずいて呟《つぶや》いた。

「さっき音楽を聞きながら考えたんです。ぼくは本当にミーシャのことを愛しているんだろうか、とね。今わかりました。ぼくは家族から非行者を出して、ぼくの将来に影響があることを恐れてたんです。そうなんです」

「おい、もういっちょうやろうぜ」

と横からビルが調子のいい声で催促した。

私は、みみずの闇屋に抱きつかれている白瀬を呼んで、ミーシャと並ばせ、〈君去りし後《アフター・ユーヴ・ゴーン》〉をぐっと陽気に弾きだした。

アンコールにこたえて、〈ベイズン・ストリート・ブルース〉を私がソロで弾き、最後を思いきりアップ・テンポの〈モスクワ郊外の夕べ〉で陽気にしめくくった。

「ミーシャ。いつかきみが自分のバンドを持ったらな、その時はブルー・デュークスって名をつけろよ。ぼくからの贈りものだ」

「ぼくはロシア語の名前をつけるよ。ロシア人のバンドだからな」

と少年は笑いながら叫んだ。

「ミーシャとその赤い鳥《クラースナヤ・プチーツア》ジャズバンド！」

帰りのタクシーの中で、私は白瀬にくり返した。かなり酔っていたに違いない。

「商売になろうと、なるまいと、わたしは凄いジャズを聞かせてやりますよ。モスクワの連中にね。凄いのを連れてきますからね」

4

朝、電話のベルで起こされた。昨夜、飲みすぎたせいか、少しいやな頭痛がしていた。

「白瀬です。すぐ大使館までおいでいただけませんか。お話があるんです」

「三十分後にしてください」

　と私は言い電話を切った。それから服を着て、タクシーで大使館へいった。白瀬は、異常にこわばった表情で私を迎えた。彼は言った。

「日ソ芸術協会から緊急の連絡がありました」

「どうかしましたか？」

「協会が役員会で解散を決めたそうです。森島氏からは個人的に、あなた宛の電報が」

　私はローマ字の電文に目を走らせた。

「カワシマノシデ　ゴイブッサンガオリタ　シゴトヤメテ　キコクコウ　イサイメン（委細面談）」

　判らない、と私は言った。本当に判らなかったのだ。私は昔から政治の問題は苦手だった。白瀬は言った。

「河島五郎は日ソ通商拡大の政治的な推進者だったんですよ。それが突然、死んだ――」

「それがどうしたっていうんです」

「五井物産は、今後の日ソ関係が再び凍化すると判断したんだと思います。そこで当面直接に役に立たない芸術交流のデモンストレーションから手を引くことにした、こう見るのが正しいようですね」

　白瀬は、額にうっすらと汗をにじませながらしゃべりつづけた。

「だが、その判断は誤りというべきでしょうね。河島の死で歴史の歯車が後もどりしてたまるものですか。これは、ひどい誤算ですよ。ひょっとすると三洋側が故意にある種の情報を流したとも考えられますな。でなければ、こんな馬鹿な――」

そこには昨夜の、あの愛すべきクラリネット吹きはいなかった。派閥の流れの中で、何とか溺《おぼ》れずに対岸へたどりつこうと苦慮している官僚の中のエリートがいるだけだった。

私は歩いてゲルツェン通りに出た。マヤコフスキイ劇場やコンセルバトワールを眺めながら、強い日射しの舗道をホテルへ向かって帰って行った。ひどく汗が流れた。

部屋に帰って、荷物の整理をした。紺の背広とワイシャツ二枚、黒靴とネクタイ一本だけ残して後を全部紙袋に包みこんだ。これはミーシャに渡していこう。帰途の切符は準備してあった。明日、ストックホルム経由で、東京へ直行だ。旅行者小切手を持って、一階へ行き、二百ドルをルーブルに替えた。そして睡眠薬を飲んでベッドに入った。目を覚ますと夕方になっていた。私は起きあがって部屋を出た。

ホテルの玄関でタクシーをつかまえて、競馬場へ行ってくれと頼んだ。今日はやってるかね、と運転手に聞くと、やってると思うが止めたほうがいい、と運転手は言った。

「それより経済博覧会でも見たらどうかね」

俺は馬が見たいんだ、と私は言った。しばらくして、タクシーは競馬場の入口で止った。チップを渡そうとすると、運転手は首を振って走り去った。

この前、ミーシャと来た時とは違って、今日は群衆がスタンドを八分通り埋めていた。私は四十カペイカの普通席に割りこんで腰をおろした。

「よう、音楽家」

突然、背中を強く叩かれて振り返ると、真赤な顔のイーゴリとヴィクトルがいた。

「昼間から酔っぱらって！」

と、隣りの中年のマダムが二人を睨《にら》みつけた。

「外国のお客さんに恥ずかしいよ」

「なあ、音楽家！　おれたち酒に酔ってると思うかい？　え、酔ってると思うかね？」

六頭の繋駕《けいが》がスタートした。出おくれた黒馬が大きくふくらんで最初のコーナーを回った。のっぽのイーゴリは、私の肩を長い手で抱きしめて、ろれつの回らない声で言った。

「おれたちが酔っぱらってる理由を教えてやろうか、え？　十ルーブルでどうだい？」

私が十ルーブル出すと、彼はふんと鼻で笑って首を振った。

「いるかい、そんなもの。ミーシャはな、いっちまったのさ」

「ミーシャが、どこへ行ったって？」

「トルーダヴァヤ・カローニアへさ。今朝、あいつは捕まったんだ。車で連れて行かれたよ。やつはな、楽譜の闇屋をゆうべ夜中に刺したのさ。あの闇屋の変態めが、エルザに妙な真似をしかけたんだ。それでナイフで首を刺しちまったのさ。な、ヴィクトル」

「ああ。いっちまったよ、エルザもな」

観客がいっせいに立ちあがった。四コーナーを回って三頭の馬が、ゴール前になだれこんできた。

追い込め、ライカ！　ミーシャの叫び声が聞こえたような気がした。私はスタンドを振り返った。だが、そこにあるのは、数千の見知らぬ群衆の顔だけだった。私は立ちあがり、彼らに背を向けて、独りでスタンドを降りていった。

――「さらばモスクワ愚連隊」了――

海を見ていたジョニー

1

少年の目の前に、ぬっと褐色の手がさしだされた。

「やあ《ハーイ》、ジュンイチ」

喉からでなく、胸の奥からひびく柔かい低音《バス》だった。こんな声は誰にでもだせるものじゃない。白っぽい指の腹を見せて、握手をもとめている黒人の手。

〈だれだろう？　まさか――〉

少年は一瞬たじろいだ。その動揺を見ぬいたように、優しい声が囁《ささや》いた。

「やあ、ジュンイチ。かえってきたよ。わたしだよ」

カウンターの中で、うつむいて氷を割っていた少年は、おそるおそる顔をあげて相手を見た。

「ジョニー！」

「そうだ。しばらくだったな」

目の前の手を握ろうともせずに、少年は口をわずかに開けて、古い友人を眺《なが》める。

ジョニーだ。殺されもせずに、かえってきたんだ。去年の夏、ふっと姿を見せなくなった黒人兵のジョニー。おれのジャズの仲間。

「やあ《ハーイ》」

それだけ言うと、そのまま少年は口ごもった。こんな場合に、どう応じればいいのかわからないのだ。酒場仕込みのお得意の英語も、こうなるとからきし役に立たない。

「やあ、ジョニー」

と、それだけで、後は口の中で何となくごまかす。よくかえってきたな、おれは嬉しいよ、と言ったつもりだ。カウンターごしに、濡《ぬ》れた手で温かいジョニーの手をぎゅっと握りしめる。

ジョニーが笑った。黒い肌の顔に、まっ白い歯が光った。

「元気そうじゃないか、ジュンイチ」

「ああ。あんたもな」

「そう見えるかね？」

と、ジョニーが真顔できいた。「ほんとにわたしが元気だと思うかい？」

「ああ」

「よく見てくれ、わたしを。ちゃんとまっすぐに見るんだ。さあ」

ジョニーは一歩さがって壁際に立った。真剣な顔だった。まるで銃殺される男みたいなぐあいに、だらりと両手をさげ、目をつぶってうなだれる。

少年は驚いて背広姿の黒人を眺めた。米式蹴球《アメリカンフットボール》の選手にタックルされても軽くはじき返しそうな、堂々たる巨体。少し胴長で、腰幅があって、まるで牡牛《おうし》みたいな感じだ。

白っぽく乾いた厚い唇がうごいた。「どうかね？　え？」

「どうって、べつに――」

「そんなはずはない。わたしは変ってしまった。そうだろう？」

「そうは見えないけど」

「いや。そうだ。わたしは駄目になってしまった。すっかり変ってしまったのさ。体中から変な匂いがするし、それに――」

ジョニーは、ちらと店の奥においてある古ピアノのほうへ目をやった。「わたしはもう、ピアノだって弾《ひ》けなくなってしまったのさ。もう、おしまいだ」

「どうしたんだい、ジョニー」

少年はカウンターをくぐって、黒人兵の腕を引っぱった。部屋の隅のボックス席へ連れて行き、そこに坐らせる。

「酔ってるのかい？」

「いや」

「いつかえってきたんだい？」

「きのうだよ」

「除隊になったのかね」

「また行くんだ」

「いつ？」

「十日後に」

「一時帰休というやつだな」

「そんなところだ」

「どんなふうだった？」

「なにが？」

「戦争さ」

ジョニーは答えるかわりに、かすかに笑っただけだった。少し気味の悪い笑いかただった。

「しばらく休んでなよ。おれは氷を割ってしまうから」

開店《オープン》の時間がせまっていた。この辺の酒場は、よその街とちがって正午から商売をはじめるのだ。姉の由紀《ゆき》がやってくる前に、しておかねばならない仕事が沢山あった。彼女には危くて、氷を割る仕事はさせるわけにはいかない。姉の由紀は、時どきふっと放心状態になるくせがあった。いつだったか、手首にまともに氷かき《アイス・ピック》を突き立てた事がある。それ以来、少年は姉に氷を割らせるのはやめにしたのだ。

割った氷に水をかけながら、ジョニーはいったいどうしたというんだろう、と少年は考えた。とにかく、彼が無事でいてくれただけでもありがたい。ある日突然、ふっと店に姿を見せなくなってしまい、そのまま二度と現れない兵隊も多いのだ。今夜はジョニーと演奏《プレイ》ができるかも知れない。まったく、ひさしぶりだ。六ヵ月、いや、彼がこなくなったのが去年の夏の終り頃だから、十ヵ月ぶりになる。

少年は洋酒棚の端においてあるトランペットのケースに目をやると、無意識に唇をなめて微笑した。

変ったって？ 嘘《うそ》だ。ジョニーはちっとも変ってやしない。ただ、疲れてるだけなんだ。一緒にじっくりと、誰のためにでもない、自分たちだけのためのジャズでもやれば、すぐに元気をとりもどすだろう。今夜は隣の店の、あの甘ったるいジューク・ボックスを黙らせてやるんだ。ジョニーのピアノと、おれのトランペットの昔通りの合奏《コーラス》で。

少年の頬に、明るい血の色がうかんできた。褐色の大男は、テーブルの上に顔を伏せて、眠ったように動かなかった。高い通風孔から、初夏の光の縞《しま》が床にのびていた。少年は体を動かしながら、ジョニーと初めて会った晩のことを思い出そうとしていた。

2

あれは今から一年以上も前のことだ。少年はトランペットのケースをさげて、海ぞいの遊歩道を歩いていた。港の一部に細長い公園があり、その公園と海との間に広い道があった。あたりは暗かった。海のほうから、四月の生温かい湿った潮風が吹いていた。街は眠っており、公園の中にも、道路にも、人影はなかった。

少年は立ちどまって海を見おろした。道路の端から数メートル下に、黒く揺れ動く水面がある。その水面に接して、せまい四角な石畳みが波に洗われていた。道路から石段を降りてそこへ行けるのだ。干潮の時は、石畳みは乾いていた。だが今は、石段の途中までしか行けない時間だ。

この遊歩道には、いくつかのそんな場所があり、そこは少年にとって、いちばん安心できる場所だった。人目につかず、どんな音を立てても文句を言われる気遣いもない。海水のピタピタと鳴る呟《つぶや》きと、潮風と、貨物船やタンカーのシルエットと、そして安物のトランペットと自分だけだ。

深夜、少年は楽器のケースを抱えて、そこへやってきた。姉と二人でやっているスナック・バーを閉めるのが二時だから、後始末を済ませてくると、いつも二時半過ぎになる。

「あんた、自分に才能があるとでも思ってるみたいね」

と、姉の由紀は皮肉な言いかたをした。

「その年になって、女の子よりジャズに夢中というのは、何だかおかしいわ。セックスなんかには興味ないって顔をして。淳一、あんた少し変なんじゃない？」

少年は自分を変だと思った事はなかった。変なのは姉の由紀のほうだ。二年前に現地除隊して、ずっと日本に住んでいる若いアメリカ人に入れあげて、売上げを片っぱしから貢《みつ》いでしまう。おかげで仕入れにも苦労するしまつだ。男のほうは、すっかりヒモ気取りで、毎日ぶらぶら遊び暮らしている。

母親は少年が幼稚園の頃、病気で亡くなっていた。税関吏だった父親は、五年ほど前から精神科の病院に入院したままだ。高台の住宅地にあった家を売って、港に近い飲食街の一角にスナック・バーをはじめたのは、姉の由紀の思いつきだった。

店の名前を〈ピアノ・バー〉という。古いピアノが一台おいてあって、客が勝手に弾くようになっていた。

近くのホールに出ているベース弾きの健《けん》ちゃんという青年が、仕事の帰りに毎晩やってきた。仲間を連れてきて、好き勝手な演奏をやって遊んで行く。外国船の船員や、キャンプのアメリカの兵隊たちの客の中には、なかなか大したミュージシャンもいた。白や、黒や、黄色や、いろんな人種が〈ピアノ・バー〉へやってきた。

　客たちは三つのグループに分れていた。ジャズが好きな客と、ウイスキーを飲みにくるのと、姉の由紀を目当ての連中だ。

　店をはじめた時は、由紀が二十二歳で、少年はまだ中学生だった。それから四年、少年は中学を卒業したが、高校へは進学しなかった。彼は〈ピアノ・バー〉の仕事と、ジャズが気にいっていて、それ以外の事は、なんにも念頭にない。

　ベース弾きの健ちゃんの仲間からもらったトランペットを吹きだして三年目になる。小遣いは全部、レコードとモダン・ジャズ喫茶につぎこんできた。街で女の子を引っかけたり、洒落《しゃれ》た服を着たり、スポーツカーに夢中になったりするより、ジャズを聴いているほうが、どれだけ素敵だかわかりゃしない。マイルス・デイヴィス、ソニー・ロリンズ、ディジー・ガレスピー、セロニアス・モンク、それだけじゃない。ディキシーも、ビッグ・バンドも、ヴォーカルも、みんな好きだった。

「変なやつ」

　と同級生たちは、父親の事にかこつけて少年をからかったが、彼は平気だった。皆からのけものにされても、ちっとも淋しくなんかない。健ちゃんは親切に教えてくれるし、〈ピアノ・バー〉は少年の城だった。凄い美人で、頭のいい姉貴もいる。

店を閉めて、楽器のケースを下げて、海ぞいの夜の道を歩いている時、少年は何か広い明るい世界へ向って歩いているような気がした。あたりは暗く、犬の子一匹いなくても、彼は雑踏をぬってステージへ急ぐ人気プレイヤーのような気分を感じるのだった。

その晩、少年が道路から石段を降りて行くと、先客がいた。暗くてはっきりは見えないが、どうやらクラブ帰りのアベックらしい。

「だれかきたわよ」

と、湿った女の声がした。

「平気だよ。気にすんな」

と、男の声が言う。

少年は道路へ上ると、別なステージを探した。もう二ヵ所ほど、同じような場所があるのだ。一番気に入った所は占領されていたが、別にそこでなくては、ということはない。

もう一つの場所をのぞく。波が軽い音をたてているだけだった。誰もいないらしい。少年は爪先で階段を踏んで、水面のほうへ降りて行く。途中でポケットから出したビニールの風呂敷《ふろしき》をひろげ、楽器のケースをそっと置いた。

〈今晩は吹けそうだ〉

そんな気がした。階段で少し脚をひらき、猫背の姿勢でトランペットを唇に当てる。バルブの弾力を指に感じると、体の奥でもう音楽が流れはじめた。まずブルースからやってみる。赤字がかさみだした店のことも、精神科病院の父親のことも、男に嫉妬して睡眠薬を飲もうとした姉のことも、何もかも、ずっと遠くへしりぞき、今はただ生きもののようなメロディーが脈うってくるのを待つだけだ。

二、三曲吹きおえた時、頭の上で不意にゆっくりした拍手が起った。

「ブラボー！」

少年は顔をしかめて、そちらを振り返った。道路の上から黒い大きな影が、手を叩《たた》きながら、ゆっくりと階段を降りてくる。

「だれだい？」

と少年はきいた。返事はなかった。黒い影は嘘みたいに大きく、真黒に見えた。

「ハロー」

と、その男は柔かい低音《バス》で言った。「ハロー、小さな《リトル》デイヴィス君」

「何か用かい」

と少年は英語で言った。外国人客を相手にカウンターの中で覚えた生《なま》の英語だ。「おれは酔っぱらいの相手なんかしてるひまはないぜ」

「酔っぱらってなんかいないさ」

「そうかね」

「そうだとも」

「じゃ何だい」

「まあ、そうがみがみ怒鳴るなよ」

と大男は静かな口調で言った。「そばに坐っていいかね」

少年は黙っていた。相手は黒人の大男だ。駄目だといった所ではじまるまい。ゆすられるほどの金も持ってないし、怖いことなんかありはしない。いや、ひょっとしたら――。

少年は振り返って、うしろに拡がる夜の海を眺めた。妙な真似をしかけたら、飛び込んで泳いで逃げるだけだ。まだ水は冷たいだろうが、バックを取られるよりましだ。

少年はこれまでも、何度か外国人客に変な誘惑を受けた経験があった。思いがけないような上品な客の中にも、同性愛者《ホモ》は沢山いた。ベース弾きの健ちゃんも、海兵隊の将校に追いかけられて苦労した事があったらしい。

「いつから吹いてる?」

とその男がきいた。

「三年前から」

「なかなか旨《うま》いじゃないか」

「そうかい」

「いちおうブルースになってるよ」

少年は少しむっとした表情で、男を見おろした。男は煙草《たばこ》に火をつけた。褐色の異様な顔がぼうっと浮び上った。男はよくひびく底深い声で続けた。

「だが、君はブルースとは何か、という事を知らないで吹いてるな」

「ジャズは言葉じゃない。感じてるままに吹けばいい。そう誰か偉いのが言ってたぜ。音楽は理屈じゃないだろ」

「そうだ。だけど君は日本人だ。黒人じゃない」

「だからブルースはやれないって言うのかね」

「そんな事じゃない」

「じゃ、なんだ」

少年は、その黒人の大男の隣に腰をおろして言った。

「聞こうじゃないか。あんたの考えを。一席ぶってみたいんだろ、え？」

「よし」

と、男は言って煙草を海に投げた。赤い火が弧を描いて飛び、黒い海に消えた。遠くに貨物船の舷灯《げんとう》がいくつも見え、粘つく風が吹き、あたりは静かで、世界中で目を覚しているのは、その大男と自分と二人きりのような気が少年にはした。柔かい低音《バス》が続いた。

「おれたち黒人は、感じたままに吹いてブルースになる。だが、君たちは外国人だ。ブルースってのは何か、という事を考え、理解しなきゃ本当のブルースをやることはできない。わたしはそう思うね」

「じゃ、ブルースっていったい何だ？」

「悲しい歌がブルースだと思ってる奴がいる。黒人の悩みと祈りの呻《うめ》き声だと書いてある本もある。だが、それは違うな。ブルースって音楽は、正反対の二つの感情が同時に高まってくる、そんな具合のものさ。絶望的でありながら、同時に希望を感じさせるもの、淋しいくせに明るいもの、悲しいくせに陽気なもの、悲しいくせにふてぶてしいもの、俗っぽくって、そして高貴なもの、それがブルースなんだ。そこの所をしっかり摑《つか》まえなきゃ、本当のブルースはやれない」

　少年は黙っていた。男はわかりやすい、はっきりした英語で、ゆっくり喋《しやべ》った。学校の先生か、それとも牧師だろう、と少年は考えた。

「あんたの名前は？」

　と少年は聞いた。「兵隊かい？」

「ジョニーと呼んでくれ」

　と男は言った。「野牛《バツフアロー》のジョニーと言う奴もいる。座間《ざま》のキャンプから時どきこの街へ出てくるんだよ」

「おれはジュンイチ。十七だ」

　と少年は言った。「公園の向こうの街で店をやってる」

「君が？」

「姉にも手つだってもらってるがね」

少年は少し得意気に笑ってみせた。「いまに商売をやめて、ちゃんとしたミュージシャンになる積りさ」

「それはいい。だが――」

「なんだい？」

「ひとつだけ言っておこう。ジャズってのは人間の音楽だ。ジャズを好きだって事は、人間が好きだって事だ。ジャズ的ってことは、人間的ってことだ。汚れた手で、本当のジャズがやれるはずはない。これだけは覚えておくことだな」

「あんたは、従軍牧師かね？　いやに固っ苦しいことばかりいうなあ」

「いや。ただの一等兵だよ」

それからしばらく黙って海を眺めていた。ひたひたと階段に音を立てる黒い水は、少し臭い匂いがしたが、とても良い気持の晩だった。

「ジュンイチ」

と、ジョニーが言った。「トランペットをケースにしまいたまえ。潮風は楽器に良くないぞ」

少年は言われた通りにトランペットをしまい、立ちあがって言った。

「今度おれの店にこいよ。ピアノ・バーって聞けばすぐわかる」

「じゃ、またな」

「あんたは？」

「ここにしばらく居よう。少し考えごとがあるんだ」

「さよなら」

階段をあがって、道路の上からのぞくと、ジョニーの黒い大きな影が、じっとうずくまって海のほうを向いていた。それは何か人間ばなれのした、異様な動物のように見えた。

あの男は何を考えてるのだろう、と少年は思った。なぜか、ひどく古い友達と別れたような気がした。そんな気分になったのは、これまでにない事だ。

「野牛《バツフアロー》のジョニー」

と、少年は口の中で呟《つぶや》いてみた。何となく懐かしい感じのする名前だった。

それが、ジョニーと会った最初の晩だった。

3

ラジオ関東の時報が正午を知らせた。少年はカウンターを出て、店のドアにオープンの札をかけた。隣の店のジューク・ボックスが、感傷的な演歌をやりだした。ジョニーは相変らず奥のテーブルにうつぶせになったままだ。

ドアが開いて、派手な背広を着た白人の青年がはいってきた。姉の男のマイクだ。薄い唇と、翳《かげ》ったまつ毛と、長い脚をもった、甘い感じの美青年だ。二十四だとか言っていた。この二年間というもの、少年の姉に食いついて、のうのうと暮らしている。

「ユキはまだかい？」

「そっちと一緒じゃなかったのかね」

と少年は冷蔵庫の扉をバタンと閉めて言った。余り口もききたくない相手だが、いちおう姉の男だ。

「もう酔っぱらってやがる」

とマイクは奥のテーブルのほうを眺めて言った。「追いだしてやろうか」

「ありがたい。たのむよ」

少年はそしらぬ顔でうなずいた。ジョニーだと気がついたら、奴はたまげるに違いない。

「おい」

とマイクがジョニーの襟《えり》もとを摑んで揺り動かした。「目をさませ、でかいの」

「うるさい」

と、ジョニーが呻《うめ》いた。「あっちへ行け」

「何だと？」

「何だ」

ジョニーは顔をあげた。マイクは摑んでいた手を感電したように引っこめる。

「ジョニーじゃないか！」

「あっちへ行けと言ったのが聞えんのかね」

「いつ帰ってきたんだ？　え？」

「水を一杯くれ」

と、ジョニーは立ちあがって、カウンターの所へやってきた。マイクは間の悪そうな顔で、突っ立ったままだ。

マイクは、一度ジョニーに危い所を助けられた事があった。それ以来、ジョニーには頭があがらない。あの時の模様を思い出すと、少年は今でもカッと胸の奥が火照《ほて》ってくる。

あれはジョニーが初めて〈ピアノ・バー〉へやってきた晩の事だった。

その日は土曜日で、朝から雨が降っていた。夕方になると、風も出てきて、いやな晩になった。だが、そんな日は不思議と店が混んだ。欲求不満を絵に描いたような兵隊たちや、外国船員たちが、ぞろぞろやってくる。少年と姉とで手が回らないほど忙しくなる。

「マイクに手伝わせろよ」

と少年が言う。

「お客みたいな顔で飲んでいることはないだろう」

「マイクにウェイターは無理よ。あの人はてんで無器用なんだから」

少年は黙ってしまう。それ以上言うと、喧嘩《けんか》になるからだ。たて込む客を放っておいて姉とやり合っているひまはない。

カウンターにも、テーブルの上にも、それぞれの客の前に百円銀貨がポーカーのチップのように積みあげてある。

坐ると客が千円札を一枚出す。少年が百円銀貨を十枚、その前におく。客が飲んだ分だけ、その中から取って行く。百円銀貨がなくなると、また千円札を出す。コーラ一本で粘る客もいるし、何度も千円札を崩す客もいた。だが、一体に外国人客は細かい金の使いかたをした。日本人客のほうが、はるかに大まかで気前が良かった。だが、ベトナムで戦争が始まってからは、金遣いの荒い外国人も増えてきたようだ。そして、飲んで荒れる連中も多くなった。

その晩は、宵《よい》の口に二度ほど小さなこぜりあいがあった。フィリッピンの船員と、地元の組の若い衆が、連れの女の事でもめたのだ。何かいやな予感がする晩だった。外は雨だったし、客は馬鹿にたて込んでいた。そして、へんに静かな感じだった。オープンしてから、まだ一度もピアノを弾く客がいない。音楽のない店の混みかたは、乾いて、どこかとげとげしい感じがする。

「健ちゃんでも早くこないかしら」

と姉の由紀が呟くように言った。彼女も何か、いら立っているらしい。マイクは奥のテーブルで、ポーカーをやっている。かなり負けがこんでいる様子だ。

騒ぎが起ったのは十二時を少し回った頃だった。

カウンターの端に坐ってジンのストレートをやっていた客が、少年の姉に悪いいたずらをした。彼女がうしろを向いて洋酒棚に手を伸ばした時、ワンピースの背中のファスナーを、いきなり腰の辺までシュッと引きおろしたのだ。

叫び声をあげて由紀が振り返った。そのはずみに棚の洋酒のびんが、激しい音を立てて床に落ちた。

「何をするの！」

と彼女が言った。目がつり上って、顔が蒼ざめている。胸もとを広く開けた服がはだけて、黒い下着が見えた。相手の客が太い声で笑った。

「ぜんぶ脱がせてやろうか？　え？」

とその男は言った。黄色いポロシャツを着て、腕に金色の鎖を巻いている。髪の黒い、目のくぼんだ、毛深い白人の男だ。シャツの胸もとから、じゅうたんのように密生した剛毛が見えた。たくましい手が思いがけない素早さで伸びると、由紀の二の腕をギュッと摑んで引き寄せる。

「よせ！」

と少年が言った。

「すっかり脱がしてやろうか？　え？」

　カウンターの外の客たちは知らん顔をしていた。だが、どいつも一騒動もち上るのを舌なめずりして待ち構えている顔つきだ。

　その時、鈍い重い音がして、由紀の腕を摑んでいた男の体が、ぐらりと揺れた。そいつのうしろに、姉の男のマイクがビールびんを逆手に持って立っていた。彼は自分が殴った相手が椅子から転がり落ちもせず、女の腕から手もはなさないのを見て、恐怖に駆られた表情で立ちすくんでいた。

「あんたは誰かね」

　と、カウンターの男が、ゆっくり立ちあがって言った。その物静かなききかたが、ひどく不気味で、少年はぞっとした。男は続けた。

「おれはジョンソン基地のハーマンだが」

「ハーマン！」

「蜘蛛《スパイダー》のハーマンだ」

　カウンターの客たちが、不意にざわめいた。彼らはそっと椅子から滑《すべ》り降り、後ずさりしながら壁際へ散って行った。

　スパイダー・ハーマンの名は、少年も知っていた。イタリア系の米国プロ・ボクサーで、ミドル級の世界ランキングに入った事もある男だ。ある事件で拳闘界を追放された後、軍隊にはいり、日本へやってきた。その女郎蜘蛛《ぐも》のように長い、毛だらけの手脚は、わずか三年間のリング生活の間に二人の選手の命を奪っている。ジョンソン基地のハーマン、と兵隊たちは呼んでいた。残忍で、執拗で、怒れば怒るほど冷静になる男だという。満期になっても軍隊を去らず、職業軍人になってとどまっていた。

「痛いわ。手を放してよ！」

と由紀が泣き声をあげた。

「女を放せ」

とマイクが叫んだ。

「いやだと言ったら？」

マイクは真蒼になって、唇をピクピク震わせた。

「どうするね。色男」

蜘蛛《スパイダー》のハーマンが静かな口調できいた。さっきより、もっと優しい声だった。

マイクの左手がカウンターのビールびんを掴んだ。彼は両手に握った二本の空びんを素早く叩き合わせた。鋭いびんの割れる音がした。マイクは、ギザギザのガラスの歯をむきだしにした割れたビールびんを両手に構え、腰を落として相手をうかがった。

「よし」

と、蜘蛛《スパイダー》のハーマンが呟いた。彼は女の腕を突き返すように放して、カウンターをはなれる。

「こい、色男」

ハーマンは少し首を傾けて、無造作に通路に立っていた。マイクは大きく肩で息をしていた。

ハーマンが少し前へ出ると、彼はよろめくように一歩後退する。

「やめて！」

由紀が叫んだ。「誰かとめて！」

誰も何とも言わない。皆わくわくしながら成行きを見守っているだけだ。マイクの手から、ビールびんが床に落ちた。がっくりと床に膝をついて、

「かんべんしてくれ」

と、呻く。

「それは無理だろうな」

ハーマンが、囁くように言った。「お前は許せないぜ」

ハーマンが一歩前へ出た。マイクが、はうように後ずさりする。うしろは壁だ。もう退《さが》れない。店の中が、凍《い》てついたように静かになった。今からはじまる私刑《リンチ》の光景を、客たちは期待に震えながら待っている。

蜘蛛《スパイダー》のハーマンが、白い歯を見せて微笑した。目だけは冷たく相手を見すえたままだ。

皆が息をのんだ。その時、ドアを開けて一人の客がはいってきた。そいつは馬鹿に大きな黒人だった。その場の情況に全く気づかないような足どりで、ゆっくりカウンターの所へやって

くる。

「やあ、ジュンイチ。ここがあんたの店かね」

少年の目が、驚きで大きくなった。

「ジョニー！」

「そうだよ。野牛《バッファロー》のジョニーさ」

「バッファローだと？」

とハーマンが振り返って唸《うな》った。

「やあ、スパイダー」

と、ジョニーは、そっちを振り向きもせずに言った。「なんでそんな所に突っ立ってるんだ。ひさしぶりに一緒にやろうぜ」

「後でな」

「今でもいいじゃないか」

「いや。この色男をたっぷり可愛がってやってからにするよ」

「勝手にやってくれ」

とジョニーは言った。「その代り、おれも勝手にやらせてもらうぜ」

ジョニーは少年にちょっと片手をあげると、奥のピアノの所へ行った。そして、何とも無造作に〈レフト・アローン〉を弾きだした。

少年は息を止めて、その音に耳をすました。あの旧式のピアノが、こんな音を出すとは――。低音は重いハンマーで叩くように、高音は猫の足が歩くように、音と音とが絡《から》みあいもつれあって、ピアノが全身を震わせて歌ってるような感じだ。それはひとことで言って、素晴らしい演奏だった。ビリー・ホリデイのあの哀しさと明るさを、彼のピアノはくっきりと再現していた。

「やめろ、ジョニー」

と蜘蛛《スパイダー》のハーマンが言った。「おれは、お前のピアノが嫌いなんだ。やめろ」

だが、ジョニーは弾き続けた。壁際にいた客たちが一人、二人とカウンターに帰ってきた。テーブルの客たちも、もう誰も蜘蛛《スパイダー》のハーマンのほうを見ていなかった。彼らは皆、遠くを見るような目つきでジョニーのピアノに聞き入っていた。蜘蛛《スパイダー》のハーマンは何だか間が悪そうにもじもじし、やがてカウンターにもどって、ジンをくれ、と由紀に言った。小屋に灯がともるように音楽が始まった〈ピアノ・バー〉は、さっきと打って変って、なごやかな温かい気分に包まれていた。

もう誰も荒っぽい大声を出さなかった。ジョニーのピアノの音は、新鮮な血液のように客たちの間に流れていた。

少年はその晩、ジョニーについて、二つの事を知った。一つは、彼が天才ボクサーと言われながらも、途中でジャズメンに転向したミュージシャンであること。もう一つは、彼が蜘蛛《スパイダー》のハーマンを、ＫＯで破ったただ一人のボクサーであった事である。

その晩からジョニーは〈ピアノ・バー〉の常連の一人になったのだった。

4

少年の姉の由紀は、ジョニーの事を、黒牛と呼んでいた。黒人に偏見を持っているわけではなかったが、何故か虫が好かないらしかった。

由紀は、目鼻立ちのはっきりした、どちらかといえばエキゾチックな美人だった。少年は幼稚園の頃から、姉の事をひそかに誇らしげに思っていた。だが、最近では、姉は姉、自分は自分、と、かなり突っ放して考える事ができるようになってきていた。

トランペットをやり始めてからは、姉の男たちに嫉妬する事もなくなった。今の男のマイクだって、軽蔑しているだけで、どうという事はない。ただ、これまでになく姉がマイクにおぼれている事だけは感じていた。由紀は自分より年下の美青年に、絶えず金を渡していた。その金でマイクは外《ほか》の女と遊んだりする。由紀はその事で、絶えずマイクともめていた。店に目のふちを真黒にして出てくる事もしょっ中だ。

ベース弾きの健ちゃんの所へ時どきぐちをこぼしに行くらしいが、結局はマイクと別れる事ができないでいるのだった。

少年はジョニーが店にくると、健ちゃんに電話をかけた。ダンス・ホールがはねて、健ちゃんがやってくると、それからはジャズの時間だった。客たちが帰っても、ずっと朝がたまで夢中でやっている。〈ピアノ・バー・トリオ〉と少年は名前を決めていた。

演奏に疲れると、ジョニーと健ちゃんと少年の三人で、勝手なお喋りをする。もっぱら話題はジャズの事だった。

「音楽は人間だ」

とジョニーはいつも同じ事を言った。「わたしが駄目な人間になる。すると音楽も駄目になる。わたしが高まると、演奏も高まってくる。そりゃあ怖いみたいなもんだ。音楽はごまかせない。人間の内面を映す鏡みたいなもんさ」

「そうは思わないね」

健ちゃんはジョニーの意見に反対だった。「そんな事を言ってりゃ、おれなんざ全くジャズをやる資格なんぞ、ありゃしないって事になる」

「あんたは良い人だよ。だから下手だけど暖かいベースが弾けるのさ」

「よしてくれよ。おれは出来そこないの、ぐうたらバンドマンさ」

「自分を卑下する事で、自分の演奏までいやしめてはいけない」

とジョニーは怖い顔で言う。「あんたは良い人間なんだ。それはあんたのベースが証明してる。ごまかしちゃいかん」

「ジョニー。あんた、おれの姉の由紀に惚《ほ》れてるだろう」

と、少年は言った。「あんたのピアノはそう言ってるぜ。音楽はごまかせないもんだよ」

ジョニーは肩をすくめて苦笑した。

「彼女は素晴らしい人だ」

とジョニーは小さな声で呟いた。

「そうでもないさ」

と少年は言う。「さて、じゃあ、もういっちょうやるか」

ジョニーは、とても素晴らしいピアニストだった。だが、ミュージシャンである以上に、大したジャズ学者だった。健ちゃんと少年は、ジョニーから、さまざまなジャズの考えかた、つまりジャズの思想といったようなものを教えられたのだった。

その年の夏の終りに、ジョニーは突然、どこかへ出発した。ベトナムへ行ったのさ、と健ちゃんが言っていた。

彼が現れなくなってしばらくして、かなりのまとまった金が〈ピアノ・バー〉気付けで送られてきた。ジョニーからだった。この金で新しいピアノを買っておいてくれ、という手紙がそえられていた。もし無事に帰っていけたら、そのピアノで健ちゃんたちと夜通しジャズをやろう、とも書いてあった。

だが、その金でピアノを買うことは出来なかった。少年の姉が、マイクのポーカーの借金を払うために無断でそれを流用したからだ。

「どうせ帰ってきはしないわよ」

と由紀は言った。「ベトナムじゃ、黒人兵を先頭に立てて戦争してるって噂だから」

少年が姉を殴《なぐ》ったのは、その時がはじめてだった。彼は姉が気を失うまで本気で殴った。そばにいた健ちゃんや、マイクも手が出せないほどの、凄まじい殴りようで、彼女は後で幾針か目尻を縫ったほどの激しさだった。だが傷ついたのは、むしろ少年のほうだった。彼はその時から、本当の一人になったような気がしたのだ。

彼は少しずつ無口になり、体も大きくなって、顔にひげも生えてきた。昔のように、深夜、トランペットの練習に海岸へ行くこともなくなった。ジャズよりも、彼は店の経営に熱中しているように見えた。

〈ピアノ・バー〉は、以前よりも売上げが増え、店内の造作も少しずつ格好がついてきた。だが、ピアノだけは、相変らず以前のままで、最近では余り弾く客もいなくなっていた。音楽よりも、酒を飲むためにくる客が増えてきたようだった。兵隊たちは、皆、不安をまぎらすために飲むような飲みかたをした。船員たちの金遣いも荒くなっていた。この港町の酒場にも、戦争の影響は少しずつ現れてきているらしかった。蜘蛛《スパイダー》のハーマンが、戦死したというニュースを聞いたのは秋の終り頃だった。

5

少年の姉の由紀がドアを開けてはいってきた。マイクが跳ねるように近づいて行って、何か囁く。由紀の表情が固くなった。

「まあ、ジョニー！」

彼女は精一杯の笑顔を作って近づいてきた。

「かえってきたのね。よかったわ」

少年は気が気ではない。ジョニーは相変らずの古ピアノを見て何にも言わなかったが、心が痛んだ。後で訳を話して謝るつもりだったのに。

「ジョニー。怪我はなかったの？」

どこから出るかと思われるような優しい声だ。つまらない事を言いださなければいいが。

「ありがとう。だが――」

「どうかしたの？」

「ああ。ひどいもんだよ」

「ピアノの話なんだけど――」

「ああ、あれはいいんだ。もし死んでしまえば必要がないんで送ったまでさ。どう使ってくれてもよかったんだよ」

「ありがとう」

「ジョニー」

と少年が呼びかけた。「かんべんしてくれ。そのうち、きっと新しいのを入れるから」

「気にするなよ」

とジョニーは手を振った。「わたしにはもうピアノなんか必要ないんだ」

「必要がないって？」

「そうだ。もう弾けなくなってしまったのさ」

「指でもやられたのかい？」

と少年がきいた。ジョニーは無言で顔を振った。

「そうじゃない」

「じゃ、どうしたんだ」

「さっき言ったろう。わたしは変ってしまったのさ。人間が駄目になっちまったんだよ」

「ジョニー、ゆっくりしていってね」

少年の姉はマイクと連れ立って外へ出て行った。ジョニーの目がちらと光ったような気がした。

「あの男、相変らずかね？」

「そうだろ」

と少年は言った。「おれには関係のない事さ」

「そうかな」

不意にジョニーがむずかしい顔になった。ひどく深刻な顔だった。彼のこんな表情を少年はこれまで見た事がなかった。

「マイクがどうかしたのかい？」

「うむ」

ジョニーは腕組みして呟くように言った。「ユキさんは、あの男と別れたほうがいいようだ」

そんなセリフをジョニーが吐いたのは、これがはじめてだった。由紀に惚れてはいたが、一言も口には出さなかったし、彼女の事についてとやかく言ったりする事など一度もなかったのだ。

「ちょっと出てくる」

とジョニーは立ち上って言った。「夜にまたくるよ」

「どうしたんだ、ジョニー。これから二人でゆっくり話でもしようと思ってたのに」

「後で」

とジョニーは手を振って出て行った。そのうしろ姿に、昔のジョニーになかった兵隊臭さのようなものを、少年は感じた。


店は四時頃からぼつぼつ客がやってきた。姉の由紀は夜八時過ぎにマイクと一緒に帰ってきた。どこで飲んだのか、少し赤い顔をして、ふらふらしながら現れた。

「ごめんなさい、淳《じゅん》ちゃん」

「仕事にならねえな」

と少年は不機嫌な声で言った。「ジョニーがきたら、おれと交替してもらうよ」

「いいわ。まかせてちょうだい」

ジョニーは、おそくやってきた。十時過ぎで、客は五、六人といった時分だ。

「どこへ行ってたんだい、ジョニー」

「いや、ちょっと」

彼がこんな具合にあいまいな物の言いかたをする事はめずらしい。どうしたんだろう、と少年は思った。やっぱり、どこか変ったんだろうか？

少年は健ちゃんに電話をかけた。健ちゃんは、ひどく喜んで、十一時半にホールを終えたら、すぐ駆けつける、と言う。

ジョニーにそれを伝えると、彼はひどく悲しそうな顔をした。やっぱり変だ。

ジョニーは奥のテーブルで一人でビールの小びんを前に、ぼんやり坐っていた。天井を見つめたまま、まばたきもしない。

十二時頃、健ちゃんがやってきた。ベースのケースを抱くようにかかえて、息せき切って駆けつけたといった恰好だ。

「ジョニーは？」

「むこうにいるよ」

健ちゃんは顔をくしゃくしゃにしてすっ飛んで行った。少年は姉と代ってカウンターを出る。

「ジョニー！」

「やあ」

二人が握手するのを見ていると、少年はジンと胸が熱くなった。

「やろうぜ」

と健ちゃんが言う。「挨拶《あいさつ》がわりに駆けつけ三曲と行こうじゃないか」

「いいね」

と少年が言った。ジョニーを元気づけるには、それが一番だ。きっと、随分長い間、音楽から離れていたんで、それでジョニーは元気がないんだ。まず、一曲。それで何もかも昔通りになるだろう。

少年はトランペットのケースを洋酒棚からおろし、楽器を取り出した。

「ひさしぶりね、淳ちゃん」

と、由紀が言った。少年は姉に微笑を返した。その時、少年は姉との間に一瞬間だけ、暖かいものが流れたのを感じた。

健ちゃんがベースをピアノの横に持ってきた。ジョニーはまだ奥の椅子に坐ったままだ。

「さあ、ジョニー」

と健ちゃんが声をかける。トランペットのバルブをカタカタいわせながら、少年は何度も唇を手でこすった。

「やろうぜ、ジョニー」

ジョニーはどうしたのか、一向に立ちあがらなかった。いつもなら、目と目が合っただけでニヤリと笑ってピアノに向かうのだが。

「ジュンイチ。わたしは駄目なんだよ」

「どうした、ジョニー」

と健ちゃんが、ボ、ボン、ボン、とベースを鳴らす。

「わけがあるなら聞かせてくれ。友達だろ」

と少年がジョニーの肩に手をおいて言った。

「よし」

ジョニーがやっと立ちあがって、ピアノの前に坐った。「口で言うより、こいつを聞いてもらえばわかる。わたしが独りで弾くよ。二人で聞いてくれ」

少年は健ちゃんと顔を見合わせた。独りで弾くって？

二人が何か言おうとした時には、もうピアノが鳴っていた。古い、あまり聞かないブルースのメロディー。

それは素晴らしいブルースだった。少年はその時はじめて本当のブルースを聞いたような気がした。ピアノが息づいて、人間のように呻いたり、嘆息したりするのを、少年は目をつぶって聞いていた。

ジョニーの弾きかたを、どうこう言うことはなかった。彼は全身で呻いていた。彼のコードは肉声のようで、彼のタッチは震える心臓の鼓動そのものだった。

カウンターで飲んでいた若い兵隊さんが、みんなしゅんとなって頭をたれているのを、ぼんやりと眺めていた。姉の由紀はむこう向きになって、洋酒棚に額を押し当てたまま動かない。

健ちゃんは、ベースにすがりつくような恰好で、目を閉じている。

ジョニーが弾き終えても、誰も手をたたく者はいなかった。皆が黙り込んでいるのが、それ以上のものを示していた。

「わかったかね、ジュンイチ」

とジョニーが言った。「どうだった、今の演奏は？」

少年は大きな溜め息を一つついて言った。

「最高だ。何も言うことないよ。何か言うと嘘になる。素晴らしいブルースだったよ」

「なんだって？」

ジョニーの顔が、判らないと言った風に少年や、健ちゃんや、客たちを眺めた。

「本当の事を言うんだ。これは大事なことなんだよ」

「おれはジャズをやるのがいやになった。あんたのピアノが、あんまり良かったんで――」

と健ちゃんが横から言った。「実際、凄いブルースだったよ」

「そんな馬鹿な！」

とジョニーが叫んだ。

「そんな馬鹿な。今のわたしの演奏は、薄汚くって、通俗的で、まるっきり音楽になってなかったはずだ。そうだろ、え？　何も気を使ってくれなくってもいいんだよ」

「良い演奏だった。おれはあんたが昔言ってた事がようやく判ったような気がする。ジャズは人間だって事が」

「よせ！」

とジョニーは言った。彼の顔は幽霊でも見たかのように醜く歪《ゆが》んでいた。恐怖にひきつっているようにも感じられた。

「嘘だ。わたしに良い音楽がやれるはずがない！」

「だって本当だったぜ」

「嘘だと言ってくれ」

と、ジョニーはかすれた声で言った。彼の額には汗の玉がびっしり浮びあがっていた。

嘘はつけないよ、と少年は断固として言った。

「ジャズのことで嘘はつけない。あんたのプレイは最高だった」

ジョニーは床に崩れるように坐りこんだ。そしてそのまま、長い間、頭を抱えてうずくまっていた。彼の肩が激しく震えて、ジョニーが泣いている事が判った。

「どうしたんだ、ジョニー」

と健ちゃんが言った。

「わたしは信じるものがなくなった――」

とジョニーが顔をあげて呟いた。涙で顔がぐしょぐしょになっていた。

「わたしはジャズさえも信じられなくなってしまったんだ」

それから、ジョニーは少年をみつめ、まるで違う人間のようなかすれた声で喋りだした。

「ジャズは人間だ。良い人間だけが、他人を感動させるピアノを弾ける。ジャズは正直だ。人間が駄目になった時、演奏も駄目になる。わたしは、だからジャズを信じていたんだ。人間、なにか信じるものがなくては生きてゆけるものじゃないからな」

ジョニーの声は、いっそう空《うつ》ろになり、地の底から響くような調子が加わった。

「わたしは半年以上も戦争をやってきた。そこでわたしは駄目になった。駄目にならなければ、戦争なんかやれない。罪のない人間を殺せない奴は、生きて帰れない。わたしは自分が信じられない人間になった事を知っている。だがジャズだけは、まだ信じていた。今のわたしがピアノを弾けば、昔のような音はでない。汚れた卑劣な人間が、どうして人を感動させるジャズがやれるだろう。わたしがどんなに一生懸命に弾いても、それは汚い醜いブルースになるはずだった」

少年は、ジョニーが考えている事が、少し判ったような気がした。

「だけど、もし今のわたしのピアノが他人を感動させる良い演奏だったとしたら、わたしはもうジャズさえも信じられないことになる。汚い駄目な人間でも、素晴らしいジャズが弾けるなら、ジャズとはいったい何だ！　それは、ただのテクニックだけの遊びじゃないか。戦争に行って、わたしは人間を信じられなくなった。そして今、残された最後のもの、ジャズさえも信じられなくなってしまったんだ。そうなんだ。わたしはいったい、どこへいけばいい、え？」

少年はジョニーの顔がまともに見られなくて、もじもじしていた。ジョニーの言う事が判るようでもあり、そうでないようにも思われた。

その時、ジョニーが、ニヤリと笑って立ちあがった。なぜか不気味な笑いだった。

ジョニーの手が、洋服の胸もとを探ると、冷たく光った軍用拳銃を引きだした。少年の姉が悲鳴をあげる。ジョニーは撃鉄をあげると、まったく無造作に拳銃をピアノの横腹に向け、引金を引いた。続けて二発。それからまた二発。ピアノ線のはじける鋭い音が聞え、硝煙と火薬の匂いが店の中にたちこめた。

「ジョニー！」

と少年は叫んだ。「落着くんだ、ジョニー」

「落着いてるよ」

とジョニーは言い、拳銃をベルトに差し込んだ。「まだ二発残っている」

それからジョニーは、少年と健ちゃんにうなずき、少年の姉の方を、屠殺場へ行く黒牛のような哀しい目で見ると、ゆっくりした足どりで、店を出ていった。

「ジョニー！　待ってくれ！」

少年が彼を追いかけて、外へ出た時、ジョニーを乗せたタクシーが、タイヤをきしませて街の方へ走り去った。

その晩、店を閉めたのは二時過ぎだった。少年は姉と別れて、トランペットのケースをさげ、海ぞいの道を歩いて行った。独りっきりでトランペットを吹きに行くつもりだった。ジョニーのことや、ジャズのこと、姉のことや、人生のこと、そのほか色々なことをあの石の階段で独りで考えてみるつもりだった。

〈ジョニーは一体、戦場で何をやったと言うんだろう？〉

と少年は考え、首をふって考えるのをやめた。

港には、今夜は船の灯も見えず、黒い海が不気味に闇の中にひろがっている。

公園と海とにはさまれた遊歩道の中ほどまでくると、例の階段の上に誰かが立っていた。少年の足音に、その影が振り返った。

「やあ《ハーイ》、ジュンイチ」

「ジョニー！　あんた、こんな所にいたのか」

と少年は叫んだ。「どうしたのかと思って心配していたよ」

「すまなかったな」

とジョニーは静かな低音《バス》で言った。

「ここで何をしてたんだい」

「海を見ていたのさ」

「会えて良かった」

と少年は呟いた。それからジョニーと並んで、黒い静かな海面を見おろした。最初、ジョニーに会った晩の事が思い出された。あの時は、もっと風が冷たかったのだ。

「ジョニー」

「なんだい」

「あんたはジャズはもうやめるつもりかい？」

「ああ」

「おれは、どうしよう」

「それは君が自分で考える事だ」

ジョニーの声には、あの晩の、教師のような、ちょっと厳《おご》そかな響きがあった。

「自分で生きてみて考える事だ。わたしがジャズを捨てたからといって、君が真似をする必要はないさ」

少年はうなずいた。そして、しばらくしてきいた。

「ジョニー、あんたはまた戦争に行くんだね」

「さあ、どうかな？」

「なぜ」

「これから先の事は、わたし自身にも判らないのさ」

そこで少年は、気にかかっていた事をたずねた。

「拳銃はまだ持っているのかい？」

「うん」

「弾が残っているって言ってたな。おれはあんたが、自分の頭にぶちこむんじゃないかと思って、気になってたんだ」

「心配する事はないさ。弾はもう残ってないよ」

ジョニーは冷静な声で言った。「君の姉さんの男は、なんといったかな」

「マイクの事かい？」

「そうだ。残った弾は、そのマイクとかいう若い男の頭の中にぶちこんでやったよ」

少年は息をのんでジョニーの腕をつかんだ。

ジョニーは生《き》真面目な口調で続けて、「あの男の事が気になったんで、今日の午後ずっと調べて回ったんだ。あいつは、ヘロインや、大麻を扱う商売に首を突っ込んでたぜ」

「マイクが！」

「そうだ。それに姉さんも巻きこまれかかっていたらしい。わたしは、彼女をそんな奴等の仲間にしたくなかったんだ。彼女は良い人だからな。こうするより、仕方がなかったのさ」

二人は黙って向き合って立っていた。ジョニーが煙草を出して、火をつけた。

闇の中に白い煙が流れた。

「ジュンイチ。君はいくつになる？」

「もうすぐ十九だよ」

「おれはベトナムで、君くらいの年頃の連中を何人も殺したよ」

波のひたひたという音がはっきり聞えた。

ジュンイチは黙ってその音を聞いていた。

ジョニーが、煙草を海に投げた。それは、黒い水面に、赤い弧を描いて落ちていった。

海からの風は重く、強い潮の臭いがした。暗い空に旅客機の標識灯が、ゆっくり動いている。

「さあ、ジュンイチ。君は帰りたまえ。姉さんには君が必要だろうぜ」

「あんたは？」

「もうしばらくここにいるよ」

「じゃ……」

「うむ」

少年はジョニーの冷たい手を握って、かすかにしゃくりあげた。しょっぱい涙の味が鼻から抜けてきた。ジョニーは逮捕されるのだろうか、と少年は考え、いや、戦争へ行くのだと思った。いったい、その戦場で、ジョニーは何をしたというのだろう？　考えてみるのが怖い気がした。彼はそれからうしろを向いて歩き出した。遊歩道の端まで来て、振り返った時、鈍い銃声が海にこだました。そして少年は、ジョニーの黒い影が岸壁から宙に浮き、ゆっくりと石のように黒い海面に吸い込まれて行くのを見た。


――「海を見ていたジョニー」了――

老兵たちの合唱

1

「いくつだって?」

星野が呆《あき》れたような声できいた。藤岡慶太は、思わず口ごもった。一体いくつだろう? それは判っていない。だが、言いたくないだけだ。細巻きのシガーを唇の端にくわえると、藤岡は押し出すように答えた。

「——六十八歳、だったかな。確か、それくらいのもんだ」

「平均年齢六十八歳の黒人ジャズ・バンドか」

馬鹿な、と口の中で呟《つぶや》くと、星野は立ち上って窓際《まどぎわ》に歩み寄った。

〈馬鹿な企画だということぐらい判っている——〉

藤岡慶太は酔いが醒《さ》めた後のような目で、星野の背中を眺《なが》めた。窓の外に旧赤坂離宮の青錆《さ》びた屋根が、くっきりと見えた。十月の透明な陽ざしの中で、その古風な屋根は映画のセットのように現実感がなかった。

長身の星野は、放心したように窓の外の風景に目を向けながら、

「冗談じゃないぜ、全《まった》く」

「おれは本気だよ」

藤岡慶太が抑揚《よくよう》のない声で言った。「一番若いのが五十六歳かな。ベースのじいさんが八十九。平均年齢六十八歳の老兵グループさ」

電話が鳴った。星野はすぐに電話に出なかった。そういう男だった。一呼吸入れて、素早くいつもの精悍《せいかん》な企画担当者の構えをたて直すと、勢いよく受話器を摑《つか》む。

「はい。音連の企画部です」

藤岡慶太は椅子を立って、その場を離れた。こっちも商売なら、音連も商売だ。最近落ち目の芸能プロの人間に聞かせたくない話もあるだろう。

藤岡慶太は、少し離れた窓の所へ行って外を眺めた。国電四谷駅に近いそのビルの五階からは、上智大学のグラウンドが間近に見おろせた。女子学生の一団が、徒手体操をやっている。白いトレーニング・パンツの揃《そろ》った動きが、鮮《あざや》かに目にしみた。

〈おれは何に酔っていたんだろう〉

不意に二日酔いのあの苦《にが》い現実感がもどって来た。そうだ、おれは自分で自分の妄想に酔っていたのだ、と藤岡慶太は思った。

〈逃げ出せ。今なら間にあうかもしれん――〉

グラウンドの女子学生たちが、突然わっと喚声《かんせい》をあげて走り出した。藤岡慶太は窓に背を向けて、その部屋を出て行こうとした。だが、少しおそかった。電話を終えた星野が、あの青い光りをおびた目で彼の方をじっと見つめていた。

「本当に呼ぶ気かね、そのじいさんたちを」

と、星野が変に冷静な口調で言った。

「ああ。呼ぶとも」

「うちが買わなければ、どうするつもりだ？」

「その時はスポンサーを付けて、アトラクションにでも使う。学生バンドと組ませて地方を回る手もあるしな。クラブにだって――」

星野はワイシャツの袖口を折りながら、首を振ると、

「しかしだな、それもこれも、ちゃんと一応演奏らしい演奏が出来ての話だ。今はもう外国から呼んだタレントでございますといって、それだけで通用する時代じゃない。見ろよ、これを」

星野は親指を立て壁に張ってあるポスターを指し顎《あご》をしゃくった。

「いいか。カナダの交響楽団に、ウィーンの少年合唱団だ。イタリアのカンツォーネも来れば、ソ連のバレエもある。どれも名の通った荷ばかりだぜ。しかもアメリカ国務省やソ連政府とのタイアップものだ。そういう時代なんだよ、今は。朝鮮戦争の始まった時から、もうあらゆる

分野での再編成が進んでるんだ。政治と結びつくか、大資本とタイアップするか、でなきゃあっちの興行シンジケートの組織につながるか、それしかないんだよ。いやおうなしさ。わかるだろう、それくらい」

「わかるとも」

藤岡慶太はうなずいて立ち上った。

「帰るのか」

と、星野がきいた。彼はのぞき込むように藤岡の目をみつめると、

「それでもやる気かね」

「ああ。やってみる積りだ」

藤岡慶太は壁のポスターにちらりと視線を投げると、ドアを開《あ》けて廊下に出て行った。

「待て。おい」

と、星野の声が背後できこえた。「全く仕様のない馬鹿野郎だ」

奴は必ず追いかけてくる、と藤岡慶太は思った。利口《りこう》ぶった口はきくが、奴もおれと同じ種類の人間なんだ。それはちゃんと判っている。

藤岡慶太は早すぎないように、エレベーターのボタンを押して待った。ドアの開く音が背後でした。

〈馬鹿野郎――〉

口の中で呟いて彼は苦笑した。こんなふうにしていつも厄介《やっかい》ごとが始まるのだ。そしてお互いに抜きさしならないところに追い込まれてしまうのだった。藤岡慶太の頭の中で、さっきの女子学生たちの喚声が残響のようにひびいていた。

2

藤岡慶太にその老人たちの話を聞かせたのは、翻訳家の佐野亨一郎である。佐野は洋画の配給会社から転じて、推理小説の翻訳や雑文を書いているいっぷう変った人物だった。

すでに六十歳に近い銀髪の佐野亨一郎は、その派手な服装と、葉巻の匂いで、どこにいてもすぐに判った。背は低いが、ゆったりと恰幅《かっぷく》のいい二重顎の童顔である。藤岡慶太は数年前まで、洋画配給会社の宣伝部員として彼の下で働いていた。朝鮮戦争の最中《さいちゅう》に、そのアメリカ系の洋画配給会社で組合の結成をめぐってトラブルが起こり、首謀者と見なされた藤岡慶太ほか数人が馘首《かくしゅ》されたのだった。

そのとき馘《くび》になった仲間の一人に星野がいた。当時、宣伝部で次長のポストにいた佐野亨一郎は、その事件の直後に自分の方から辞表を出して社を退《ひ》いたのである。

彼ら三人は、それぞれ別な世界に転身していったが、時おり顔を合わせて酒を飲むことがあった。ようやく三十代に踏み込んだばかりの藤岡と星野は、佐野享一郎のいつも変らぬ若々しい饒舌《じょうぜつ》を愛していた。彼がフリーのライターに転じて、どんなふうに食っているかは、藤岡も星野も聞いたことがなかった。

一度、藤岡慶太は夕暮れの新宿で、映画館の隣りの質屋から出て来る佐野享一郎の姿を見かけたことがある。だが、いつ出会っても彼の口を突いて出て来る話題は、ヘミングウェイの競馬の話であり、アポリネールとジャズの話題であり、ケッセルの情婦の黒子《ほくろ》についての冗談だった。彼は中央線沿線の酒場で、一杯五十円の泡盛《あわもり》を、スコッチを飲むような優雅さで口に運び、時どきズボンの折れ目を気にして指先で膝《ひざ》のあたりをつまみ上げては喋《しゃべ》っていた。

彼らはそのルドンという安酒場を、第二の職場のように感じていた。夕方、外食券食堂で食事を済ませ、その店に顔を出すのは会社に出社するような気分だった。彼らはアメリカ人の上役が目を光らせている職場でよりも、その酒場に坐っている時の方がはるかに生き生きしていた。彼らが社を馘になってすぐ、佐野享一郎が追いかけるように退社した時、酒場の中年のマダムは笑ってこう言った。

「佐野ちゃんはね、自分だけ会社に残ったりしたら、この店であんたたちと会って楽しくないからやめたのよ。きっとそうよ。あのおじいちゃんは、そういうとぼけた人なんだわ」

藤岡慶太は星野と顔を見合わせて苦笑したが、あの人ならそんな身の処し方もするかもしれない、という気がしたのも事実である。

星野は、当時あたらしく出来たばかりの音連の事務局に縁故で入った。音連は会員システムの音楽鑑賞団体で、当時は勤労青少年を対象に次第に大きな組織に育っていこうとしていた時期だった。

藤岡はスポーツ新聞の求人広告を頼りに、いくつかの職業を転々とした後、去年の夏、現在の芸能プロモーターの仕事を独力で始めたのである。音連の企画部に入った星野が回してくれた仕事が、最初の仕事になった。藤岡慶太は、銀座の共同貸事務所に電話一梃《ちょう》の権利を借り、ほとんど一人で走り回っていた。

その仕事に国鉄の職員家族慰安会の興行の下請けが加わってから、彼の足場は少しずつ固まって来た。女事務員もやとい、正式に事務所を株式会社として発足《ほっそく》させることも出来た。だが、その頃から、音連との仕事が次第に少なくなってきはじめたのだった。

それは、音連が急激に巨大化していくと共に、藤岡のプロダクションでは扱い切れない大きな荷を必要とするようになったためである。

外国からの歌い手を呼んだり、大がかりな創作ミュージカルをプロデュースする能力は藤岡のところにはなかった。星野の好意にもかかわらず、音連とのつながりは少しずつ失われていき、そして今年の春以来、すっかり関係がとだえてしまっていたのだった。

星野とは、中央線沿線の酒場、ルドンで、月に一度ぐらいは必ず会っていた。佐野享一郎も、相変らず姿を見せた。彼らの話題は変らなかったが、それぞれ微妙な違和感を覚える瞬間があるようになっていた。それは、しかたがないことだった。

藤岡慶太が、佐野享一郎からその老人たちの話を聞いたのは、そんな時期だったのである。

3

ちょうど今から半年ほど前のことだった。その晩、藤岡慶太は夜おそくルドンに寄った。新宿である建設会社の総務部長を接待しての帰りだった。彼はその夜、自分が悪い酔い方をしていることに気づいていた。

その建設会社は来月の中旬、創業十周年の記念行事を行なうことになっていた。行事は三日にわたって催され、その最終日には公会堂を借り切って社員家族招待の祝賀会が予定されていた。その会のアトラクションの舞台を彼の事務所が引受けることになっていたのである。それは金額にしても知れたものだった。にもかかわらず、相手方の担当者は、一割五分の分戻《リベート》しと部長への接待を要求したのだった。藤岡慶太は、歌舞伎町の連れ込み宿で、まだ三十代と思われる傲慢《ごうまん》な総務部長に、女を当てがって別れて来たところだった。

その女は、彼が半年ほど前から生活費の一部を負担してやっている山陰出身の女事務員だった。彼女はポピュラー歌手を志望して三年前に上京した娘で、すでに挫折を知った醒《さ》めた目をしていた。藤岡は半年ほど前、レコード会社の社員や、専属作曲家や、芸能プロの男たちの間を盥回《たらいまわ》しにされながら生きて来た娘に、ふと彼らしくない発作《ほっさ》的な感傷を覚え、自分の事務所に引取っていたのである。

真木勢津子、というその娘は、不思議に汚れた感じがしみ込んでいなかった。歌手志望の少女たちの若い肉体を、当然の権利のように自由にする業界の男たちのやり方を、彼女は歌のレッスンと同じように考えていたためだろう。だが、三年目の秋、レコード会社でその年の新人賞候補として推《お》しているある歌手の事前運動のために、賞の審査員の一人と寝ることを命じられた時、彼女は自殺を企てて芸能界を離れた。その審査員に肉体を提供するのがいやだったわけではない。自分が、後からデビューしたその新人のために使われることに耐えられなかっただけだったのである。藤岡は夜の仕事に転向した真木勢津子と関西の酒場で会い、自分の事務所に勤めさせたのだった。

真木勢津子は、月に数回藤岡の阿佐谷のアパートに泊っていった。彼女は最初の男だった作曲家に、発声のレッスンと同じやり方で性的な仕込まれ方をしていた。彼女はレコード界の底辺をさまよっていた三年間に、セックスの行為を全く即物的に受取る習性を身につけていた。彼女は今までにも何度か、藤岡に対して必要な場合には自分を取引の道具に利用するように、と申し出たことがあった。彼女はそんな時むしろ、おずおずした態度でそのことを彼に切り出したのである。それは今度の時もそうだった。露骨な言い方で勢津子に興味を示した建設会社の担当者に、彼女は進んで体を寄せていったのだった。

「気にしないで」

と、彼女は喫茶店で相手の総務部長が手洗いに立った時に藤岡に囁《ささや》いたのだった。「泊らずに帰るわ。ごめんなさいね」

勢津子は、音連と離れた藤岡にとって、そのささやかな仕事さえ重要であることを知っていた。そして、藤岡が自分を拾いあげてくれたのも、時たま一緒に夜をすごすのも、愛情とは無関係な彼の気まぐれであることに気づいていたのだろう。

藤岡はその夜、真木勢津子を、血色のいい大柄な総務部長に渡して帰って来た。彼は自分と体の関係のある女を提供してまで、今の事務所を続けていこうとは思ってもいなかった。ただ、進んでそうさせて欲しいと、訴えるような目つきをした勢津子の気持ちを、自分が恥知らずになることで受け止めてやろうと思っただけだった。

その夜、彼が行った時、ルドンの扉は、もう内側からしまっていた。藤岡慶太は窓のすき間から中の様子をうかがった。店にはまだ人の気《け》配《はい》があった。

「開《あ》けろよ、おれだ」

と、藤岡は怒鳴った。「誰かいるんだろう。藤岡だ」

「静かにしなさい」

マダムの声がして扉が開いた。カウンターに佐野享一郎が坐っていた。彼は濃い朱色のスポーツシャツの下に、葡萄《ぶどう》色のアスコットタイを締め、スウェードの帽子をかぶって水割りを飲んでいた。

「やあ、佐野さん」

「W・C・ハンディの息子がね——」

と、佐野享一郎は楽しそうな声で彼に言った。彼の話はいつもそんなふうにして始まるのだった。藤岡慶太は彼の隣りに坐ると、ウイスキーをダブルで、とマダムに言った。

「だめ」

と、マダムが首を振った。

「なぜだい」

「あなたは今夜は悪い酔い方をするわ。きっとそうよ。私には判るの。何年もあんたたちを見て来てるから、予感がするんだ」

「どんな予感だい」

「ハンディを知っているかい？　セントルイス・ブルースの曲を作った黒人音楽家だ。I hate to see de evenin’ sun go down......」

佐野享一郎は金属質の陽気なバリトンで有名なブルースの四小節を歌った。マダムは、しっ、

と彼を手で制して、

「一年に一ぺん、藤岡さんが悪い酔い方をする時があるのよ。前にもほら――」

その時のことは、彼も憶《おぼ》えている。それは彼らの組合結成の秘密工作が、どこからか上役のアメリカ人たちに漏《も》れて、もう一歩という時にばっさりやられた夜のことだ。彼と星野がその洋画配給会社を馘首された正式の理由は、仕事のためのありふれた伝票の操作が原因だった。彼は自分たちの計画が挫折したことよりも、誰か仲間の中に密告者がいるという陰惨《いんさん》な思いに悪酔いしたのだった。その晩、藤岡はこの店で地《じ》回《まわ》りの一人を傷つけ、駆けつけた警官を殴《なぐ》って公務執行妨害で逮捕されている。

「心配したって無駄だよ。おれはもう悪酔いしてるんでね」

と、藤岡慶太は言った。

「仕様《しよう》のない人だわ」

マダムがグラスを彼の前においた。佐野享一郎が彼の肩に手をおいて喋り出した。

「ある日、郵便配達夫がハンディの家にやって来た。そして新しいビクターのレコード・カタログを配達して行ったのさ。ハンディの息子たちがそいつをひろげて作曲家のHの項に父親の名前を見つけて歓声をあげたんだ。そのハンディの名前はヘンデルとハイドンの間にはさまれてあったんだな。それを見たハンディの息子の一人が叫んだ。パパ、この両脇の二人はいったい誰なの？　って」

佐野享一郎は、血色のいい桃色の喉《のど》をそらせて大声で笑い出した。マダムは眉をひそめて佐野を見た。

「もう一杯」

藤岡がグラスを押しやって言った。「佐野さん、なにか面白い話はないですかね」

「あるとも」

佐野享一郎は上機嫌でうなずくと、藤岡の方へ向き直って体を乗り出した。「ジミー・ルイスの入れ歯の話はどうだい」

「アイゼンハワーの鬘《かつら》の話の方がいいな」

藤岡の皮肉を聞き流して、佐野享一郎は喋り出した。マダムが藤岡のグラスにウイスキーを注《つ》いだ。悪い酔いが確実に体を満たして来るのを彼は感じた。なにか破滅的な衝動《しょうどう》に駆られて彼はグラスをあおった。耳もとで佐野の声がひびいていた。

「ジミー・ルイスはアメリカのジャズの歴史の中で、伝説的な栄光に輝く幻のトランペット奏者だった。ジャズの発祥の地はニューオリンズだ。彼はそこでジャズの誕生に立ちあったジャズの開拓者だった。だが、ジャズの本場がシカゴに移って彼らは忘れられてしまった。いいかね、黒人たちの苦痛や祈りをブルースに托《たく》して吹きまくった彼らだけが、生粋《きっすい》のニューオリンズ・ジャズの伝道者だったんだ。だが、世間が変るようにジャズも変る。初期のジャズの創世期のジャズメンたちは、時代の流れとともに、みんなどこかへちりぢりに消えてしまった。それが二十年ほど前に、古いジャズ復興の気運がおこって、彼らジャズの先達《せんだつ》を探そうということになったんだよ。いろんな連中がアメリカの南部を回って、かつての栄光の巨人たちを発掘して歩いた。全く人間って奴は勝手なもんさ。一応ちゃんとジャズが音楽で通るようになると、今度は歴史だ。だが驚いたことに、神話伝説中の英雄たちは生きていた。巷《ちまた》にかくれてほそぼそとね。老兵は死なずさ。いろんな連中が次々に見つけ出されて現われてきたんだ」

「――もう一杯」

と、藤岡はマダムに言った。マダムはもう文句を言わなかった。あきらめた目つきで、黙ってウイスキーを注ぐと、椅子に腰をおろしてレース編みをはじめた。佐野享一郎は目を細めて語り続けた。一匹の大きな鼠《ねずみ》が、ゆっくりと椅子の下をくぐって壁際《かべぎわ》に消えた。

「まず、バンク・ハミルトン。黒人クラリネット奏者の大物だ。彼はニューイベリアという町で老骨にむち打っておんぼろトラックの運転手をやっていた。彼は着のみ着のままのひどい暮しだったが、ゴム輪や紐であちこち補修した愛用のクラリネットだけは手放さずに持っていた。彼の口から今度はトランペット王ジミー・ルイスの消息がわかった。彼は波止場でコーヒーの運搬人足をやっていた。彼も楽器だけはちゃんと持っていた。それからとっくに死んだといわれていたジム・ロビンソンだ。彼は船大工の下働きで辛《かろ》うじて食っていた。そんなふうにして、伝説中の老人たちがまた生き返ったんだ。歴史コンプレックスに悩んでいるアメリカ人たちは、大喜びさ。早速、じいさんたちに入れ歯を買ってやるやら、眼鏡を作ってやるやら、分厚いステーキを食わせるやらして、彼らの演奏をレコードに残そうとかかった。みんな六十、七十のじいさん連中だ。音が出りゃいいくらいに思ってたんだろうが、こいつが驚いたことに結構いける演奏をやらかしたらしいんだな。復活の奇蹟というところさ。古き音楽はよみがえりぬ――」

佐野享一郎はそこで一息入れてポケットをさぐった。オーデコロンの匂いがかすかにおった。

「それで？」

と、藤岡慶太はきいた。「連中はそれからどうなったんだろう」

「今もやってるよ。記録用のレコードも随分吹込んだらしい。何しろ凄《すご》いじいさんたちさ。騒ぎがおさまってしまうと、引っ込んでニューオリンズを一歩も出ようとしなくなった。そこで本物のニューオリンズ・ジャズを生《なま》できたいというファンが、ぞろぞろ全米各地からやってくるんだそうだ。プリザベーション・ホールというのが連中のお城でね。彼らはそこで仲間と好きな演奏を好きなようにやっている。何しろもう年だから金銭に関心はないんだ。まあ、お祈りの積りでジャズをやってるんだろう。映画会社やクラブが物凄い出演料をつんでも、連中は頑として出ないんだそうだ」

「入れ歯の話というのは何です」

「うん。その御大《おんたい》の黒人トランペット奏者のジミー・ルイスだがね。このじいさんは、演奏の前と後では何キロも体重が違ってくるんだそうだよ。がたっと痩せるくらい精根《せいこん》こめて吹くんだろう。ところが困ったことに、彼は総入れ歯と来てる。それがしょっちゅうガタガタするらしいんだな。それが目下《もっか》の最大の悩みの種《たね》とか何とかダウン・ビートの最近号のインタビューで喋ってたんだ。ちょっと面白かったんで音楽雑誌の埋草《うめくさ》記事に使ったがね」

「そんな話のどこが面白いの？」

と、マダムが立ち上って言った。「どこかで笑ってあげようと待ち構えててあげたのに。さあ、これで今夜はおしまい。帰ってちょうだい」

マダムを送って行くという佐野享一郎を残して、藤岡慶太は店を出た。今夜は荒れるだろうという予感が、なぜか適中せず、むしろひどく頭の奥が冴《さ》えた感じだった。今頃、あの総務部長の筋肉質の体の下に組みしかれて呻《うめ》いているだろう真木勢津子の青白い姿態を思い描いてみたが、頭の奥は冷えたままだった。そのとき彼の意識の深部にうつっていたのは、紐とゴム輪でかがったトランペットを唇に押し当て、黒い肌を汗で輝かせながら演奏している老人たちの奇妙な隊列だった。藤岡慶太の耳には、その老人たちの吹く暗い哀しみと憂愁《ゆうしゅう》に満ちたブルースのメロディーが、はっきりときこえてくるような気がした。

それが今年の春だった。それから半年あまりが過ぎていた。

4

星野がまっすぐに藤岡の目をみつめて言った。

「そりゃあジミー・ルイスがどういう大物かぐらいは、おれだって知ってるさ。彼らをニューオリンズから引っぱり出したことが、どんなに画期《かっき》的なことかってこともな。連中がやって来れば、随喜《ずいき》の涙を流すジャズ・ファンもかなりいるにちがいない。しかし、それだって高が知れてるぜ。一部のジャズ・マニアだけを相手にコンサートをひらいたところで、どうなるもんでもないだろう。ましてうちは大衆的な音楽鑑賞団体だ。ジャズの伝説中の人物を見せるというだけじゃあな」

「見せるだけじゃない」

と、藤岡はコーヒーのカップを置いて言った。彼ら二人の坐っている隣りの席の、若いアベックが、藤岡の鋭い声に振り返った。

「連中のニューオリンズ・スタイルのジャズを日本の聴衆に聞かせるんだ。ハイブロウな前衛ジャズとはちがうんだよ。素朴な古いジャズの楽しさは、音連の会員にだってきっと受けるだろう」

「平均年齢、六十八歳だとか言ったな」

「ああ」

「還暦《かんれき》をとっくに過ぎた老人たちに何を期待しようというんだ。八十九歳のベース弾《ひ》きを連れて来て、椅子に坐らせて演奏でもさせる気かね」

「…………」

「連中を日本に呼ぶってことは大したことさ。だがな、そのことと日本の聴衆を動員するってことは全く別な話なんだ。そんな仕事は、それこそどこかの財団がバックアップしてる文化団体か、アメリカ国務省あたりがやればいい。何もおまえさんとこみたいな——」

「貧乏プロがやることはないと言うんだろう」

「まあ、そんなところだ」

「星野——」

藤岡慶太は、どこか自嘲的な翳《かげ》りをおびた声で、ゆっくり喋り出した。午後の喫茶店の中には、かすかにコーヒーを炒《い》る強い官能的な匂いが流れていた。

「おれはジミー・ルイスと、この半年の間に何度か個人的な手紙のやり取りをしてきた。彼は文字を書くことが出来ないから、娘の代筆だ。そいつは簡単なありふれた手紙にすぎん。だが、おれは彼の手紙にこれまでのおれが扱って来た芸能人とは違う、何か独特のものを感じているんだ。彼は書いていた。自分たちの演奏は、この年になっていっそうブルースらしくなってきた、と。昔のような輝きのある高音は吹けないが、より深い音を出せるようになったと思う、とな。それがどういう意味かおれにはよくわからん。だが、おれは彼を信じることに賭ける気になっている。連中はまだやれる。充分に。おれはそう思うね」

「興行は賭けじゃない。計算だ。しかもおれたちの音連がやっているのは、勤労者のための大衆的な音楽運動であって道楽じゃない」

「もういいんだよ」

と、藤岡はかすかに微笑して星野の言葉をさえぎった。「あんたの言うように、今は政治と組んで興行をやる時代だ。アメリカからもソ連からも、政府の文化使節とやらで大物が次々に東京へやって来る。だが、おれはそんな政治家の使い走り、手先みたいな呼び屋は好きじゃない。もし今度の仕事で失敗したら、おれはえらい借金をしょいこむことになるだろう。だが――」

「おれには、お前さんが進んで火の中に飛び込んで破滅しようとしてる蛾か何かのような気がするな」

と、星野が言った。「どうもお前には昔からそんな変な傾向があるようだ」

藤岡は黙っていた。星野がふと思いついたようにきいた。

「話はちがうが、それにしてもあのジミー・ルイスが、よくニューオリンズから日本くんだりまで来ることをＯＫしたな。金では動かんじいさんらしいじゃないか。いったい、何で口説《くど》いたんだ。え？」

「何だと思う？」

藤岡はちょっといたずらっぽい目で星野を見返すと、

「入れ歯さ」

「入れ歯？」

「そうだ。あの総入れ歯ってやつだ」

藤岡は佐野享一郎の話していた、ジミー・ルイスが入れ歯で悩んでいるという話に目をつけたのだった。彼は佐野に頼んで、早速ジミー・ルイス宛てに手紙を書いた。そして、もし東京へやって来れば、どんなに体のコンディションが変化してもぴったり本当の歯のようにしっくりいく総入れ歯を作ることが出来ると言ってやったのだった。

「呆《あき》れたね、この話には」

星野が吹き出して言った。「入れ歯で相手をつろうというエイジェントははじめてだぜ。それでジミーは、その話を信用したのかね」

「ああ。大よろこびですぐに返事をよこしたよ。往復の旅費と、食費だけ持ってくればいい、入れ歯の費用は自分で負担するとな」

「何人来るんだ？」

星野が不意に体を乗り出して聞いた。

「七人」

「ふむ」

星野は頭の中で素早く数字をはじく目付きで腕を組んだ。それからしばらくして顔を上げると、

「――よし。そいつをうちで五回だけ買おう。三日間で、土、日曜マチネということでどうだ」

「気が変ったのかね」

と、藤岡が言った。

「ああ。入れ歯の話を聞いて気が変った。ひとつ、その賭けにおれも乗らしてもらおう。佐野さんも一枚かんでるんじゃ、つき合わんわけにはいかんしな」

「ルドンのマダムにも百万借りたよ。あの店を担保に入れて作ってもらった」

「しくじったら皆で水商売でも始めるか」

星野はその日はじめて愉快そうな声で笑った。真木勢津子にこの話を聞かせたら喜ぶだろう、と藤岡慶太は思った。今度の仕事の資金作りには、彼女にもかなりの苦労をかけたのだ。

「ステージに上ったらリュウマチで楽器が持てなかったなんてことになるんじゃないのかね」

と、星野が立ち上りながら言った。「何しろ平均年齢六十八歳ってのは、ひどい話だ」

星野が急に気が変ったのはなぜだろう、と彼は考えていた。少し不安な気がした。

5

音連に五回買ってもらったことで、藤岡の方は一応ジミー・ルイスを呼ぶめどがついたようなものだった。一行七人の航空運賃の割引きを持ち込んだアメリカ航空会社とのタイアップの話も、うまくまとまった。東京六大学の学生バンドとの共同演奏会や、関西での新聞社主催の音楽講座とテレビ放送の話も決まって、どうやら赤字は出さずに済みそうな具合だった。

藤岡は演奏会の構成を佐野享一郎に依頼した。彼は熱心にその仕事と取組んでいた。もとはと言えば、彼が酒場で喋った話から出た仕事だったので、かなり責任も感じている様子だった。

佐野享一郎の作って来た構成案では、ジミー・ルイスとニューオリンズ・オールスターズの演奏会は四部に分れていた。

第一部は、それぞれのプレイヤーを紹介する意味を含めて、よく知られたスタンダードな曲を並べてある。導入部は〈バガンディ・ストリート・ブルース〉。ニューオリンズのジミー・ルイス自身の家の近くにある通りの名前をつけた曲で、ジミー・ルイスの書いた傑作の一つだった。彼のトランペットで、暗く重く、ブルーに幕を開ける積りらしかった。

第二部は黒人の葬式の行進をとり入れたブラス・バンドの素朴な演奏、第三部はジミー・ルイスのトランペットを中心とした小編成の室内楽風のナンバーを選んである。四部は全員のアップテンポの競演で、〈セントルイス・ブルース〉でしめくくり、更《さら》に〈聖者の行進〉で客席から退場という構成だった。

「こんなに何曲も吹けますかね」

と、藤岡は佐野享一郎にたずねた。構成案そのものよりも、これだけの舞台を老人たちが果してつとめられるだろうか、という不安が先に立っていた。

「やれるだろう。老人ったって、黒人のじいさんたちは日本人よりはるかにいい体してるからな。もし、無理だったら、その場で手直しするよ」

と、佐野享一郎は笑って言った。

前宣伝はあまりしなかった。だが、それでもいろんな新聞や雑誌が、老人ジャズ・バンドの来日を取りあげてくれた。しかし、業界の間では、最初からあまり問題にはされなかった。ニューオリンズを動かないジミー・ルイスを呼んだというだけがミソで、興行的にはほとんど商売にならない仕事だと見られていたからである。ただ、アメリカの興行シンジケートや、文化団体とつながりのない三流芸能プロがそれをやることに好奇の目が向けられた程度だった。

ジミー・ルイスと一行七名の到着は、十一月の中旬に決定された。すべての雑多な手続きが終り、彼らが明日午後羽田に到着するという晩、藤岡は佐野享一郎と星野を誘って、ルドンへ行った。今度の仕事に資金面で協力してくれたマダムへの報告もあったためである。

風の冷たい晩で、店には外《ほか》に客もいなかった。マダムはどこか疲れた表情で三人を迎えた。

「よかったわね」

と、彼女は藤岡にうなずいて言った。「あの晩、このお店で佐野さんが喋ってた話から駒が出たようなもんだもの」

「星野のところで買ってくれたんでね」

藤岡が答えた。星野は手を振って、

「みすみす投資してるマダムを見殺しには出来んからな。だが、まだどう転《ころ》ぶかはわからんぜ。どだい平均年齢六十八歳という老兵グループだ。舞台で卒中でも起こされた日にゃ、一巻の終りさ。そうでなくても――」

「大丈夫。連中はちゃんとやれるよ」

と、佐野享一郎が横から言った。

「そう願いたいもんだ。おれは何だか悪い予感がするのさ。今夜は飲むぞ」

星野は藤岡の方へ向き直って、

「お前さんとこのあの女事務員な、あの色白のくねくねとした妙な色気のある子、ありゃ一体おたくの何なんだい？」

「べつに」

「へえ。関係はないのか」

「ないね」

「そうか。じゃあおれが口説いても構わんかね」

「勝手にやってくれ」

と、藤岡は言った。星野は、よし、とうなずくと、どこか荒れた飲み方でウイスキーをあおった。おれたちは皆どこか変なところがある、と、藤岡は考え、漠然とした暗い思いにとらわれた。明日、半年間苦心した仕事の第一日目が始まるという高揚した気分はなかった。おれがあの老人たちに賭けたのは何だろう、と彼は考えた。だが、その答は見つからなかった。自分はただ賭けるために賭けたのかもしれない、と彼は思った。それはニューオリンズ・ジャズでなくても、何でもよかったのではなかろうか。とうてい勝てそうにない老馬でもよければ、無《む》印《じるし》の競輪選手でもよかったのかもしれぬ。米ソの政治的なタレント政策や、大きな興行シンジケートと結んでの安全確実な代理興行でない何かを、自分だけの純粋な勝負を彼は求めていたのかもしれない。だが、それだけではなかった。もっと外に自分自身の内部に得体の知れない暗くぬらぬらした生きものが棲《す》んでいることを、彼は感じていた。

「ジミーじいさんの入れ歯は、どこに頼むつもりかね」

と、佐野享一郎がきいた。医科歯科大学の有名な先生に特別に依頼してある、と彼は答え、今夜は真木勢津子のアパートへ泊ろう、と考えた。

「何を憂鬱《ゆううつ》な顔してるのよ、藤岡さん」

と、マダムがわざとらしい華やいだ声で言った。「さあ、ニューオリンズのおじいちゃまたちのために乾杯しましょう」

「よし」

「乾杯――」

I hate to see de evenin’ sun go down……

と佐野享一郎がアームストロングを真似《まね》て嗄《しやが》れた声で歌い出した。

この男もどこか歪《ゆが》んでいる、と藤岡慶太は三杯目のウイスキーを流し込みながら考えた。その晩、彼は真木勢津子の部屋を訪ねたが、彼女は帰っていなかった。

6

「こいつあひでえや」

ジミー・ルイスとそのメンバーが藤岡に連れられて記者会見の席へやって来た時、週刊誌のカメラマンが嘆息《たんそく》して言った。「養老院オールスターズ来《きた》る、か。呆れたね」

褐色の老人たちは、こちこちになってカメラの放列におびえた表情を向けていた。眼鏡をかけたジミー・ルイスは、白いハンカチを出して、しきりに首筋の汗をふいていた。藤岡慶太は、きっと唇を結んだまま、挑戦的な目付きで報道陣を眺めていた。彼は一行を壁際のテーブルに坐らせると、簡単な挨拶をすませ、星野と代った。星野は地味な背広に、目立たないネクタイを結び、いかにも、大衆団体の事務局員といった感じで喋り出した。

人種差別の中で苦しい戦いを続けて来た黒人たちの、歓《よろこ》びと悲しみを背負ってやって来た人民音楽家たちを拍手で迎えたい、と彼は喋った。報道陣の間に一瞬しらけた空気が漂《ただよ》った。星野が引っ込むと、ジミー・ルイスたちに向かってひとしきりフラッシュが光り、記者たちの質問が始まった。佐野亨一郎は、銀灰色の髪を品よくなでつけ、派手なガンクラブ・チェックの替え上着にレモン色のポロシャツという若々しい恰好《かっこう》で通訳を勤めていた。

「ミスター・ルイスが現在直面しておられる最大の問題は何でしょうか」

と、一人の若い記者がたずねた。彼はさっきの星野の話と結びつけ、人種差別と黒人の立場についてリーダーの老音楽家から何かの発言を期待しているらしかった。佐野享一郎がその質問を通訳すると、ジミー・ルイスは立ち上って少しどもりながら真剣な表情で何か答えた。佐野享一郎が通訳した。

「八年前に作ってもらった入れ歯の具合が悪いそうです。これが今の私の一番の悩みだと言っています」

記者たちの間に笑い声が湧いた。

「この中で最も若いのは誰ですか？」

「ピアノのミスター・ジョー・ブラウンの五十六歳でしょう」

佐野享一郎が答えた。

「最年長者は？」

「ベースのジョン・ジョセフさん。皆がパパと呼んでいます。八十九歳だそうですが」

「ヤー」

痩せた褐色の鶴のような老人が、人なつっこい微笑を浮べてうなずいた。記者たちが再び軽い笑い声をあげた。東京へ着いて、まず最初にどこへ行きたいか、と一人が質問した。カソリックの教会へ、とパパ・ジョセフは答えた。

記者たちとの応答を、藤岡慶太は窓際から放心したように眺めていた。この褐色の田舎の老人たちが本当に、自分の賭けた対象なのだろうか、と彼は酔いの醒めた感じで考えてみた。どうせ賭けるなら、もっと強烈な危険なものに賭けるべきではなかったか、という敗北感がどこかにあった。

「あんたが藤岡君かね」

彼の肩を背後から叩く重い掌《て》があった。藤岡慶太は振り返って、そこに写真で知っている知名なプロモーター、滝正義の尊大な微笑を見た。藤岡慶太は、決して小柄な男ではなかった。だが、その鮮《あざや》かな政治的手腕で次々に米ソの大物を呼び寄せ、伝説的な英雄にのし上った呼び屋、滝正義の前では、自分をひどく小さく感ぜずにはいられなかった。

「わざわざお見えになったとは光栄ですな」

と、藤岡慶太は滝正義の微笑をはね返すような口調で言った。

「いや、なに、このホテルの五階でソ連大使と昼飯を食う約束があったもんでね。ちょっとのぞかせてもらった」

「それはどうも」

「しかし、何だな。あんたも面白い人だ。若いハイティーン・タレントを呼ぶのに血道をあげている呼び屋が多い中で、黒人のじいさんたちに目をつけるとはね。なかなかのもんだよ」

藤岡慶太は黙っていた。滝正義は腕白《わんぱく》な生徒を眺める校長のような優しい目で彼を見下ろしていた。

「だが、ビジネスとしては、これは失敗だね。耳だけは肥えて来た日本の客たちが、こんな年寄りの古くさい演奏について来るわけはないだろう。第一、ちゃんと舞台で音が出せるかどうかが問題だぜ。あのベース弾きは八十九だっていうじゃないか」

「この連中はやれますよ」

と、藤岡慶太ははっきりした口調で言った。

「わたしだって商売人の端《はし》くれです。舞台で恥をかくような荷は売らない。これを呼んだのは、ちゃんと目算があってのことです。仕事の評価は、興行が終ってからにしてもらいたいもんですな」

「ほう」

滝正義は一瞬、むっとした表情を作りかけたが素早くそれを押さえて、

「それは楽しみだ。まあ、成行きを見物させてもらうことにしようか。さて、と。あんまりソ連大使を待たせても悪いから、これで失礼するか。まあ、しっかりやりたまえ」

滝正義は高価そうな背広の肩で、記者たちをかきわけ、堂々とした歩き方で部屋を出て行った。

真木勢津子がやって来た。彼女は白いニットの服を着て、色白の頬を少し紅潮させながら藤

岡慶太のそばへ近づいて来た。

「ジミー・ルイスが歯医者へはいつ連れて行ってくれるのか、と聞いていますけど」

「今週はドクトルが旅行中だとか何とか適当に言っておいてくれ。それより、明日の前売りの具合はどうなんだ」

「意外に出てるようです。もっとも明日の公演だけだけど。関西の方はさっぱりらしいわ」

第一日目が勝負だ、と藤岡慶太は思っていた。その公演だけは彼の事務所の手打ち興行なのである。ここでしくじれば、それで万事休すだ。音連以外の公演は全部失敗するだろう。

何とか最初の日だけでも、と彼は唇を噛んだ。だが、目の前に並んで当惑したような顔を揃《そろ》えている褐色の老人たちを眺めると、全身の力が脱けるような気がした。彼は頭の隅《すみ》にゆっくりと敗北感の波が拡がってくるのを覚えた。今度の賭けにおれは敗《ま》けるだろう、という予感があった。

「今夜は、部屋にいてくれ。泊りに行く」

と、彼は真木勢津子に囁《ささや》いた。勢津子は白い横顔を傾けてかすかにうなずくと、どこか硬い歩き方で彼のそばを離れて行った。

7

「どうするつもり？」

と、勢津子がベッドの中から裸の腕をのばして灰皿を取りながら言った。「わたしは藤岡さんからお金なんかもらう気はないわ」

「まあいい」

藤岡慶太は煙草の煙を目で追いながら言った。「退職金だと思って取ってくれ。別に手切金というわけじゃない」

「今度の仕事は失敗すると思ってるのね」

「最初からそれは判っていたんだ。おれは負けることが判ってて、あの老いぼれ馬に賭けたのかもしれん。藤岡事務所も一応これで終りになるだろう。きみにはいろいろ苦労をかけてすまないと思っている」

「明日の切符は売れてるのよ」

と、勢津子が言った。

「ああ。だが、明日一回で精一杯だろう。後は音連の五回だけだ。それも集まりが悪ければ値引きしなけりゃなるまい。星野の立場を悪くしたくはないからな」

勢津子はしばらく黙っていた。アパートのそばの線路を深夜の貨物電車が通り過ぎる音が聞こえた。藤岡の体にぴったり寄りそっている勢津子の裸の胸がかすかに揺れた。

「星野さんのことを心配する必要はないわ」

と、彼女は硬い声で素早く言った。

「なぜだい？」

「藤岡さんは自分のことだけ考えていればいいのよ」

「そうかね」

「そうよ。星野さんは――」

言いかけて勢津子は、ふっと言葉を切った。そして不意に思いがけない激しさで彼の体に体を重ねてきた。朝の始発電車が通過する頃、藤岡慶太は少し眠り、いやな夢を見た。舞台の上でジミー・ルイスが入れ歯を失《な》くし、トランペットが吹けなくなった夢だった。滝正義の尊大な微笑が客席一杯に大きく拡がって見えた。

翌日の朝、藤岡慶太は勢津子の用意してくれた新しい下着とワイシャツを着て、ジミー・ルイス一行の宿舎へタクシーを走らせた。それはホテルではなく、ある会社の厚生施設として建てられた会館だった。一階のグリルに老人たちが待っていた。彼らは窓から射しこむ明るい陽ざしの中で、小声で背中を丸めて喋り合っていた。藤岡の顔を見ると、老人たちはうなずいて微笑し、良い天気だ、と言った。佐野享一郎がやって来て、間に坐った。

「いやはや大変な騒ぎさ」

と、彼は言った。「このパパさんがひどく疲れてるらしいんでね。医者にビタミン注射を射たせようとしたところが、死んでもいやだと逃げ回るんだよ。しまいにおれはニューオリンズへ帰るといってトランクを持ち出す始末さ。どうやらジミーと二人で押さえつけて射ったがね」

八十九歳のパパ、ジョン・ジョセフは自分のことが話題になっているのに気づいて、照れくさそうに立ち上って庭へ出て行った。

「藤岡さん、お電話」

ウエイトレスの少女が叫んだ。

「午後のリハーサルは頼みますよ」

と、藤岡慶太は佐野享一郎に手をあげて立ち上った。電話はグリルのドアの外にあった。

「藤岡です」

「昨日はどうも。滝だけどね」

張りのある滝正義の声が受話器からひびいた。

「何か用事ですか」

「あんた、この仕事を終ったらうちのスタッフに加わってやってみる気はないかな」

「どういう意味です」

「おれはあんたみたいな風変りな男が欲しいんだ。来年は世界をあっと驚かすような超大物を呼ぶんだよ。それには優秀なスタッフが必要になる。どうかね。一匹狼でちょこちょこやってるより、東西両陣営の対立関係を手玉にとって国際的な舞台で大芝居を打つほうが男子の本懐《ほんかい》というもんだ。勿論、ただでとは言わん。今度のあのじいさんたちを、おれが関西の創造教団に売ってやろう。そうすれば、あんたも後を濁さずにうちへ移れるんじゃないのか」

「…………」

「どうかね」

「せっかくだが断ります」

と、藤岡は言った。「私はあんたみたいな商売のやり方は好きじゃないんでね。それに今度の仕事も私には私なりの成算があってのことだ。黙って成行きを見ててもらいたいもんですな」

「強がりはよせ。きみは音連を当てにしているのかもしれんが、あそこは――」

藤岡慶太は黙って受話器をおいた。そして明るい陽ざしの中で、口を半分あけ、うとうとと居眠りをはじめたジミー・ルイスを絶望的な気持ちで眺めてその場に立ちつくした。

8

藤岡慶太はタクシーが会場に近づくと、目をあげて体を乗り出した。ジミー・ルイスとニューオリンズ・オールスターズ公演と書かれた、大きなたれ幕が人気《ひとけ》のない会場の入口に揺れていた。夕方から強い風が吹き出している。会場の入口には、まばらな入場者の影が動いていた。

やはり駄目だった、と藤岡慶太は車を楽屋口の方へ回しながら呟《つぶや》いた。前売りは昨日まで順調に売れていたのだが、二千人の客席を持つこの公会堂はやはり大きすぎたのだろう。

彼が楽屋からはいっていくと、真木勢津子が、目をキラキラ光らせながら近づいて来た。

「ちょっと来て」

と、彼女は藤岡の腕を摑《つか》むと、引き立てるように彼を舞台の袖《そで》に連れて行った。

「どのくらい入ってる？」

「自分で見るのが怖《こわ》いの？」

藤岡慶太はちらと勢津子の血の色の浮いた横顔を眺めて、幕のすき間から客席を見おろした。その瞬間、彼は、軽い目まいのような感覚におそわれた。一階の壁際から二階の後方まで、信じられないほどの人間の集積が視界に飛び込んできた。陽気なざわめきと熱気、それに異様な匂いがそこから立ち上っていた。

「二千以上はいってるわ」

と、勢津子が上《うわ》ずった声で言った。「当日券は全部売切って、補助券を出す騒ぎよ」

藤岡慶太の肩に、重い鉛のような圧迫感がのしかかって来た。

「よかったわね、藤岡さん」

「冗談じゃない」

と、彼は呻《うめ》くように言った。「これだけの客の前で、あのじいさんたちが、ぶざまなステージを見せたらどうなる？　たとえガタガタの演奏でも、客席ががら空《あ》きならまだいい。しかし――」

彼は怖いものを見るような目で、再び幕のすき間から客席を眺めた。異常に切迫した感情が不意に彼の心を満たした。藤岡慶太は、唇を噛んだまま化石したようにステージの隅に立ちつくした。

開幕五分前のブザーが鳴った。褐色の老人たちは舞台の上で、佐野享一郎と何事か打合わせをしていた。八十九歳のパパ・ジョセフは、ベースにもたれて立ったまま居眠りをしているように見えた。ジミー・ルイスは、しきりに手を口の中へ突っ込んで入れ歯を気にしていた。

一分前のブザーが鳴った。客席がしんと静かになった。天井のライトが風に吹き消されるように消えて、客席が暗くなった。藤岡慶太は舞台の上手《かみて》の幕の陰で、勢津子と並んで立っていた。不意に時間の切れ目のような鋭い静寂がその会場全体に訪れた。その時、幕が上った。

拍手が海鳴りのように押しよせて来た。舞台の中央にスポットが落ち、トランペットを抱いたジミー・ルイスのシルエットが浮び上った。スピーカーから彼の名前が呼ばれて、ルイスはトランペットを唇に当てた。あの猫背の骨ばった老人の体が、一瞬、何かを吹きこまれたようにしゃんとなるのを藤岡は信じられないような思いで見た。〈ベーズン・ストリート・ブルース〉の重いメロディーが張りのあるトーンで流れ出した。激しい拍手が湧いた。スポットが落ち、次々に七人の褐色の老人たちの姿が浮び上り、一人ずつの演奏《ソロ》が七人の合奏《コーラス》に変った。八十九歳のパパ・ジョセフの筋張った指が、銃の引き金を引く若い兵士の指のようにしない、ピアニストはのしかかるようにピアノを叩き、トロンボーンが息太《いきぶと》な低音で歌っていた。藤岡慶太の手首を、勢津子の汗ばんだ指がぎゅっと握りしめた。彼はその時はじめて、起こりえないことが起ころうとしていることを感じて息をのんだ。

オープニングの音楽に続いて、ジミー・ルイスの挨拶があった。彼は藤岡慶太がはじめて見る精悍な微笑をうかべて、聴衆に感謝の言葉を述べた。最後に彼は、これまでのしきたりを破ってニューオリンズを離れたのは、東京に世界一の歯医者の先生がいると聞いたからだ、と真面目《まじめ》な顔で言い、ライトの中で悲しそうに入れ歯をむき出して見せた。佐野享一郎の通訳で、客席がどっと沸《わ》いた。彼らがスタートから満員の聴衆を鮮かに摑んだことを、藤岡は感じた。老人たちは、すでにあの初冬の陽ざしの中で小声で喋りあっていた、善良そうな田舎者たちではなかった。彼らの素朴なゼスチャーと動きの中にも、目付きにも全力をあげて聴衆の心を摑み取ろうとするショーマンの執念のようなものがみなぎっていた。

挨拶が終ると一転して〈シェイク・イット・アンド・ブレーク・イット〉の合奏が流れ出した。気迫のこもった良い演奏だった。それが終ると、続いてスペインのメロディー〈オーヴァ・ザ・ウエイヴス〉をやり、バンジョーをフィーチャーした〈バイ・バイ・ブルース〉に移り、ドラマーのジョー・ホットキンスの歌う〈セントルイス・ブルース〉が客席に拡がっていった。第一部の最後に、いかにもニューオリンズらしいスタイルで〈アレクサンダーズ・ラグタイム・バンド〉が演奏されると、客席から熱っぽい拍手が嵐のように押し寄せて来た。老人たちは今、完全に満員の聴衆たちをつかんでいた。彼らの音には、自分たちの音楽を生み、育てて来た黒人の自信と矜持《きょうじ》のような一種の威厳さえ感じられた。藤岡慶太は胸に突きあげてくる熱い塊《かたまり》を呑みこみながら、汗をギラギラ光らせて闘っている褐色の老兵たちをみつめていた。

「やったな、藤岡」

星野が近づいて来て言った。「ちょっと話があるんだ」

真木勢津子はちらと冷たい目で星野を眺めた。

「何かね」

「ここで決めるわけにはいかんだろうが、うちの五回公演というやつな、大幅にふやして追加公演を加えたいんだ。考えてみてくれ」

「いいとも」

藤岡慶太は星野の目をみて、軽く頭をさげた。「ここまでやれたのも、あんたが引受けてくれたからだ。恩にきるよ」

「おれも時には賭けてみたくなる時があるんだ」

と、星野は言って微笑した。真木勢津子の乾《かわ》いた視線が彼に注《そそ》がれるのを藤岡は感じた。

「構成が最初の案とちがっているようだな」

と、藤岡は言った。

「ジミー・ルイスが、どうしてもこうしたいと昨夜、自分の案を持って来たんですって」

と勢津子が答えた。「おじいさんたち、やる気充分よ」

舞台では第三部のコンボ演奏が始まっていた。アイス・クリームが食べたい！　と絶叫する黒人のにぎやかなボーカルが会場全体に響き渡っていた。

9

皆が引きあげてしまった楽屋に、藤岡慶太は独《ひと》りで残っていた。彼は煙草に火をつけ、赤茶けた畳の上に寝転んで、放心したように天井の雨もりのあとを見つめていた。

「ここにいたの？」

真木勢津子がドアを開けてはいって来た。

「どうしたんだ」

「見当らないんで探しに来たのよ」

勢津子は藤岡慶太の頬をそっと冷たい指でなでて呟いた。

「痩せたわね」

「そうかね」

「わたしたち、これからどうなるの？」

藤岡は黙っていた。勢津子は独り言のように、

「星野さんや、佐野さんとのおつきあいの方が、あなたにとってはわたしより大切なのね」

「星野も、佐野さんも良くやってくれたな」

と、藤岡は言った。「もちろんきみもだ」

「いいわよ、わたしなんか」

「おれたちはどこか歪《ゆが》んでるんだ。この年になって家庭も、将来の設計も持たない。馬鹿なことに賭けては、神経をすり減らして生きている——」

「わたし、星野さんと寝たわ」

藤岡慶太は黙って勢津子の顔を見た。

「おこらないのね」

「なぜそんなことをしたんだい」

「星野さんが、どうしてこの仕事を買ったのか判らなかったからよ」

「それで、判ったのかね」

「判らなかったわ。でも、何か考えてる。別のプランは持ってたんだと思うわ。もし今夜の第一回の公演でおじいちゃんたちがちゃんとやれなかったら、すぐにキャンセルして、そちらと入れかえる積りだったのよ」

「馬鹿な」

「いいえ。その証拠はあるの。教えましょうか？」

「聞きたくない」

藤岡は首を振って起き上った。窓の外で風の音がきこえた。

「佐野さんは、来年、ルドンのマダムと結婚するんですって」

先に帰ってくれ、と藤岡は言った。勢津子は、しばらくじっと光る目で彼をみつめ、それから大きなため息をつくと、うつむいて廊下に消えた。藤岡が灯火を消して出て行こうとした時、電話が鳴った。楽屋の宿直員が出て、外から電話だ、と言った。

「もしもし——」

「滝だがね」

よくひびく滝の声が流れ出した。「おめでとう。なかなかいいステージだったな。ちょっと予想外だったよ」

「何の用です」

「きみは、おれのような政治体制の上に乗ってやる仕事はいやだと、いつか言ったな」

「…………」

「きみは知らんだろうが、今夜の公演がもし失敗したら、音連は手を引くはずだった。それからこの間、おれがきみにあのバンドを創造教団に売ってやろうと申し出たのは、打明けて言うと、アメリカ大使館の方からおれに依頼があったからだよ。ジミー・ルイスのバンドは、来年の春、ソ連公演にアメリカ国務省から派遣されることになっているんだ。その前に日本の興行でガラガラの入りで無惨《むざん》な失敗だったなんてことになってはまずいというわけでね。まあ、今夜の調子なら、何とかその心配はなさそうだが。そっちが自分独りでやってるつもりでも、結局、政治という化《ば》け物《もの》の掌《てのひら》の上で踊っているだけの話さ。わかるかね、おれの言うことが」

「…………」

「ジミー・ルイスたちが日本公演をＯＫしたのは、きみが考えてるような単純な理由からじゃない。来春のソ連公演を前に、一連の事前ＰＲをやるためだ。来月、連中はベルリンとパリで演奏会を開くことになっている。彼らが日本公演を計画している最中に、きみが口をかけたというわけなんだ。喜んだのはあちらさんさ。渡りに舟と、そしらぬ顔できみの契約を受けた。あのジミーってじいさんもなかなかのしたたかものだよ。これが今度の筋書きさ。大ばくちを打った気で、あんた一人が興奮して踊ったのは、見ていてちょっと気の毒だったがね。まあ、若いうちはありがちのことだ。その気になったら、こちらへ電話をくれ給え。待っている」

滝正義の笑い声が受話器の奥から湧き上るように響いて来た。電話は向こうから切れた。

藤岡慶太は、両手の指先で微《かす》かに震える瞼《まぶた》の上を押さえて立っていた。窓ガラスを鳴らして風の音が激しくきこえた。彼は肩をすくめると、老人のような足どりで部屋を出、コンクリートの廊下をのろのろ歩いて行った。藤岡慶太の頭の中で、あの褐色の老人たちのブルースの合唱が奇怪な残響をおびて響いてきた。

——「老兵たちの合唱」了——

われはうたへど

1

ミキシング・ルームから眺める録音室は、どこか巨大な水槽に似ている。

島木《しまき》啓《けい》は、ディレクターの席に坐って、壁面ガラスの向こうの歌い手や演奏者たちを眺める度《たび》にそう思うのだった。マイクに唇をすり寄せて、眉根を寄せ肩をすくめながら、必死に歌詞の雰囲気を声にこめようと苦心している歌い手は、こちらから見ると大き過ぎる餌をくわえようと尾《お》鰭《ひれ》を震わせている金魚のように見えるときがある。

スタジオの中に若い女性歌手は独《ひと》りでいた。伴奏の音楽は先に録音してあって、テープでくり返し再生され、送り込まれる。歌い手は耳のうしろに掌《てのひら》を当てて、スピーカーから流れ出す伴奏音楽の強力な音量に自分の声を呑み込まれまいとがんばっている。

「だめだねえ。一体どうなってるんだい」

制作第一課長の堀井《ほりい》治《じ》介《すけ》が、島木啓の背後で遠慮のない錆《さ》びた声で言った。

「頭の歌い出しの言葉が、ぴしっときまりにくいようですな」
と、作曲家の春山音彦《はるやまおとひこ》が相づちを打った。島木は録音技師の肩を叩いてテープを止めさせた。歌い手は不安な表情でガラス窓の向こうからミキシング・ルームの様子をうかがっている。

「ふっとこぼれた国訛《なま》り——の、ふっと、という言葉が歌いにくいんですな。京極《きょうごく》ちゃんなんかだったら、ぐうっとためといて、ぱっと歌に乗せちゃうとこなんですがねえ。新人にそこまで要求するのは無理かもしれませんねえ」

作曲家の春山は、仕立ておろしの枯葉色の背広のポケットからケントの箱を取り出しながら、堀井課長にこびるような口調で言った。京極というのは、堀井治介が十年ほど前に発掘して売り出した女性歌手で、現在ではこの社の売り上げの十パーセント近くを一人で背おっているスター歌手だった。

「京極とくらべちゃ可哀相だ」

堀井は作曲家のさし出す煙草《たばこ》を一本抜いて、島木に、

「今日は一応これでやめたらどうだ。二、三日、春ちゃんにあずけて、もう一ぺん叩いてみるんだな」

「はあ」

島木は腕組みしたままうなずいて、独り言のように呟《つぶや》いた。

「あの子の歌自体はそれほど悪くないと思うんですがね」

「じゃあ曲に問題あり、ですか」

春山が自信たっぷりの語調で笑いながら言った。まだ二十代の若い作曲家だが、昨年のレコード大賞作曲賞を取って以来、たてつづけにヒット曲を書いている当たり屋である。上昇気流に乗っている自信と若さが、曲にも、会社での言動にもおのずと反映して、本人が控え目に振る舞ってもやはりどこかに一種の気負いがにじみ出てくるようだった。自分と同年代の若いディレクターに対しては、特にそれが表に出た。

「いや、曲はいいと思うんだけど――」

島木はちょっと言葉を濁して、思い切ったように背後をふり返ると、水沢《みずさわ》さん、と、壁際にひっそり立っている痩せた長身の男に声をかけた。

「はあ」

はい、とも、ああ、ともきこえる曖昧《あいまい》な返事をして、その男は島木のそばへやってきた。

「ここの歌詞なんですがねえ」

島木はタイプで打った歌詞カードを水沢の前にさし出しながら喋りかけた。

「ふっとこぼれた国訛り、の、ふっと、という言葉が、やはり歌になりにくいんじゃないでしょうか」

水沢は長身をかがめるようにして、歌詞カードをのぞきこんだ。七月だというのに厚ぼったいツイードの上衣を着こんだ、風采《ふうさい》のあがらない水沢に、春山は露骨な軽蔑の感情をこめた口

調で、

「ぼくが言っちゃ失礼だけど、確かにそこんところは作曲の段階でひどく気になりましてね。ふっと、という言葉が頭にきてるでしょう。乗らないんですよ、曲に。たとえば、そこんとこが、なぜかこぼれた、なら――」

　春山は張りのある声で、その部分を器用に歌ってみせた。

「ほら、これなら乗るでしょう？　今度の歌い手は新人ですからね。その辺を少し考えてやらないと――」

「なぜかこぼれた、では、理屈っぽくなって詩の気持ちが死んでしまいます」

　と、水沢は小声で言った。彼は喋る前に少しどもるくせがあり、二、三度呼吸を整えてからでないと、言葉が出てこないのだった。

「水沢先生の言うこともわかるけどな」

　堀井課長が優しい口調で水沢の肩を持つような言い方をした。

　専属作詞家とは名ばかりで、ほとんどレコーディングのチャンスに恵まれない中年の作詞家に、先生、と呼んだりするのは、古手のレコードマンらしい堀井のやり方だった。彼は、無名の作詞家や作曲家にも、必ず先生という敬称をつけて呼んでいる。それがたとえ符丁《ふちょう》のような意味のない単語だとわかっていても、呼ばれた当人たちにとってみれば、耐え難いほど心をくすぐられることなのだ。

水沢の額《ひたい》に大粒の汗の玉がにじみ出るのを、島木はうっとうしい思いで眺めた。このミキシング・ルームにいる五、六人の男たちの中で最も弱い立場にいる水沢に鉾先《ほこさき》を向けたことを、彼はかすかに後悔していた。後で二人きりになって相談すればよかったことなのだ。

「やはり、ふっと、というのは辛いですね」

春山が言った。「水沢さんの歌詞は、こうして活字で読むと実に素晴らしいんですがね。メロディーに乗っけると、ちょっと弱いんじゃないですか」

水沢は唇を二、三度突き出して何か言おうとしたが、声にならなかった。

「いいでしょう。後でゆっくり相談することにします。彼女のほうは春山さんに特訓をたのむということで、今日は中止にします。スタジオ取りの予定が決まりしだい連絡しますから」

「ＯＫ」

春山は歯切れよくうなずいて、

「もし、歌詞が変わったら電話でもしてよ。水沢先生、勝手なこと言いましたが気を悪くしないでください」

「いや」

と、水沢は言い、出て行く春山にちょっと頭をさげた。

「水沢先生も最近の若い連中には、やられるなあ。ま、気にしないことだよ。レコード界三十年のこのおれにだって文句をつける連中だから。時代は変わったねえ」

と、堀井が水沢の肩を叩いて言った。「でも、今度のやつは売れるよ。何しろA面は森谷美樹《もりたにみき》也《や》とのデュエットだからな。固く見積もっても実数三万は行くだろう。ひょっとすると五万くらい出るかもしれん。あんたとしては久しぶりのヒットということになる」

「はあ」

水沢は曖昧な答え方をして、堀井に頭をさげた。そのとき、歌い手がはいってきた。

「すみませんでした」

その少女は泣きだしそうな顔で堀井に謝り、それから島木、録音技師、その助手、水沢、それに宣伝部の若い社員と、一人ずつ頭をさげて回った。

「よし、よし。この次はちゃんと歌ってくれ。いいな」

「はい」

「春山先生にしぼられても弱音を吐くんじゃないぞ。血を吐くまで叩かれて、はじめて歌に泣きがはいるんだ」

「はい」

島木はそんな堀井の、古いレコードマンに共通の、独特の応対に抵抗を感じながら譜面や歌詞カードを整理していた。

「ちょっと譜面を持ってき給え」

と、彼は出て行こうとする歌い手を呼びとめた。歌い手は素早くもどってきて、楽譜をひろげた。

「ここの四小節、音程が下がり気味になる。それと、この後半はリズムだよ。あまり力まずに軽く流す気持ちで」

「はい」

「しかし、そこで唸るのがこの子の持ち味じゃないのかい」

と、横から堀井が口をはさんだ。島木はちらと堀井のほうをうかがって、楽譜を歌い手に返した。

「がんばれよ」

「よろしくお願いします」

歌い手が出て行くと、堀井は島木の前の椅子に腰をおろして煙草を灰皿に押しつけた。

「島木君は優秀なディレクターだが、どうも最近、調子が出ないようだな。別に迷ってるわけじゃないんだろう」

「ええ」

「教育学芸課のほうにもう一度帰りたいと思ってるんじゃないのか。チンピラ歌手相手に小節《こぶし》がどうの唸りがどうのってやってて、自己嫌悪を感じないかね？」

「ぼくは歌謡曲が好きですから」

と、島木はさりげなく言って立ち上がった。水沢さん、と壁際に長身を遠慮したように寄せている作詞家に呼びかけると、彼は堀井課長に黙礼してミキシング・ルームを出た。ディレクターとして自分を仕込んでくれた堀井に対して、おれはもっと柔軟な対し方をすべきだ、と考えながら、島木啓は水沢を従えて地下の喫茶室へ下りて行った。

2

レコード会社の喫茶室には、一種異様な雰囲気が漂っている。

新人を売り込みに来た芸能プロのマネージャーや商品である少年や少女たち、時には地方から上京した新人歌手の両親や家族が、土産物《みやげもの》の風呂敷包みをかかえて坐っていることもある。

新しくデビューする歌い手たちは、時には金回りのいい家の息子のこともあり、時には貧しい漁師の伜《せがれ》のこともあった。

島木は去年、沖縄の宮古《みやこ》島《じま》出身の少女を社の株主の紹介でテストしたことがあったが、その目の大きな黒い髪をした娘の父親から、後に丁重な金釘《かなくぎ》流の手紙と共に、見たことのない奇妙な品物を送られたことがあった。それがエラブウナギの干物だということがわかったのは半年ほどたって、テストに失敗した少女と上野の酒場で会ったときだった。

その日も、地下の喫茶室は様々な客でごった返していた。

「どうします？　外へ出ますか」

島木は水沢を振り返って言った。水沢は一瞬、店内を優しい大きな目で見回すと、あ、あ、と口ごもりながら、喫茶室の鉢植えの陰になっている空席を指さして微笑した。

島木は水沢と向き合ってそのテーブルに坐り、コーヒーを頼んだ。一日のうちに打ち合わせが何回あることだろう。ディレクターの仕事のうちの大半は打ち合わせと会議なのだ。島木啓は、このレコード会社に入社するまで、ディレクターの仕事というものを、あまりにもロマンチックに考え過ぎていたことを思い出して苦笑した。コーヒーを飲み過ぎたせいか、胃の具合がおかしかった。

「妙な世界ですね」

と、煙草を出しかけて、またポケットにもどしながら島木は水沢に笑いかけた。

「レコード界というのは一つの中世の王国みたいなもんですね」

「そ、そうですね」

水沢は正面から島木をみつめて、短く相づちを打った。

「し、島木さんは、この会社にこられてから、どのくらいになります？」

「五年目です」

と、島木は答え、頭の中でその当時の自分の姿をちらと思い浮かべた。

関西の私立の音楽大学を卒業して、高校の音楽教師にでもなろうと考えていた島木に、この社を受けるようにすすめたのは、亡くなった父親の親友に当たるある出版社の重役だった。その出版社は、教材関係の学習書を主に出しており、全国の学校に根強い信用があったことから、レコード会社の一つが学芸教育関係のレコード販売政策の一つとして業務提携を申し入れたのである。

「学校の教師もいいけど、二代続いて教育者というのはどうかなあ」

と、その父親の親友は言ったのだった。彼の説では、教育界にも様々な派閥《はばつ》があり、地方の、それも有名でない二流大学を出たところで結局は冷飯を食わされるだけだ、と言うのである。

「一生ずっと脇道を歩いた人間というやつは、どこかいびつな面が出てくる。君の親父さんがいい例だ。人間はやはり自分の才能が充分発揮される場所で陽に当たって生きたほうがいい」

と、その初老の重役は島木に語った。ちょうどその出版社が、Rレコードと業務提携したのを幸いに、そこへ入って学芸レコードの制作をやってみてはどうだ、と彼はすすめてくれたのだ。

島木は少し考えて、その言葉に従った。そして上京して形式だけの入社試験をうけ、五年前の春、この世界へ足を踏み入れたのだった。

「ぼくは最初のころ、童謡を作ってたんですがね」

と、島木は言った。水沢は気持ちが少し落ちついたのか、少しずつ、つかえずに喋れるようになってきたらしかった。

「あなたが宮原《みやはら》さんのアシスタントしてた頃のこと、憶えていますよ」

と、水沢が言った。「あの頃は、すごく張り切っていたようだった」

「ええ。すごくね。若かったし」

島木は運ばれてきたコーヒーに砂糖を入れながら声をたてずに笑った。「ＣＭソングのとりこになってしまっている子供たちを、もう一度、童謡の世界に連れもどしてやるんだ、なんて意気込んでましてね」

「結局どうでした」

「失敗ですよ。時代の動きというものが読み切れなかったんですね。古い教育者の感覚じゃ子供たちについて行けっこないもの」

二年前に社では大幅な機構改革が行われ、それまでの教育学芸部は、制作第二課として部から課へ縮小されている。童謡や教育レコードの売り上げが年々下降線をたどるのを阻止することができず、Ｒレコードでは学芸関係の仕事を三分の一にカットしてしまったのだった。出版社との提携も、学芸部門の不振に活《かつ》を入れることはできなかったらしい。

島木はそのとき、いったん辞表を出したのだが、当時、チーフ・ディレクターとして飛ぶ鳥を落とす勢いだった堀井が、自分のアシスタントに欲しいと強引に彼を引き抜いたのだった。

島木が流行歌の仕事をはじめたのは、そのときからである。そのとき制作第一課長のポストについたばかりの堀井は、今後の流行歌の世界には、新しい才能が必要だと動物的な勘で見抜いていたらしかった。そして、彼は島木を一年間、みっちり自分の手もとにおいて鍛え、やがて一本立ちのディレクターとして、スタートさせたのだった。

彼が水沢暮《ぼ》詠《えい》という古風な作詞家と知り合ったのは、その頃である。

「水沢さんは、ちっとも変わりませんね」

と、島木は言い、言った後で相手がそれを皮肉と取らないかと気にして、あわてて、いつまでも青年みたいな感じがしますね、と、つけくわえた。

「いつまでたっても進歩しませんから」

水沢は子供のように澄んだ綺麗な目で小さく笑って、

「作詞馬鹿、と、西条《さいじょう》先生から色紙をいただいたことがあります」

「レコード界でずっと仕事をなさるんなら、もう少し積極的におやりになればいいのに」

島木は、おれは俗っぽいことを言ってる、と思いながら早口で喋った。

「ほかの作詞家は、それぞれ何々一家とか何々グループとか言って、大物ディレクターや人気作曲家と組んでるでしょう。水沢さんは全くの一人きりですね。別にうちの社のお偉方と特別のコネがあるわけでもないようだし、ただ会社に来てぼんやり壁際に坐ってるだけだもの。あれじゃ今みたいなせち辛い業界じゃ仕事は回ってきませんよ。自分で売り込む気で少し何とかなさらなくちゃ」

「わかっています」

水沢はうつむいて少し赤くなった。島木は自分より恐らく二十歳は年上だろう相手に、こんな言葉を吐《は》けるのも、自分がレコード会社のディレクターという立場にあり、彼が売れない作詞者だからなのだ、と心の中で呟いた。

「水沢さんはこの世界じゃ大先輩だし、ぼくは駆け出しのチンピラ・ディレクターに過ぎない。でも、こんなことを言うのも、ぼくが本当は水沢さんの書かれる詞が好きだからなんで——」

「ほ、ほんとうですか」

と、水沢は顔をあげて言った。

「ええ、正直に言って、水沢さんの作品はとても古いです。古風というより、時代おくれと言うべきかもしれません。でも、ぼくは好きですよ。最近のポップス系の歌の文句なんて、聞いててもこちらの気持ちをぎゅっとしめつけたり、共鳴したりするものは全然ないじゃありませんか。それに近頃はやりの人生教訓歌みたいな押しつけがましい歌も嫌いだなあ。その点、水沢さんの詞は、弱いかもしれないけど何か惹《ひ》かれるものがあります。だから今度のB面の歌詞も、ぼくのほうからお願いに上がったんですがね」

「ありがとう」

水沢は恥ずかしそうに素早く呟いて頭を指でかき上げた。

「ところで、さっきの詞の頭のところなんですが——」

島木は歌詞カードを取り出しながら、職業的な調子にもどって坐り直した。水沢も急に緊張した姿勢で両膝の上に手をのせてうなずいた。

それは恐らく若い甲斐性のある息子に、失敗ばかりしている温和《おとな》しい父親が叱られているような情景だったにちがいない。

それでも喫茶室にとぐろを巻いて終日、レコード詩論を戦わせているような無名の作詞青年たちには、うらやましい光景だったにちがいない。この喫茶室には、歌い手や作曲家だけでなく、いつか自分の詞をレコード化したいという青年たちが、よく集《つど》ってきては議論をしたり鉛筆を走らせていたりするのだった。

3

島木啓がはじめて水沢と口をきいたのは、彼が学芸部から堀井の制作第一課へ移って、流行歌の制作の勉強をはじめた頃だった。

それまでの学芸部の部屋は、三階の奥の、目立たぬ場所にあり、大きな本棚や、教材の資料などが壁際に並び、どこか学校の職員室を思わせる地味な雰囲気が漂っていた。

レコード会社の中でも、学芸部の部屋に出入りするのは、少女合唱団の指揮者とか、大学の教師とか、童謡歌手とか、ジャーナリストといった文化人ふうの客がほとんどだった。だが、この制作第一課の部屋は、いかにもレコード会社らしい生き生きした活気と乱雑さに満ちている。口の悪いある新聞記者は、魚河岸《うおがし》に来たかと思った、などと冗談を言って笑わせていた。

だが、そのがさつな活気は、島木にとっては決して不愉快ではなかった。むしろ二十代の青年にとっては、眠ったような学芸部の部屋から突然、明るい初夏の戸外に飛び出したような爽やかさを感じたものだった。

そこでは毎月何十曲という新しい流行歌が作られ、市場に出荷されている。実際には、レコードとなって小売店の店頭におかれるのは、作られる歌の何分の一でしかない。十曲の新曲が送り出される背後には、その何倍もの曲が途中で消え去っているのだ。

作詞の段階で消されるものもあり、曲がつきながら録音まで行かないものもある。また、テープに納められながら試聴会で落とされるものもあり、レコードになったまま何カ月も陽の目を見ず倉庫に眠っている歌もあるのだ。

一枚のレコードが完成するまでに、それにタッチする人間と労力はおどろくほどのものだった。そして、その一曲をめぐって、無数の人間たちの哀歓や策謀や偶然が入り組み合い、からみ合っている。

学芸から移って数日後、新しくあたえられた制作室のデスクに坐って、島木啓はぼんやり煙草をふかしていた。朝の九時で、この時間は一般の会社とちがい、事務所の中は数人の女事務員が来ているだけで、まだがらんとしている。

「今日は水沢先生、おそいわね」

と、女事務員の一人が島木の前に茶を運んできて笑いながら言った。「いつもは九時きっかりにお見えになるのに」

「水沢先生って？」

島木は袖なしのブラウスの下から白い二の腕をのぞかせている女事務員に何気なくたずねた。

「ああ、島木さんはごぞんじないのね。制作第一課に移ってきたばかりだから」

と、彼女は言い、机の上に片手をのせて歯切れのいい口調で喋り出した。

「ほら、あの壁際の長椅子があるでしょう。いつも歌い手さんや、いろんな人たちが坐ってる椅子」

「あれか」

島木は部屋の入口に近い壁際の粗末な木製の長椅子を振り返って言った。

「ええ。あそこに朝から晩まで坐ってる人、知らない？　背が高くって、顔が馬みたいに長い中年の男のひと。中年っていっても、もう五十歳ちかいらしいけど。目だけがとっても優しい長髪の――」

「そういえばきのうもいたな。あのすごく太いズボンをはいて、紙袋か何か大事そうに抱えてる男だろう」

「そう。あの人よ。それが水沢先生よ」

「水沢先生って、何だい。うちの作曲家か何かかね」

「専属の作詞家」

「へえ。あれが」

「ほとんど仕事してないみたいだけど、キャリアは長いのよ。私は知らないけど終戦直後にヒットした曲を書いてるんですって」

「何て曲だい」

「ええと、ちょっと待って」

その事務員は、あれ何だっけ、と大声で同僚にたずねて、

「駄目。忘れちゃったわ。いつか堀井課長におそわったんだけど」

「あの人が専属作詞家ねえ」

島木は首をかしげて、

「おれはまた、どこかの洋服屋の親父が集金に来てたのかと思ってた」

「来たわ」

女事務員が声をひそめて言い、忍び笑いをしながら離れて行った。島木は首を回して、制作

室のドアを開けてはいってきた専属作詞家という男を眺めた。

長身で少し猫背の男だった。文学青年ふうに長くのばした髪が額にかかっている。同じ長髪でも、最近のグループ・サウンズのような感じの髪形ではなく、どことなく新派《しんぱ》に出てくる明治時代の壮士《そうし》を思わせる頭だった。

面長で、顎が少ししゃくれている。顔の色は黄色っぽく、手足がひょろりと長い。大きな、何かにおどろいたような優しい目をしていた。

色のあせた旧式の背広を着ており、ワイシャツの襟が片方ぴんと跳ね上がっていた。どこか山村の分教場《ぶんきようじよう》の教頭先生、といった感じの男だった。彼はそっと目を伏せて壁際の長椅子に腰をおろすと、脇にかかえた風呂敷包みを膝の上にのせ、きちんと手をその上に組んで動かなくなった。

〈ああして一日中ぼんやり坐っているのだろうか〉

と、島木は物哀しい感じにとらわれながら考えた。

おそらく何十年か前に、幸運なヒット曲を書いて専属作詞家になったに違いない。だが、流行歌の世界は目まぐるしく変わる。どんなキャリアのある作詞家、作曲家でも、その時どきの風俗にぴたりと密着し、流行を先どりする変わり身の早さがなくては、たちまちとりのこされてしまう世界だ。大御所と言われるベテラン作曲家・作詞家たちでさえ、ボサノヴァが流行すればボサノヴァを、復古ムードが露《あらわ》になれば演歌を、と、老人とは思えぬ柔軟さで時代と寄りそって動いている。そんな世界で、簡単に自分の個性を取り替えることのできない人間は、うまく行きっこない。しょせん歌は世につれるだけで、世が歌につれることはあり得ない世界なのだ。

〈さっさとこんな仕事から足を洗って、小学生の塾でもやったらいいのに〉

と、島木は壁際に坐ったまま目を伏せている作詞家を見て、自分のことのように腹立たしい思いがした。後でよく考えてみると、その男の猫背の姿勢や、髪の形が、一生地方の小学校の教師で終わった父親と、どこか似ている雰囲気を漂わせているのだった。そのことが、彼の気持ちに或《あ》る抵抗感を覚えさせたのかもしれない。

その日の午後、島木ははじめて壁際の作詞家とかかわりあいを持つことになった。

堀井はいつものように午後になってぶらりと会社に姿を見せた。朝、定時に出社するようなディレクターは一人前じゃない、と彼は常日頃言っていたのだ。堀井は恐らくディレクターがサラリーマンでなく、職人気質《かたぎ》の自由人であると信じている最後のレコードマンだったのかもしれない。

彼は課長になってからも、課長の名刺を作らなかった。

〈Rレコードの堀井〉

で、どこでも通用する男だ、という自信がそうさせていたのだろう。しょせんせまい芸能界の一部に過ぎない世界だが、彼にとってはその世界が世間のすべてなのである。そんな堀井の感覚に、島木は最初のうち強い反発を感じていたのだが、次第に堀井という男の面白味もわかるようになってきていたのだった。

「島木くん」

と、その日、堀井がデスクに坐って手招きしたとき、島木はスタジオ進行表を書き込んでいるところだった。

「きみ、煙草あるか」

「ハイライトならありますが」

「おれはピース党なんだ。ハイライトは苦手でね」

「買ってきましょう」

島木が気軽に椅子から立ち上がると、堀井は手を振って、

「仕事中だろ。いいから、いいから。おうい、水沢先生！」

彼は窓際の長椅子に坐っている水沢に大声で呼びかけて手招きした。

「はあ」

水沢は眠りからさめたように、あたりを眺め回すと、あわてて立ち上がった。そのはずみに膝の上の風呂敷包みが床に落ち、彼は赤くなりながら体を曲げてそれを拾い上げた。

「ちょっと来てくれよ、水沢先生」

と、堀井は呼んだ。水沢の顔に子供っぽい生気がみなぎり、彼は勢いこむように上体を傾斜

させて机の間を抜けてやってきた。

「ご、ご、ごぶさたしております」

と、水沢は腰を深くかがめて、ぎくしゃくしたおじぎをした。

「ああ、元気かね、先生」

堀井は軽く顎でうなずいて、

「ちょっとすまんが下へ行ってピースを買ってきてくれよ。そうだな、十個もまとめて買っといてもらおうか」

「はあ」

水沢が、大きな目をぱちぱちさせてうなずくのを、島木は腹立たしい思いで眺めた。たとえ売れない作詞者でも、一応専属のアーチストなのだ。堀井は確かに一流のベテランディレクターかもしれないが、だからといってこんな扱いをこの作詞者にする権利はないはずだ。

彼はある期待をもって水沢の態度を見つめた。彼はきっと怒りの感情をむきだしにするにちがいない。もしかすると、怒って堀井に背中を向けて立ち去るのではないか。おれだったら、ここでたんかの一つも切るところだ。

〈やれ！　おっさん！〉

島木は心の中で叫んだ。だが、意外なことに、水沢は怒るどころか、かえって嬉しそうに目を細めて堀井がポケットから百円銀貨をとり出すのを眺めているのだ。

「ぼくが行きます！」

島木は不意に立ち上がって、堀井の手の中の百円銀貨をつかみ、椅子をひっくり返してデスクの間を駆け出した。階段を降りながら、なぜかわけのわからぬ腹立たしさと恥ずかしさで彼は頬のほてるのを覚えた。

〈おれは何を怒っているのだろう？〉

島木は煙草屋の窓口に百円銀貨を叩きつけるように投げ出しながら、額の汗をシャツの袖でぬぐった。そのとき、彼は戦前、地方の小学校の代用教員として教員生活のスタートを切ったという父親のみすぼらしい背広姿を頭の中に思い浮かべて、やりきれない重い気分の中にのめり込んで行くのを感じていた。

4

その日の夜、島木は堀井に誘われて、新橋《しんばし》の一杯飲み屋で酒を飲んでいた。

堀井がめずらしく退社まで残っていて、彼を誘ったのである。

「ちょっと用事があるから」

と、堀井は言った。島木はその日、本当は堀井と酒を飲む気はしなかった。水沢の一件が心にひっかかって、自然な態度で堀井と喋れないような気がしていたのである。

だが、堀井は仕事の件で少し話そう、と彼を誘ったのだった。そして退社後、二人は新橋で飲んでいるのだった。

「どうだい、なれたかね。流行歌の仕事は難しいだろう」

と、堀井が言った。

「そうでもないです」

と、島木はビールのグラスを空けながら言った。今夜はいくら飲んでも酔えないだろう、という予感があった。

「そうかな。おれはまた、学芸なんてお上品なところから回って来て、きっとお前さんが面くらってるだろうと思ってたよ」

「音楽の仕事はどこだって変わりはないんじゃないですか。作る人間だって、聞く人間だって同じ人間だし」

「さあね」

堀井は首をかしげ、よく響く低音で、そうとは限らんだろう、と言った。

「人間の世界ったって、おれたちの作っている流行歌の世界と、童謡やクラシックの世界とはちがうさ。まず、大人の世界だし、それに流行歌は意識の低い庶民のもんだ。インテリの知性では割りきれんものが沢山《たくさん》ある」

「ぼくは必ずしもインテリじゃありませんが、割り切れないものがあることは事実ですね」

と、島木は堀井をみつめて言った。

「お前さんが何を言いたいか、おれにはわかってるぜ」

堀井がかすかに笑って言った。「今日の水沢先生の一件だろう」

島木は黙って徳利のお代わりを手で知らせた。すでに三本目だった。

「あのとき、お前さんがピッと抵抗したことぐらいおれにもわかるさ」

と、堀井は続けた。「おれの態度が専属の作詞家に失礼だと思っただろう」

「今でもそう思っています」

島木は突っかかるような口調で言った。

「いくら売れない作詞者だからって、煙草を買いにやらせるのは、ひどいじゃないですか」

「………」

堀井は盃を手に持ち、それを口に運びかけて、ふと手を止め、盃を下にもどした。

「そう思うか」

「思いますね」

「だから言ったんだ。流行歌は大人の世界だと。大人の世界の、庶民の間の人情の機微《きび》というものがわからない人間には、流行歌なんか作れやせん。君はまだまだ学芸のセンスで生きている。いいかげんに大人になってくれ。でないと折角お前さんを引き抜いたおれの立つ瀬がないじゃないか」

「言葉のごまかしはよしましょう」

「ごまかしじゃない！」

　堀井は突然、こぶしでテーブルを叩いた。徳利が倒れて酒が音を立てて床にこぼれ落ちた。島木は黙っていた。喧嘩《けんか》ならやってやろう、という気になっていた。学芸の人間だと思ってなめてやがる、と腹が立った。やるなら本気でやってやる、学生時代に梅田の地下道で三人のチンピラ学生を叩き伏せた記憶がよみがえってきた。

「怒ったな」

　と、ふと声を鎮めて堀井が言った。

「怒ったのはそっちじゃないですか」

「お前さんが馬鹿なことを言うからさ」

「何が馬鹿です」

「お前さんは今日、あの場で水沢さんを傷つけたことに気がつかないのか」

　と、堀井は真顔で言った。島木はあっけにとられて相手をみつめた。

「ぼくが？　傷つけたのは堀井さんのほうでしょう」

「馬鹿だよ、お前は。だから大人になれないと言ってるんだ」

堀井は舌打ちすると倒れた徳利をおこして、残っている酒を盃に注ぎながら喋り出した。

「水沢という男は、古いキャリアのある作詞家だ。昭和二十三年に〈かもめ舟唄〉というヒット曲を飛ばして専属になった。だが、それっきり二十何年、鳴かず飛ばずさ。本人は真面目だし、詞も悪くないんだが、いかんせんセンスが古過ぎる。いまどき自然や風景をべったり歌ったところで、どうなるもんじゃない。いくら言っても直らんのだ。いまは演歌にしても前向き演歌じゃなくちゃ駄目なんだ。演歌は人生の応援歌。そこがわからないと時代から取り残される。そうだろ？　え？」

「さあ？」

「まあいい。とにかくあれは生真面目な変わった男だ。ああして、毎日毎日、雨の日も風の日も制作室の壁際のベンチに坐って、ディレクターの声がかかるのを待っている。そりゃあ昔は、急ぎの歌詞や、急に穴のあいたときに部屋に待機している新人に頼んで書かせたりもしたもんだ。いま一流になってる花井《はない》操《みさお》や高井《たかい》英俊《ひでとし》なども、そんなチャンスをものにして売り出しのきっかけをつかんだ男さ。だからと言って、水沢さんみたいな古手が毎日、あんなふうに新人歌手と並んで会社に坐って待ってることはないんだ。だが、そう言うのも可哀相だし、もし言ってもあの男はやっぱり毎日通ってくるだろうな」

堀井は盃を口に運んで、手の甲でこぼれた酒をぬぐった。

「あの椅子に坐っている連中は、一日に一度でいいからディレクターに声をかけてもらえたら、と思ってるんだ。ちらっと目が合うだけでも、それで生き返ったようになる。いつかは自分に仕事をくれるんじゃないだろうか、と必死で待ってるんだ。だから、おれは——」

「作詞の依頼じゃなくて、煙草を買いにやらせたんですか」

「そうだ」

と、堀井は正面から島木をみすえて言った。

「おれは仕事は人情ではやらん。どんな歌を作るのも、才能だけを使う気だ。だからおれは水沢さんに詞を頼まんのだ。だが、おれはあの男が嫌いじゃない。おれが大声で彼を呼んで煙草を買ってきてくれ、と言ったことは、彼が忘れられていないということさ。しかもおれと個人的に親しいという印象を周囲にあたえることになる。それよりも、彼自身、おれが用事を頼んだことで元気づくんだよ。そこがわからんようじゃ、お前さんは駄目だね。あのとき、水沢さんは怒ったか？　そうじゃない。むしろ生き生きした表情で、おれの煙草を買いに行こうとしていた。それを横からお前さんが割り込んだことは——」

「あの人を傷つけたというんですか」

「そうさ。ディレクターに煙草買いにやらされてうれしがってる自分自身を、はたから客観的に見抜かれたことになるじゃないか。あんな感受性の柔らかな男は、お前さんが彼に同情して、代わりに買いに飛んでったことを感じて、きっとひどくみじめな思いをしたと思うね」

「………」

「大人になれというのは、そういうことさ。ときには相手を侮辱したような形でもって、人間をはげますこともある。一日中、誰からも声をかけられずに坐っているよりは、たとえからかいの言葉一つでもかけられたほうがうれしいもんだ。おれは昔、営業部から制作室へ移って来て、ディレクターどもに黙殺されて暮らした時期があるから、その辺がわかるのさ」

「でも――」

「でもじゃない」

島木は黙り込んだ。堀井の言うことにある真実味があることは理解できる。現実の人間というものは、そういうものかもしれない。でも、それはどこか犬にビスケットを投げてやる人間の気持ちと、共通なものがありはしないか。

「考えてみます」

と、島木は言った。「堀井さんのことを、もっと単純な人間のように思っていたようです。謝ります」

「お前さんも直球しか投げられん男のようだな」

と、堀井は言って笑った。「しかし、水沢さんのことで、あんなにむきになったとは実に意外だったよ」

島木は黙って苦笑した。水沢が不遇のうちに死んだ父親とどこか似てるのだ、ということを彼は言わなかった。

二人は話題を変え、近づいたダービーの予想などをしばらくして、その店を出た。堀井は、大手の厩舎《きゅうしゃ》の馬は好きじゃないが、結局勝つのはその辺だろう、と言い、世の中ってそういうもんさ、だから、流行歌が売れるんだ、と捨てぜりふのように呟いて夜の街に消えていった。

雨になりそうな、むし暑い晩だった。

5

「どうですか」

島木は、風呂敷包みを抱えて近づいてくる水沢を眺めて、声をかけた。「例の、頭のところの歌詞、いい案が浮かびましたか」

「はあ」

水沢は島木に丁重に一礼すると、風呂敷包みを机の上で拡げた。中から茶色の紙袋に入れた厚い原稿用紙の束が見えた。水沢はその中から無器用に一枚の原稿用紙を抜き出すと、首をかしげて島木の前においた。

「拝見します」

島木は右上がりの美しい筆跡で清書された歌詞を、手に取って眺めた。

「あれ？　前のままじゃないですか」

「はあ」

水沢は二、三度唇を動かして言葉のきっかけを摑むと、

「いろいろ、考えて、みたんですが、やはり前の歌詞どおりがいいと、思うんですけど」

「弱ったなあ」

島木は頭を抱えて、原稿を置いた。「ふっと、という部分だけでいいんですが、何とか変えられませんか」

「それ以外にない、と思います」

水沢は口ごもりながら言った。

「なぜかこぼれた——とか、そんなふうな言葉がはまればいいんですがねえ」

「なぜか、じゃあ、感じが変わってしまいますから」

水沢は大きな目を伏せて小声で言った。島木は思わず溜め息をついて、

「いい詞なんですがねえ。ここのところだけ泣いてもらえませんか」

「……」

水沢は答えなかった。これじゃあ水沢に歌詞を頼むディレクターがいないのも無理はないな、と島木は押し黙っている水沢の顔を眺めながら思った。今度の詞を彼に依頼したのは、島木の

強引な意志が通ったためである。堀井課長は最後までしぶっていたのを、島木が自分の責任で強行したのだった。そんないきさつがあっただけに、この歌詞で良い歌を作らねばという気持ちがある。

だが、こうして水沢と仕事をしてみて、はじめて彼の頑固さにつき当たって鼻白む思いを味わったのだった。

「どうしても駄目ですか」

と、島木はもう一度念を押した。しかたがない、と彼はあきらめの気持ちになっていた。いずれにせよ、B面なのだ。A面が勝負で、B面はそえものといった感じもある。最近では、A面とB面と両方にウエイトを置いて売る欲の深いやり方もあったが、やはり今度の場合はスター歌手として若い少女たちに人気のある森谷美樹也がデュエットを歌っているA面で勝負なのだ。

「わかりました」

と、島木は言った。水沢は何か言おうとして、ごくりと唾をのみこんだ。そして、何も言わずにしばらくそこに立っていたが、おずおずと手をのばして、机の上の歌詞の原稿を取り、茶色の袋の中にしまい込もうとした。

「ああ、それ、置いといてください」

と、島木は言った。「前の歌詞カード整理しちまったんで、そいつをタイプに打たせますから」

「この詞を、使って、くださるんですか」

と、水沢がおどろいたように口ごもりながら言った。

「使うって、詞がなくちゃ録音できないじゃないですか」

「……」

水沢の目から不意に小さな光るものがふくれ上がって、頬につたった。水沢はあわてて手の甲でそれをこすりながら、

「そうですか。使ってくださるんですか。わたしはまたてっきり、この作詞はキャンセルになったのかと――」

「冗談じゃないですよ」

島木は水沢の顔から目をそらせてわざと荒っぽい口調で言った。

「作詞者がどうしてもこれでやるとおっしゃれば、しかたがないじゃないですか。あなたに詞を依頼したのはぼくですし、最後までつきあってくださいよ」

「はあ」

水沢は二、三度頭を下げて、風呂敷包みを脇にかかえると、よろしくお願いします、と呟いて机の前を離れて行った。おれはまた偉そうなことを喋った、という気がしたが、今度はそれほど後味の悪いものではなかった。島木は水沢の残して行った原稿をタイプに回す前に、もう

一度目を通した。そのままメロディーをつけずに読むと、水沢の言ったとおり、それはそのままのほうがはるかに良い詞だった。ただ、作詞水沢暮詠《ぼえい》、と達筆で書かれたペンネームは、どう考えても大正時代の匂いがして好きになれないものだった。

6

はじめて水沢と組んで作ったレコードは、意外に評判がよかったようだった。勿論《もちろん》、水沢の作詞はB面だから、売れ行きには関係なかっただろう。

だが、A面の森谷美樹也とのデュエットが受けたのか、そのレコードは、堀井の予測したように、約五万枚弱の売れ行きを示した。

そして、それから二月ほどたった或る日、島木は堀井に呼ばれて、意外な仕事を命じられた。Rレコードの看板歌手である京極はるみの一月新譜の作品を作るように、と言われたのだった。

これまで京極はるみのレコードに関しては、作詞・作曲も高名なベテランのコンビがデビュー以来独占的に作っており、ディレクターも堀井課長が直接自分で担当してきていた。それを、新人の島木にまかせようというのである。しかもそのレコードは正月の初荷として小売店に回される新譜なのだ。

「ぼくにやれるでしょうか」

「やってみろよ。京極はるみの新しい魅力を引き出すには、時々ちがった個性で勝負してみる必要がある。ただし、こっちも注文があるんだ」

作曲はこれまでどおり、ベテランの小野《おの》正行《まさゆき》、そして作詞は、フリーの作詞家としてこのところ大活躍している萩洋二《はぎようじ》で行くように、と、堀井は言ったのだ。

「萩洋二か――」

「彼と組むのもはじめてだろう。今じゃ最大のヒット・メーカーだからな。まあ精々新しいセンスでいい歌を作ってくれよ」

その日、島木は興奮して、なかなか寝つけなかった。彼には一つの考えがあったのだった。A面は堀井の指名どおり萩洋二の作詞で作り、B面の作詞に水沢を起用してみようという案だった。

京極はるみの正月新譜だから、どんなにひかえ目に見積もっても十万か十五万は売れるだろう。うまく行けば二、三十万、更にその上の大ヒットだって考えられないことではない。

専属の作詞家である水沢は、レコード一枚につき二円五十銭という印税契約になっている。たとえB面でも印税は同じことだ。水沢の詞で良い歌を作ってみたい気持ちもあったが、また彼にB面を書かせることで水沢の生活をバック・アップしたいという考えもあった。彼は堀井にどうそれを切り出そうと、考えながら、とうとう朝まで眠らずに起きていた。

島木は翌日、堀井が出てくるのを待ち構えて、彼の計画を話した。A面は萩洋二で、新しいセンスの歌を作り、B面は島木自身が長い間あたためていた企画で、少し古風で抒情的な民謡の一部をとり入れた作品を作ってみたい、と言ったのだ。

「民謡というのは面白いかもしれん。だが、何を使う？」

堀井は体を乗り出してきいた。

「島原地方の子守唄を使うつもりです」

「おろろん、おろろん、おろろんばい、か」

堀井はうなずいて小声でそのリフレインを口ずさんだ。

「あれは前にも使った歌があったな」

「ええ。でも今度は狙いを変えて、使ってみるつもりですから」

「いいだろう」

意外にあっさりと堀井はうなずいて、

「そこで作詞に水沢先生を使うというわけか」

「いけませんか」

島木は堀井の勘の良さに、いささかどぎまぎして言った。

「あの人の古風な感じが似合うと思うんですが」

「悪くないだろうな。お前さんが料理すれば水沢さんの別な面も出てくるかもしれん。この前の歌だって意外に良かったし」

「お願いします。ぼくにまかせてやらせて頂けませんか」

「うむ」

堀井は腕組みして少し考え、それから島木の顔をのぞき込むようにしてきいた。

「人情じゃないだろうな？」

「ええ」

「水沢暮詠の詞が商売になると判断したわけだな？」

「そうです」

「それならいい。やりたいようにやれ」

島木は、ありがとうございます、と堀井に頭をさげた。

「ただしだ――」

と、島木が立ち去ろうとしたときに堀井が言った。

「おそらく萩洋二としては、ＡＢ両面自分でやりたいに違いない。印税のことを考えると、他人がB面を書くことは、収入が半分になってしまうことだからな。若手の作詞家の中でも、最近ばか当たりに当たって各社から引っぱりだこの男だから鼻息が荒いだろう。やつを使うというのは京極の親父からの指名だから、やつにひねくれられて降りられたりしたら全部がぶちこわしになるぞ。その辺は慎重に事を運ぶことだな」

「わかりました」

島木は礼を言って自分の席にもどった。そして、その日はどうしたことかいつもの壁際の長椅子に姿の見えない水沢を呼び出すため、女事務員に命じて電報を打たせる手配をした。

〈サクシヲイライシタク　シユツシヤコウ　シマキ〉

水沢はどんな顔でこの電報を受け取るだろうと考え、島木はふと楽しい気分になった。

7

水沢はその日、社に姿を見せなかった。電報を打ったのは正午頃だったから、受け取っていればその日の夕方までには来られるはずだった。

〈どうしたのだろう?〉

島木は少し気になって、その日、仕事を終えた後、水沢の自宅を訪ねてみることにした。

水沢の住所は大田区《おおたく》のK町となっている。そのあたりは高級住宅地として、プロ野球の選手や、有名な女優なども住んでいるはずだ。

島木は地図をたよりにおおまかな目星をつけ、Ｋ町へタクシーを走らせた。水沢の住所はすぐにわかった。Ｋ町が言われているように高級住宅地だけではないことを、島木はそのときはじめて知った。

Ｋ町は高台になっている住宅地と、その下の私鉄の線路とドブ川にはさまれた低地の二つの部分から成っている。上を見上げれば庭木や庭石を配した豪壮な住宅が立ち並び、そのすぐ下には犬小屋のような小さなアパート群が軒をつらねて密集しているのだ。

水沢の住所も、そのアパート群の中の一つだった。〈ゆかり荘〉というそのアパートは、周囲の建物の中でも、特にひどい荒廃《こうはい》した木造の二階建てだった。灰白色のドブ川の上のせまい木橋を渡って出入口が暗く開いている。水沢暮詠、と名札のかかった部屋は、二階の奥の突き当たりにあった。

「水沢さん」

「はあ」

例によって、あいまいな返事がきこえ、ドアが開いた。水沢は白っぽい浴衣《ゆかた》を着て、おどろいたように島木を眺め、それから不意に赤くなって、何か言おうと口ごもった。

「どうしたんです。電報はとどいたんでしょう？」

「ええ」

「ちょっとお邪魔していいですか。心配になったので来てみたんです」

「どうぞ」

水沢は気の毒なくらい部屋の中をうろうろして、ざぶとんを裏返したり、窓のカーテンを開けたりした。四畳半の天井の低い部屋だった。島木はそれまで、水沢が独身だとは思っていなかったが、どうやら彼は独りでこのアパートに住んでいるらしかった。

壁際には、〈歌謡春秋〉だとか〈新歌謡〉だとか〈現代詩人〉だとかいった薄っぺらな雑誌が山のように積み重ねてある。作詞を志す作詞青年たちが、集まってやっている同人詞誌のたぐいだった。

机の上には、原稿用紙がきちんと置かれ、壁に一枚のレコードが額に入れて飾ってあった。

「あれは？」

と、島木はたずねた。水沢は少し口ごもって、

「かもめ舟唄、という――」

「ああ、あれですか、堀井さんから聞きましたよ。昭和二十三年のヒット曲だそうですね」

「二十四年なんです」

「そうですか」

島木はうなずいて、実は、と話をきり出した。水沢は最初から最後まできちんと正座して黙って聞いていたが、島木の話が終わると、しばらくして、顔をあげて言った。

「島木さんは、わたしの詞を買って、今度の歌を書かせてくださるんですね」

「勿論です」

「そうですか」

水沢は頭を下げて畳に手をつき、有り難うございます、と呟いてから、ぽつんとつけ加えた。

「うれしいです」

島木はその晩、早速、彼のプランを説明した。島原地方の子守唄の一部を各コーラスの間にはさみ、内容も古風で格調のある抒情詞にしたいこと、題は〈からゆきの唄〉とすでに決めてあること、A面は萩洋二が作詞するので、B面の仕事であること、などを喋ったのだった。

水沢は島木の企画に大変乗り気になったようだった。

「からゆきの唄、からゆきの唄――」

と、彼は二、三度口の中で呟き、

「これは書けますよ」

と、ふだんに似ぬ自信のある口調でうなずいた。

「第一稿を来週の火曜日にいただきたいんですが」

島木はスケジュールの打ち合わせをすませ、少し雑談をした。堀井課長が水沢さんの詞にもう少し前向きなものが欲しいと言っていた、という話を島木はした。

「ぼくは必ずしもそうは思いませんがね」

「はあ」

水沢はしばらく黙っていてから、ふと立ち上がり、戸棚の中から一冊のスクラップ・ブックを持ち出してきた。すでに黄色く変色している代物《しろもの》だった。

「これを――」

と、水沢は言い、島木の前に置いた。「見てください。これまで人に見せたことのないものです。何度捨てようかと思ったか知れないんですが――」

「拝見します」

島木はそのスクラップ・ブックを手にとって開いた。

それは古い新聞の切り抜きだった。島木にはすでに憶えのない、戦時中のものらしかった。

〈大政翼賛の歌、入選者決《きま》る〉

〈満洲開拓義勇軍の歌、レコードに〉

〈海洋少年団の歌を奉納〉

〈本土決戦の歌、神風吹かば、入賞〉

〈遺族をはげます歌を作詞〉

島木には全く見たこともない記事が切り抜いてあり、そのいずれにも水沢旭洋《きょくよう》という名前と顔写真が出ていた。

「これがわたしです」

と、水沢は言った。「戦争中、いろんな作詞募集に応募して何十回入選したかわかりません。

終戦直前に召集されるまで、体が弱かったものですから、こんな歌ばかり作っていたのです。他人をはげます歌、勇気をあたえる歌、前向きの、健康で明るい口先だけの歌、そんな歌を何百と書いては送りつけ、入選したのです。自分は家にとじこもったまま、血の一滴も流さずに」

「ペンネームが違いますね」

「ええ。戦争中のアマチュア作詞家にはふさわしい名前でしょう」

「それで？」

「敗戦後、わたしは筆を折りました。わたしは他人をはげまし戦争に駆り立てる歌を書いた偽《にせ》詩人です。二度と作詞などする資格はないと思ったんです。でも、二十四年の冬、新潟に行商に行ったとき、落日の海辺でどうしても黙っていられないような衝動にかられ、一つの歌を書きました。それが〈かもめ舟唄〉です。弱い、センチメンタルな歌ですが、それは少なくともわたしの本心を写した歌でした。それを堀井さんに送って採用されたのが、わたしのプロとしての出発点だったんです」

「堀井さんとは、どうして？」

「戦争中の応募詩の選者の一人でしたから」

島木はしばらく黙って、そのスクラップ・ブックの写真を眺めていた。それからそれを閉じ、礼を言って水沢に返した。

「それから二十年たちます。わたしは、二度と戦争中のあの口先だけの無責任な歌を書くまいと心に決めているのです。わたしにできることは、前向きの歌を書いて他人をはげましたり、勇気づけたりすることじゃない。人生の応援歌だなんて言いますが、応援する人は観客席からグラウンドの戦いを見物している立場の人です。自分は高いところにいて、他人の戦いを応援するなどというのは、とてもわたしにはできないことです。前向きの歌は、これからも書きません。めそめそした、うしろ向きの、弱い人間のため息だけを言葉に拾って書くしかわたしにはないんです」

「それにはぼくも賛成です」

と、島木は立ち上がりながら言った。「でも、どうして今日は会社にすぐ来てくれなかったんです？」

「実は――」

と水沢は不意に赤くなって口ごもった。

「背広をクリーニングに出してしまったものですから」

「なるほど」

島木は苦笑して、部屋を出た。「来週の火曜までにはできてくるでしょうね」

「はあ。二日で仕上げると言ってましたから」

その日、島木は水沢と別れたあと、五《ご》反田《たんだ》の酒場で少し酒を飲んで帰った。〈からゆきの唄〉と〈かもめ舟唄〉がごっちゃになって、自分はどちらを作ろうとしているのか、わからなくなってしまった。久しぶりの酒で、かなりひどく酔ってしまったらしかった。

8

次の週の火曜日、水沢は原稿に清書した第一稿を持って会社へ現れた。クリーニングに出していたという背広は、その気で見れば少ししゃんとした感じがするくらいのもので、相変わらずぱっとしない風情だった。

水沢の持って来たのは、歌謡曲の歌詞としても、いささか古風すぎて、どうにもならないしろものだった。

島原の　港の町は
貧しくも　恋しふるさと
からゆきの　船に積まれて
娘らが　振り返る町
じゃがたらの　文《ふみ》を読んでは
母たちの　涙ぐむ町

その後に、姉《あね》しゃんなどけいたろうかい、姉しゃんなどけいたろうかい、青煙突《あおえんとつ》のバッタンフール、と民謡の文句がはさまる、仲間うちで言うところの、アンコ入りの歌詞だった。島木はその歌詞を、そのまま水沢に返した。形がととのい過ぎていて、魅力がない、と言ったのだった。

水沢はそれから一週間、会社に姿を見せなかった。次の週の月曜日、彼からの葉書が会社宛にとどいていた。今、島原の海の見える村を歩いている、と書いてあった。島木はその葉書を堀井に見せた。

「今どきそんな呑気《のんき》な作詞のやり方をしてて間に合うと思ってるのかな、あの男は。現地に行きさえすれば良い詞が書けると思ってるところなんか、完全なアナクロだよ」

と、堀井は笑って言った。

「堀井さんは、戦争中、水沢さんが入賞した応募詩の選者をなすってらしたそうですね」

と、島木は言った。

「堀井さんはそんなふうに割り切れるからいいけど、あの人は今でも自分の書いた戦意昂揚歌のことに引っかかっているんですよ」

「え？」

堀井は一瞬、意外そうに島木を眺め、それから不意に笑い出した。

作家の部屋から

Red Label Vol. II

五木寛之セレクション II ［音楽小説名作集］ノート

2023年4月18日発行　東京書籍株式会社

魔除《まよ》けのネクタイ……五木寛之

「歌」への旅……水野忠夫

黒いアルバム……寺山修司

1965年／モスクワ 赤の広場にて

令和の風に吹かれて2

魔《ま》除《よ》けのネクタイ

五木寛之

ときどき読者から質問を受けることがある。「モスクワでも、パリでも、五木さんはネクタイをきちんと締めている写真が多いですね。『さらばモスクワ愚連隊』の舞台になった〈青い鳥〉という地下クラブでも、地元の不良少年たちと一緒に写っている写真では、五木さんだけがネクタイ姿で、まわりの人たちと違和感がありました。あれはなぜなんですか」

そういえば一九六八年の「パリ五月革命」を舞台にした『デラシネの旗』という小説でも、単行本の口絵写真に写っている作者の格好は白シャツにネクタイで、周囲とはまったくそぐわない格好だ。

しかし、これにはれっきとした理由があった。いわゆる「デンジャラス・ゾーン」とされるアブナイ街の一画では、しばしば警察による狩込みがおこなわれる。モスクワのジャズの店なども、まじめな市民たちは近づかない場所とされていたのだ。そんな場所に足を踏み入れる際には、できるだけ一般市民、善良な観光客のふりをする必要がある。たまたま迷い込んだ一般市民のふりをすることが大事なのだ。

きちんとネクタイを締めていることで、何度かそんな危険な状況からすくわれたことがあった。つまり「カタギ」の観光客とみなされて逮捕されずにすんだことが何度もある。

昔は、アブナイ橋を渡るのが小説家、などと考えて、ずいぶんきわどい経験もしたものだった。いまではそんな場所に踏み込む元気もないので、ネクタイを締めないのだ。ちょっとさびしい気もする。

同時代評論3

『國文學』（一九七六年六月／學燈社）より抜粋

「歌」への旅

水野忠夫

「生涯を賭けて、ただひとつの歌を――それは、はたして愚劣なことであろうか」とは、第二次大戦中に花田清輝が書いたエッセイ『歌』のなかの言葉であるが、ここしばらく、五木寛之の書いた文章のほとんどすべてを読み返しながら、たえずわたしの心のなかに浮かんできてならなかったのは、この言葉であった。もちろん、ここに感傷を入れる余地はない。（中略）

一九六六年、「オール読物」に『さらばモスクワ愚連隊』を発表し、われわれに新鮮な衝撃を与えて以来、おびただしい量にのぼる文章を書きつづけてきたとはいえ、その期間はほぼ十年間にすぎぬ五木寛之の仕事にたいして、「生涯を賭けて、ただひとつの歌を」などというのは、いささか軽率なことかもしれない。しかしわたしは、五木寛之のこれまでの作品に一貫して鳴り響いている「歌」と「韻律」に、なによりも強い共鳴を覚えたことを否定しようとは思わない。それでは、わたしの心に響いてくる「歌」とはどういうものであっただろうか。

五木寛之の作品を評して、「音の聞こえてくる小説である」とはよく言われていることではあるが、それは一九六七年に相次いで刊行された処女作品集『さらばモスクワ愚連隊』を含む三冊の作品集を読むだけでも確認できる。これらの作品集に収められた小説から聞こえてくる「歌」は、いうまでもなくジャズ、それもブルースであり、流行歌、それも艶歌である。（中略）

他ならぬ五木寛之の歌を今後も歌いつづけてほしい、とわたしは強く希望せずにはいられない。

同時代評論4

『五木寛之作品集24』解説（一九七四年九月／文藝春秋）より抜粋

黒いアルバム

寺山修司

数年前に、日活の蔵原惟繕の監督で『海を見ていたジョニー』を映画にする話があって、その脚色が私にまわってきた。

ジョニーという黒人のピアニストが、ベトナム戦争で人を殺して帰ってきて、

「俺にはもう、ジャズが弾けない。ひとを殺したにんげんに、いい音楽が生み出せるわけがない」

とつぶやく場面が一つのヤマ場になっていて、私たちはそのことについて話しあっていた。

セロニアス・モンクの「ジャズと自由とは手をとりあってゆく」ということばが一方の極にあり、ジャズは人間性そのものだと信じているジョニーが、ベトナム人を殺した手でピアノを弾き、

「すばらしい演奏じゃないか、ジョニー」

といわれて、夜の海岸へとび出してゆく場面が、問題になった。

ジョニーは、自分の戦争の記憶を責め、ピアノを拳銃で撃って、ジャズに別れを告げる。だが、悪人にだってすばらしい演奏ができる、というところが音楽の魔性なのではないか、と二人のスタッフが言った。

しかし、私は、この当り前すぎる回答に必ずしも賛成ではなかった。

ジョニーが問題にしているのは、ジャズの現在ではなく、戦争の記憶――つまり、ジョニーの「黒いアルバム」なのである。一曲弾くたびにめくられてゆく黒いアルバムを見るのがいやで、ピアノを撃って「人生をおりてしまった」ジョニーの純朴さは、どこか五木寛之自身と重複したものを感じさせるのだ。おそらくジョニーにとって、ジャズは音楽として切りはなされ、独立したものではありえないだろう。それは戦争の記憶と共に、彼の人生そのものなのであり、（中略）「人々の理解からかくされても存在しつづけているもの」なのである。

どんな小さな野の花でも、それが生まれたら二度と消えることはない。枯れた花、死んだ、忘れられた花、と名称を変えても、記憶の中に存在しつづけ、再び呼び出され、書きしるされる機会を待っている。

そう思うと、五木寛之の暗い記憶の中の「戦争」が、持続しつづけて彼の小説の主人公たちをおびやかしているのは、彼の貞淑さのあかしのように思えてくる。

ボルヘスは「新しさとは、忘却されたものに他ならない」と書いているが、五木寛之は忘却しないからおそらく古い作家なのであろう。

だが、文学とワインは、古いほどよい、と言うこともできる。私は、五木寛之が「青年作家」とか「新しい作風」と呼ばれるのを好まない。しだいに記憶に肉薄し、記憶そのものになってしまうまで、この怨念を反復しながらつらぬくべきであるという気がしてくるのである。（中略）

どこまでも、記憶を保持しつづけようとする者は、どこまでも孤独でいなければならない。それは、「ミラボー橋」のアポリネールの心情に似てくる。五木寛之もまた、

月日は流れ　わたしは残る

と低声で唄いながら、自らの記憶を原罪とし（同時に現罪として）それを償うために、書きつづけ、修整しつづけていくほかに、道はないのであろう。（中略）

私は言ってやりたい。

「記憶をもつ者は、どんな人間でも決して、流れることなどはできないのである。そのことを証すためにこそ、五木寛之は今日まで書きつづけてきたのだ」と。

＊編集室より

五木寛之セレクション第Ⅱ巻をお届けします。

・第Ⅰ巻をご覧の読者は「おや?」「おおっ」と思われたかもしれません。第Ⅱ巻の副題「音楽小説名作集」は、第Ⅰ巻のシリーズ広告には出ていませんでした。第Ⅰ巻刊行後、デビュー作『さらばモスクワ愚連隊』のリクエストが多く寄せられ、急遽、巻構成を見直すことになりました。「ミステリー」かと思えば「音楽小説」。次に何が飛び出すのか、作者も誰もわからない、まさに、ジャズ的な醍醐味といえます。

・本篇の最後に「鳩のいない村」の楽譜を掲載しました。小説家としてだけではなく、作詞家としての五木寛之の一端を紹介いたしました。

・第Ⅰ巻の青（Blue Label）に続いて、第Ⅱ巻は赤（Red Label）が基調カラーとなりました。1冊ごとに配色の美しさがきわだっていきます。

「それでいいのさ。おれたちはか弱き民草《たみくさ》だからな。風に吹かれる葦《あし》だよ。おれはそう思ってる。言われりゃどんな歌でも作るさ。今は万博《ばんぱく》の会場で流すＢＧ音楽の企画をやってるよ。反戦フォークソングでも、安保反対の歌でも、商売になるなら何でもやるさ。お前さんだって今にわかるさ。さあ、文句を言わずに京極の大ヒット曲を作れ。お前さんにまかせるについては、おれも重役会議で言質《げんち》をとられてるんだからな。絶対に三十万売れる曲を作りますと言ったんだぞ」

島木は、がんばります、と言って引き退《さが》った。かなり気の重い仕事だが、やってみせる自信はあった。

数日後に、水沢が帰ってきた。彼は陽焼けして元気そうだった。例の風呂敷包みを抱えて、にこにこ笑いながらやってきた。

「できましたか」

「はあ」

水沢は風呂敷包みをほどくと、中から鉛筆で走り書きした一枚の紙をとり出した。

「清書するひまがなかったもんですから。九州からまっすぐ来たんです。列車の中でまとめました」

「面白いですね」

と、島木は素早く目を通して言った。これまでの水沢の詞とはちがう、どこか生々しい情念が行間から立ちのぼってくるような歌詞だった。

「これ、いただきます」

「はあ」

と、水沢はほっとしたようにうなずいて、

「何か吹っきれたような気がします。今度の旅行で」

「それはよかった」

島木は水沢に笑いかけて立ち上がった。下でコーヒーでも飲みながら、彼の苦労をねぎらいたい気持ちだった。

「A面の萩洋二君の詞も今日出来上がってくるはずです」

「そうですか。あの人は才能ありますね。ぼくなんか思いもよらない言葉を使って、それでちゃんと詩になってる」

二人は喋りながら喫茶室へ降りて行った。ちょうどいつかの植木鉢の陰になった席が空いていた。島木は水沢と向き合って、そこの席に坐った。

「疲れたでしょう」

「ええ」

二人はしばらく黙っていた。そのとき、島木は喫茶室の入口から、堀井が萩洋二を連れてはいってくる姿を見た。声をかけようと思ったが、何となく水沢と萩とを会わせるのが気が重く、そ知らぬ顔で見すごした。こちらは植木鉢の生い茂った葉に隠れて、彼らからは見えない席だった。堀井と萩洋二は、ちょうど水沢の背中のほうの、引っ込んだ席に坐ったらしい。姿は見えないが、萩洋二の甲高《かんだか》い喋り声は、ここまではっきりときこえた。

「だいたい虫が良すぎやしませんか」

と、萩洋二は早口で喋っていた。「Ａ面でヒットすれば、Ｂ面の作詞者には自動的に同じ枚数の印税が行くんですからね。こっちにおぶさって稼ぐようなもんだ。そうでしょう？　本来、ＡＢ面を書かせてくれるのが当然ですよ。それを堀井さんも冷たいなあ」

「まあ今度は泣いてくれたまえ。あの男はぼくが面倒を見てやらないとどうにもならんのだから。大体、専属だって重役たちは切れ切れってうるさいのを、ぼくががんばり通して専属にしてるんだよ。詞は駄目だが、好人物でねえ」

「しかし、恥ずかしくないのかなあ。他人の作品におぶさって稼ぐなんて」

「年間何千万もはいる君とはわけがちがうよ。ああいうのをウラマチ詩人と言うんだ」

「裏町詩人なんて古いじゃない、堀井さんとしては」

「裏町じゃない。裏待ち詩人さ。自分の書かせてもらったＢ面の裏、つまりＡ面がせめてヒットしてくれれば印税がはいるのだが、と裏面を当てにして待ちわびてる哀しい作詞者のことさ。言い得て妙だろう」

「裏待ち詩人、か。なるほど。こいつはいいや」

それから二人の甲高い笑い声が、午後の喫茶室に響きわたった。

島木は立ち上がろうとして、立ち上がれないでいた。彼は両手を握りしめて、膝の上に重ねて耐えていた。立ち上がれば萩洋二か堀井を殴り倒すだろうということはわかっていた。それをさせないでいるのは、向かいあっている水沢の、静かな優しい目の色だった。彼は島木に何か言いたげに、かすかに微笑していた。

「水沢さん――」

と、島木は言った。水沢は、そんな島木の声を押しとどめるように、少し体を傾けて小さな声で囁いた。

「われはうたへども――って言葉があるでしょう。犀星《さいせい》の小説の題になってる、あれ。われはうたへどもやぶれかぶれ、ですか。わたしはあの言葉をいつも間違って思い出すんです。われはうたへどもやぶれふうせん、ってね。われはうたへどもやぶれふうせん。変な文句でしょう？」

「………」

水沢は大きな暗い目で島木をみつめた。そして、ゆっくりと独り言のように言った。

「今度の仕事は、おろさせてもらいます。B面は萩さんでも、どなたにでも改めて依頼なさってください。わたしには書けません」

「しかし、水沢さん――」

水沢は黙って、静かに首を振っただけだった。この男はもう決心したのだ、と島木には水沢の気持ちの固さがわかるような気がした。

〈この男は、きっとこんなふうにして二十年間チャンスを自分から放棄しつづけてきたのだろう〉

と、島木は思った。〈そして、これから先もずっとそうなのだ〉

堀井と萩洋二の声は低くなり、忍び笑いが伝わってきた。地下の喫茶室の中には、レコードという一枚の薄っぺらな円盤にきざまれる細い渦巻きの中に、自分を投げ入れようと熱中している若い男や少女や、その父兄や、芸能プロの男たちや、無名の作詞・作曲家たちや、得体の知れぬ人間たちの生臭い息と欲望の熱気が耐えがたく充満していた。

おれはこの世界で一体どんなふうに何十年も生きて行くのだろう、と島木は考え、ふと不気味な深い裂け目をのぞいたような気がした。

「水沢さんは――」

と、言いかけて、島木は口をつぐんだ。水沢の生き方や、感じ方や、その他のいろんな点が、亡くなった父親にそっくりだ、と言おうとしたのだった。だが、彼は黙り込んで、われはうたへどもやぶれふうせん、と、水沢が口ずさんだ文句を口の中でくり返した。水沢は確かに歌っているが、いったいあの自分の父親は生涯なにを歌いつづけていたのだろう、と彼は考えてみた。堀井といい、水沢といい、亡くなった父親といい、その年代の男たちの中には、何か彼のうかがい知れない翳《かげ》った部分があるように思われ、それは一体なんなのだろう、と二十六歳の島木は向かい合った男の優しい目をみつめながら考え続けた。

――「われはうたへど」了――

帝国陸軍喇叭《ラッパ》集

1

屋上に出てみると雨だった。

雨というより霧に近い、けむるような降り方である。鳩《はと》が二羽、コンクリートの手すりに肩を寄せあってとまっている。

〈今年はよく降るな〉

鳴海章は階段から屋上へ出るドアを半分ほどあけたまま、ぼんやり灰色の空を眺《なが》めた。勤務時間中に、彼はよく独《ひと》りでこの屋上へやってきて時間を過すのだ。スタジオの中で一日中テープの編集をやっていると、時間の感覚がなくなってしまう。そんな時、人気《ひとけ》のない屋上に出て、目の下に拡《ひろ》がる神宮外苑の緑を眺めるのはいい気持だった。

〈雨じゃしようがない〉

鳴海は屋上へ出るのをあきらめて、ドアをしめようとした。その時手すりにとまっていた鳩が、驚いたように雨の中に飛び立った。そして、彼の視界に茶色の上衣《うわぎ》を着たがっしりした体格の男のうしろ姿がうつった。彼はその男が誰か、すぐにわかった。

半分灰色になった長髪を雨に光らせ、ポケットに手を突っ込んだままうつむき加減に雨の中に立っている。雨に濡《ぬ》れたズボンが脚にはりついて、ふくらはぎの形をはっきり見せていた。

〈大河原さんがどうしてこんな所に——〉

鳴海は声をかけようかどうしようかと迷いながら、雨に濡れたまま向こうむきに立っている大河原重吾の姿を、しばらく黙って眺めていた。

大河原重吾は、鳴海章の直接の上司である。上司という言葉は適当ではないだろう。彼の勤めているRレコードで、鳴海章は昨年の春からもう一年以上も大河原の世話になっているのだった。その関係は、レコード会社のチーフ・ディレクターとサブ・ディレクターといった月並みなつながりではない。

大河原重吾は鳴海にとって、先輩であると同時に教師でもあり、また公私両面にわたってのボスなのである。大河原がボスであるのは鳴海にとってだけではない。彼はRレコードの最古参の現役ディレクターであると同時に、レコード業界全体における一種の伝説的人物として有名な存在だった。

彼と同期の仲間たちは、すでに社内でそれぞれ重要なポストについている。中には取締役の肩書きを持っている彼の後輩もいた。

いちどその事を鳴海は大河原にたずねてみたことがある。

〈大河原さんはなぜ出世しなかったんですか？〉

そんな質問をぶしつけにしたりする鳴海を、大河原は面白いやつ、という目で眺めていたようだ。

〈おれか。おれがなぜあの馬鹿重役連中と顔を並べて銀行屋や政治家どもにぺこぺこしないかと聞いてるのか？〉

大河原はその時、そんなふうに苦笑しながら言ったのだった。

〈おれを何とか部長とか、音楽出版《パブリッシャー》の重役あたりに祭りあげたいと思ってる連中がわんさといるんだよ。だがおれはいやだね。おれは万年ディレクターで充分だ。おれはスタジオでお山の大将を気取ってるのが、いちばん似合ってるんだ。社内ではともかく、いったんスタジオにはいったらおれが大将だ。重役だろうが社長だろうが、文句は言わせない。こわいものなしさ。そいつが気に入ってるんでね〉

大河原重吾は一発屋としてレコード界では知られていた。作るレコードがいつも平均してヒットするというディレクターもいるのだが、彼はそうではなかった。一年に一度、或《あるい》は二、三年に一回、超ホームラン性の大ベストセラーを出すのが大河原のやり方なのだ。Rレコードの戦前戦後を通じての最大のヒット盤も、彼の手になるものだった。ある時期、Rレコードが関連家電メーカーの不振のあおりで経営的な危機におちいった時、その急場をすくったのは、彼の作ったリバイバル歌謡曲のＬＰレコード全集の大ヒットだと言われている。社長や専務は勿論《もちろん》、有名なスター歌手や、売れっ子作曲家たちも彼には遠慮がちに物を言うような雰囲気《ふんいき》があった。大河原に一喝《いっかつ》されて、それ以後顔を見せなくなった大新聞の芸能記者もいる。

　そんな大河原の下に入社してすぐ配属されたことは、若い鳴海章にとって果してプラスだったかマイナスだったか、自分でも計りかねていた。

〈お前、えらい所へやられたな〉

　と、同情めいた口調《くちょう》で言った同期の仲間もいた。

〈あそこは大河原一家って言うんだそうだ。会社の独立愚連隊《ぐれんたい》的なグループらしいぜ。なんでもやくざみたいな連中の集まりらしい〉

〈面白そうじゃないか。単なるサラリーマン的なポストより、おれはその方が向いていそうだ〉

　鳴海はそう答えたものの、いささか不安だったことは事実である。そして、その彼の不安は、しばらくたっていろんな場面に的中してきたのだった。だが、大学を出たばかりの若い鳴海にとっては、それもまたはじめて見る未知の世界だけに、ある意味で刺戟《しげき》に富んだ体験でもあったのである。自分と三十歳以上も年のちがう、一人の男の生き方に、どこか共鳴する部分もあるのだった。

　いまこうして屋上の雨の中に立ちつくしている大河原のうしろ姿に、一種の肉親のような親しみを覚えるのも、たぶん彼が少しずつ大河原一家の人間になってきたからにちがいない。

〈そっとしといてやろう〉

と、彼は考えた。大河原は今きっと一人でいたいにちがいないと判断したためだった。だが、なぜか気になるものがあった。こちらに背を向けて立っている大河原には、いつものあの無頼《ぶらい》なまでのふてぶてしさがなく、どこか影の薄《うす》い感じだったからである。

鳴海章は、足音を立てぬように爪先《つまさき》立ちながら、スタジオへの階段を降りて行った。

2

作曲家の八束《やつか》正史と顔を合せたのは、その日の夕方だった。

「おす」

と、顎《あご》をしゃくるようにして鳴海に合図すると、八束はくわえ煙草《たばこ》のままデスクの所へきて、先生は？　ときいた。

「さあ」

「船橋オートか」

「午前中はいたようだが」

鳴海は伝票の整理をしながら、ちょっとあたりを見回して、

「八っちゃん、コーヒーでもつき合わないか」

「こないだ先生が言ってた水島憲の曲、できたんで持ってきたんだがね」

「後でいいだろう。あずかっといてやるよ」

「そんならいい。おれが直接説明してやらないと譜面見ただけじゃ曲の感じがつかめないだろうし」

「そっちのいいように」

鳴海は立ち上って制作室を出た。八東正史はジャンパーのポケットに手を突っ込んだまま、彼の後についてきた。

どう見てもレコード会社専属の中堅作曲家とは見えない男だった。競馬の予想屋か、パチンコ屋の釘師《くぎし》といった恰好《かっこう》だ。街の流しあがりの作曲家で、大河原が拾ってきて育てている男である。編曲は駄目だが、ギターを爪弾《つまび》きながら作ってくる艶歌《えんか》調のメロディーには、独特の節を持っていた。いささか兄《あん》ちゃん風の物腰でしばしば周囲の誤解をまねくことがあったが、人間はさっぱりした感激屋で、面白い男である。

「どこに行く？」

「社の連中に会わない店がいい」

「それじゃピッコロだな」

二人は社の裏口から出て少し歩き、最近開店した小さなスタンド式の喫茶店にはいった。

「どうだい、鳴《なる》さんよ、ちっとは仕事になれたかね」

コップの水を一息で飲みほし、お代りを頼むと八束は言った。「早いもんだなあ。あんたがおれたちんとこへ来てから、もう一年以上たつんだから」

「なれるわけないじゃないか」

鳴海は苦笑して煙草をくわえた。

「どうして？」

「ボスのやり方はシステムってものがないからな。気分でぱっと仕事をやるタイプだろう。それに制作のこまかな手続きを全然無視しちゃってるんだから、こっちとしても憶《おぼ》えようがない。予算だってまるきり丼《どんぶり》勘定なんだからな」

「そこが先生の偉い所さ」

「あんたらはいいだろうが」

鳴海は運ばれてきたコーヒーの強い匂《にお》いを鼻を近づけてかいだ。八束正史はしばらく黙っていたが、急に声を低めて、

「ところで先生が専務と喧嘩《けんか》したって話、聞いてるか」

「いや」

「どうやら総務部長の谷崎や、経理部長の沢村あたりが揃《そろ》って社長に直訴《じきそ》したらしい。そのことで先生は専務と派手に怒鳴《どな》り合ったって噂《うわさ》だぜ」

「上の連中と衝突するのは毎度のことだ。別にどうということもなかろう」

「それが今度はちがう」

八束は真剣な顔で鳴海の肩をつかんだ。

「専務がはっきり先生に言ったそうだ。今までのやり方を改めなければ社としても考えがある、と」

「ある意味では当然だろうな、その専務の言葉も」

「お前、やつらの肩を持つのか」

「そうじゃない。だが、おれ自身も今の大河原さんのレコード制作のやりかたには疑問を持っているんだよ。外《ほか》のディレクターたちは全部ちゃんと規定通りの手順をふんでやってるのに、うちの部だけが特別扱いというんじゃまずいだろう」

「お前――」

八束は信じられないような顔で鳴海をみつめた。

「うちの先生はそこいらのディレクターとは違うんだぞ。わかってるのか」

わかってる、と鳴海は口の中で呟《つぶや》き、だがしかし、と声にならない言葉を飲みこんだ。

大河原重吾は確かに特別な存在だった。それはわかっている。肩書きは単なる主任ディレクターに過ぎないが、それは本人のかたくなな希望でそうなっているだけだ。彼がもし望めば、レコード制作室長のポストでも、文芸部長の椅子《いす》にでも当然坐《すわ》ることができたはずである。キャリアからいっても、実績から見ても、それは少しも不自然ではなかった。社に出入りするジャーナリストやアーチストたち、それに他社の連中の中には、大河原重吾はとっくに重役陣に名前をつらねていると思いこんでいる者もいる。

　だが、実際には、彼は肩書きからすれば鳴海ら若手のディレクターの卵たちのチーフという身分に過ぎない。そして特別の規定のないRレコードでは、大河原がもらっている給与も、単に彼の年功が加算されただけの、驚くほど低いものだった。

〈ディレクターが会社の給料なんか当てにしてちゃ話にならんぞ〉

　大河原は入社早々、彼のアシスタントとして配属された鳴海に向って、最初にそう言った。

〈会社からもらう月給は、ぜんぶ飲み食いに使え。仲間とのつき合いで他人に金を払わせるな。歌い手や作詞、作曲家などからは、お茶一杯おごってもらっちゃいかん。金のないスタッフには小遣《こづか》いをやるんだ。貸すんじゃない。くれてやるんだ。いつも懐《ふところ》に十万位の金は持ってろよ。いいか〉

　その時のことを思い出して鳴海は何となく苦笑した。音楽とは何の関係もない私大の文学部を出て知人の紹介でRレコードに入社した彼は、まさか自分がレコード制作室へ回されるとは夢にも思っていなかったのである。それがよりによって大河原のスタッフに加えられてしまった。そうなったのは、最初宣伝部で研修を受けていた時、新人コンクールの打ち合わせで大河原と顔を合せたのがきっかけである。約束の時間を二時間もおくれてきた大河原に、むきになって文句をつけた鳴海は、その打ち合わせの後で大河原グループの手の早い作曲家に屋上に呼び出されて殴《なぐ》られたのだ。その相手がいま隣にいる八束正史だった。

あの時、鳴海は黙って八束のするままにさせておいた。そして翌日、目のまわりに黒いアザを作ったまま制作室に行き、大河原のデスクの前に坐って大河原の出社してくるのを待った。ちょうど府中で競馬が開催されている土曜日で、大河原は夕方ようやく会社に顔を見せた。どうやら手ひどい傷手《いたで》を受けたらしく、大河原はむっつりした顔でやってきた。そんな大河原に、鳴海は周囲の連中が見守る中で昨日の八束の行為を告げ、納得のいく処置を取ってくれ、と申し入れたのだ。

大河原は呆《あき》れたような目の色で鳴海の抗議を聞いていた。それから、しばらく若い生意気《なまいき》な新入社員の顔を眺《なが》めていたが、やがてこう言った。

〈あの男はおれが面倒見てる男だ。やつのやった事はおれに責任がある。君はおれにどうしろというんだ？〉

〈ぼくに謝ってください〉

と、鳴海は答えた。大河原は周囲の好奇の目をはね返すようにあたりを見回し、それから、〈すまん〉と、ぶっきらぼうに、しかしはっきり謝ったのだった。

鳴海が宣伝部から制作部へ回されたのは、その事件があって数日後のことである。そしてその日から今日まで、約一年ちかく大河原の下で働いてきたのだった。後で聞いたところでは、大河原自身が専務にかけあって、鳴海を自分のスタッフに加えたのだという話だった。そして今ではこうして、その時の喧嘩相手の八束と、同じ大河原組のスタッフとして仲よくやっている。

「おれは思うんだが——」

と、鳴海は八束の顔をみつめて言った。

「大河原さんが特別あつかいを受けているのは、あの人の人格とか才能とか、そんなものが大事にされてのことじゃない。少なくとも会社にとってはな」

「じゃあ何だ。重役会で決ったことだって先生の一声で吹っとんだ事があるんだぞ。先生は特別な人間なんだよ、会社にとっても」

八束の言葉は嘘《うそ》ではなかった。ディレクターも一般社員と同じく朝の出勤時にタイムレコーダーを押すこと、という決定が事実上取消されたのは、確かに大河原重吾の反対にあったためだった。ディレクターは二十四時間が仕事だ、深夜おでん屋で曲の企画を考えることもある、夢の中でも歌詞を練っているのがディレクターだ、と、彼は専務にねじ込んだらしい。

「大河原さんが特別扱いを許されているのは、あの人が何年かに一度、爆発的に売れる超ヒット曲を出して企業体の経営を支えてきたからだ。要するに金のなる木だからだよ。だから会社側では、いざとなればあの人が起死回生の逆転ホーマーを飛ばしてくれると期待してるんだろう」

「それはそうだ。実際先生はこの十年間のうち、二度も会社のピンチをすくってるんだからな。一度はナツメロ大全集の企画で給料遅配になりかけた社に活《かつ》を入れ、もう一度は、ほら、例の――」

「ああ、前にあんたから聞いた。例の引抜き騒ぎの時だろう」

三年ほど前に社が分裂して、スター歌手のほとんどと、作詞作曲の中心的なメンバーがごっそり新会社に引き抜かれそうになったとき、辛《かろ》うじてその半数ほどを引き止め得たのは、全く大河原重吾の体当り的な説得だったらしい。

〈大河原さんにそう言われては――〉

と、すでに移籍を決めていた歌い手たちもＲレコードに踏《ふ》み止《とど》まることになったのだという。

「先生の過去の功績からしても、先生は特別な存在なんだよ。会社は先生に義理があるんだ。そうだろ」

「そうじゃないな」

鳴海は首を振って言った。

「会社は根本的には多くの人間が歯車のように嚙《か》み合って動くチームワークの組織だ。もし、ひとつだけ変った歯車が混《まじ》っていて、それが全体の動きをさまたげているとなれば、それを外して捨てるしかない」

「先生が会社の仕事をさまたげてるとでも言うのか、え？」

　八東は三角に尖《とが》った目で鳴海をみすえた。新宿で流していた頃から大河原に世話になり、いまはどうにか作曲家で通るところまで這《は》い上ってきた彼にとっては、大河原に批判がましい口をきく相手はすべて許せない相手なのだろう。鳴海はそんな八東にあえて逆《さか》らうように、

「ボスが会社にとってマイナスだとは言ってはいない。ただ、最近の会社の空気を見ていると何となく大河原流のやり方に批判的な目を感じることがあるんだよ。おれはあの人の仕事の事務的な処理をやる役目なんでね。その風当りがはっきりわかるんだ。どうやら、上の連中は近頃なんとなく大河原さんのやり方が気に食わないらしいぜ。早い話が経理部長や総務からは、例の大河原式予算分捕《ぶんど》りについて、相当手厳しい文句をつけてくる。まあ、彼らの言うのも当然だがね。あれは実際無茶なやり方だと思うな」

　その件については、昨日も経理課長と口論したばかりだった。その事を大河原に報告すると、彼は鼻で笑って、ほっておけ、文句があるならおれの所へ言ってこい、と舌打ちしただけだ。

　通常ディレクターがレコードを制作するには、かなり事務的な面倒な手続きが必要とされる。具体的な制作スケジュールや予算の見積り、売上げの見通しやスタジオの確保、歌い手やバンドへの支払い、その他うんざりするほどの書類や伝票の操作が、現場での仕事のほかにあった。だが、大河原重吾は、そんな定められた規定通りの仕事を決してやろうとはしなかった。会

社からおおまかに五十万とか、百万とか仮払いの形で引き出しておいて、それを丼勘定で勝手に使うのだ。結果的には他のディレクターとほぼ同じか、ややオーバーする位《くらい》の予算で一枚のレコードを作りあげると、後は適当にやっといてくれ、と経理部長に残金を返すという、ちょっと考えられないやり方をとってやってきていたのだった。

戦前のレコード界でなら、それも通用しただろう。ディレクターがそれぞれ一国一城の主《あるじ》で、何々一家などとがっちりスタッフを固めて、義理人情の枠《わく》の中でレコードが作られている時代なら、それでよかったかもしれない。

だが、戦後二十数年たって、厳しい合理化と生存競争の嵐の吹きすさんでいる現在は、すでにそういったサムライ的なやり方はどこでも通らなくなってきている。それは当然のことだ。ディレクターはサラリーマンであり、芸術家であるより先に有能なビジネスマンでなくてはならない時代なのだ。

おそらくレコード業界を全部見渡しても、大河原のような仕事をさせている会社はどこにもないにちがいない。Rレコードだけが、そしてその中で大河原重吾ただ一人だけが、特例として黙認されてきたのだ。しかし、それも彼が快心のヒットを定期的に飛ばしている間だけ通用する権利だった。

社内ではこの数年、あまり大した仕事をしていない大河原に対して、次第に抵抗が強まってきている気配があった。

〈大河原なんて伝説中の幻の虚像《きよぞう》さ。今はもう時代に取り残された老人に過ぎん。みろ、ここんところ彼の作るレコードはどれもこれも古色蒼然《こしよくそうぜん》たる戦中派のオナニーみたいなもんだ。もう彼の時代じゃない。これからは組織と新しい感覚で勝負するディレクターでなくちゃレコードの仕事はできんのだ〉

そんな言葉を公然と吐《は》くディレクターもいる。それにもかかわらず、大河原は一向に自分流のやり方を改めようとはしなかった。

鳴海の感じ方からしても、やはり大河原のやり方は個人プレーに過ぎるように思えるのだった。それはかつての大河原の全盛時代の、胸のすくような見事な仕事振りを知らないせいかも知れない。だが、このままでは、いずれ社内から大河原だけが浮き上ってしまうだろうという気がする。

「実はな」

と、鳴海は八束の顔から目をそらせて、小声で言った。

「ここんところ、ちょっと気になってることがあるんだがね」

「なんだい、言ってみろ。先生のことか」

「ああ」

「正直言うと、こっちにも気になることがあるんだ」

「聞こうじゃないか」

「そっちから先に言えよ」

「よし」

鳴海はちょっと黙り込んでコーヒーをすすった。煙草《たばこ》を灰皿にもみ消して、しばらくぼんやりと自分の指先を眺《なが》めていたが、やがて思い切って喋《しゃべ》りはじめた。

「今度、新しいＬＰを出すって言ってただろう。大がかりな企画で十万売ってみせると大河原さんが張り切ってた奴だ」

「うん。先生、なんだかそんなこと言ってたらしいな」

「それの予算を二百万ほど経理から分捕ってるんだよ、大河原さんが」

「毎度のことじゃないか。いつも先生はそんなふうにしてやってるんだよ。まあ、二百万というのはちょっとした金だがね。でも、かりにそれでＬＰを作って四、五万枚売ってみろ。もうかっちゃってお釣りがくるだろう」

「うん」

それは確かにそうだった。金額のかさむＬＰを四、五万枚も売れば、それ位《くらい》の制作費はたちまち返ってくるだろう。

「しかし——」

鳴海は首をひねって、額《ひたい》にかかる髪をうるさそうにかきあげた。

「しかし、なんだ」

「今度は、大河原さんの様子がちょっと変なんだな」

「変だって？」

「ああ。おれの見てるところじゃ、大河原さんが考えていたその企画が、何らかの理由で駄目《だめ》になったんじゃないかという気がするんだ。それで大河原さんとしてはがっくりきてるんじゃないだろうか。それにそのために今までにかなり予算を注《つ》ぎこんでいるらしい。ひょっとすると、相当無理をして運動費を使ったのが流れてしまったんじゃないか」

「うむ」

八束のいつも陽性な声音《こわね》がちょっと沈んだ感じになった。彼は言おうかどうしようかと迷っていた風情《ふぜい》だったが、思い切ったように喋り出した。

「誰にも言っちゃまずい話なんだが、実は先生は水森晶子をカムバックさせて、その最初のレコードをＬＰでやる計画を立てていたんだ」

「水森晶子を？　本当か。現実性のある話なのかね、そいつは」

「ある。いや、あったんだ」

「水森晶子がどうかしたの？」

と、カウンターの中でコーヒーを入れていた若い女の子が、顔をあげてきいた。ひどく真剣な目の色をしていた。

「いい人をみつけて結婚するって話だ」

八束がからかうように言った。

「嘘《うそ》！　あの人は絶対に結婚なんかしないわよ。一生独身で通すって、週刊誌に出てたもの」

水森晶子という名前が、まだこれほどに人々の関心をひく力を持っているということが鳴海を驚かせた。その彼女に大河原は目をつけていたのだという。

水森晶子は、人気の絶頂で突然、劇的な引退をやってのけた天才的な歌い手だった。彼女は熱狂的なファンに支持されて、出すレコードの全部が記録的なヒットを出し、そのファン層は子供から老人、農村から都会の大学生にまで圧倒的な広がりと厚味を持っていた。

水森晶子が突然レコード界から引退したのは、妻子のある或《あ》る作曲家と恋愛した末に、その相手の妻が子供を巻ぞえにして自殺するという、陰惨《いんさん》な事件にまきこまれたためだった。

彼女はその知らせを聞いた時、ジャーナリズムが騒ぎ出す前に引退を発表し、そのまま外国へ旅立ってしまったのである。

彼女の突然の失踪《しっそう》のためにプロダクションや、レコード会社の受けた損害は数億円にのぼると言われた。その損害を、彼女は自分の家屋から貯金から、車や家財道具にいたるまで全部を人を介して処分し、なお足りない分は更《さら》に地方の牧場主だった両親が財産を売り払って返済したという話だった。

水森晶子は、二年後に帰国し、それきりジャーナリズムの目を逃《のが》れてひっそりと暮らしているらしい。

だが、そんな水森晶子に対する人気は、彼女の劇的な引退や、その事件に際しての身の処し方の誠実さとあいまって、かえって高まっている位だったのである。彼女の過去のレコードはずっと永続してロングセラーになっていたし、ラジオやテレビなどでは、しばしば水森晶子特集番組を放送したりしていた。

「水森晶子が引退して三年か」

鳴海が言った。「彼女はどこにいたんだ」

「おれは知らん。ただ、先生はこの半年あまり誰にも秘密で彼女の居どころを探していたらしい。そして彼女をつきとめて、もう一度レコード界へカムバックしろと口説《くど》いていたんだ」

「それで彼女は――」

「ああ。言ってくれる人が大河原先生だからな。どうやら一度は彼女もその気になったらしい。だから先生も、それに賭《か》けて外の仕事をほっぽり出し、適当にやってたんだろう」

「それが駄目になったのか」

「どうやらそうらしいな」

八束正史は難しい顔をして黙り込んだ。鳴海も腕組みしたまま、唇《くちびる》を噛《か》んで何も言わなかった。

「水森晶子がカムバックすればいいのにねえ」

カウンターの中で、少女が遠くを見るような目をして呟《つぶや》いた。鳴海は、さっき屋上で見た、大河原のことを八束に言おうか言うまいかと考え、言うのをやめた。そして、大河原が制作費として会社から引き出している経費のほとんどを使いはたしてしまっているらしいことを、自分だけの胸の中にしまっておこうと決めた。

3

大河原重吾が鳴海章を誘ったのは、それから一週間ほどたったむし暑い日の夕方だった。五月に入ったばかりで、会社の中は何となくざわついていたが、大河原のデスクの周囲だけはひっそりと静かだった。

大河原はこげ茶のホームスパンの大きめの上衣《うわぎ》を着、相変らず膝《ひざ》のあたりがふくらんだズボンをはいていた。競馬場ではそのままコンクリートの床に坐《すわ》り込んだりするので、たちまちそんなふうになってしまったのだ。体にくらべて大きすぎる上衣も、ポケットに札束や馬券や新聞を突っ込むために便利なのだろう。

いかつい顔だが、笑うと目尻《めじり》のしわが人なつっこい表情をつくる。薄い唇《くちびる》を一文字に結び、眼鏡を額《ひたい》の上に押しあげて難しい目つきになると、ちょっと近づきにくい感じになった。髪にはかなり白髪《しらが》がまじっている。

錆《さ》びた太いバリトンで、鳴海、ちょっとつきあってくれんか、と言ったのだ。

「ひさしぶりで浅草のほうへ行ってみよう。そんな書類の整理なんか明日にしろよ」

「はい」

鳴海は手早く机の上を片づけると、制作室のドアの所で待っている大河原の所へ駆けて行った。仕事の時は歩くな、走れ、というのがいつもの大河原の文句だったのだ。

「遊びに行くんだ。そう走らんでもいい」

と、大河原は言って笑った。鳴海は苦笑しながら、

「もうくせになってしまったようです。休みに映画を見に行って映画館の廊下を走りましてね、女の子に笑われました」

「お前さんも、もう一年以上になるか」

大河原は階段を降りながら、ちょっと考えるようにうなずいて、よく逃げ出しもせずにおれの下で働いたな、と呟《つぶや》いた。

「どうだ、仕事には慣れたか」

「いいえ」

「どういうことだい」

「大河原さんのやり方はちょっと外《ほか》のディレクターと違うんで、慣れるというわけにはいきま

せん。それに何も教えてくださらなかったですよ」

「そう言われればそうだ」

大河原はかすれたような声で小さく笑って、「この一年間は、ほとんど仕事らしい仕事はしなかったしな」

通りかかったタクシーを拾うと、清洲橋通りをずっと行ってくれ、と命じて、煙草《たばこ》をとり出し火をつけた。

「専務ともめたそうですね」

鳴海が思い切ってきいた。

「え？　うん、まあな」

大河原はあいまいな返事をして、指先で瞼《まぶた》の上を押え、ゆっくりともみ始めた。

「いろいろうるさいことだ」

「ＬＰの企画がうまく行かないんですか」

「ああ。お前さんには何も話してなかったが、ちょっと大きな当てが外《はず》れてな」

「水森晶子はカムバックできないんですか」

言ってしまった後で、鳴海は自分が喋《しゃべ》りすぎたことに気づいてうつむいた。

「そうか。知っていたのか」

大河原は煙草の煙を吐き出しながら大きなため息をつくと、

「八束から聞いたな」

いいえ、と鳴海は小声で否定した。大河原は、まあいい、と投げやりな口調で言い、駄目《だめ》だった、とつけ加えた。

「本人もその気になって、おれは何年ぶりかで大ホーマーをかっとばす気でいたんだが。彼女の新しい曲の準備もすでに出来てたんだ。あの事件以後の苦しかった失踪《しっそう》中の気持や、再び歌おうと考えるまでの迷いなど、彼女自身のセリフも入れて構成するはずだった。おれはこのＬＰで二十万は行けると自信を持ってたんだがね」

「ＬＰで二十万だったら大変ですね」

「当り前だ。デラックス版にして売りまくってやる積《つも》りだった。そして同時に水森をうちの専属にする。いま売れてるどの歌い手よりも実力のあるタレントだからな、彼女は。大人になってめっきり綺麗《きれい》になり、人間も出来てきたようだった。畜生！」

「なぜ駄目になったんです？」

「彼女の両親だよ。両親が水森の芸能界復帰に絶対反対なんだ。その気持もわかるがね。なにしろ彼女の失踪引退の損害を補償するために財産のほとんどを投げ出してしまった老人夫婦だからな。また芸能界にもどるなら自分たちが死んでからにしてくれと水森に迫ったらしい」

「それで彼女はあきらめたんですか」

「ああ。そういう娘なんだ、あいつは。だからこそ自分からああも見事にスター歌手の座を捨てられたんだろうが。人間的には一途《いちず》すぎるほどひたむきなところのある子でね」

鳴海は、目をつぶったまま煙草の灰が膝《ひざ》の上に落ちたのも気づかぬ大河原に、あえてもう一言いいにくいことを言った。

「それでつまり、例の制作費の予算も、かなり遣《つか》っちまったわけですね」

「かなりじゃない」

大河原は、ふっと目をあけて照れたような微笑をうかべると、他人事《ひとごと》のような口調で言った。

「会社から持ち出したＬＰの制作費は、もうすっかり遣ってしまった」

「二百万全部ですか」

「ああ。そのほかに専務から水森引出しの工作費として三百万ほど出してもらった分もある」

「五百万遣ってしまったわけですね」

鳴海はもう一度念を押すようにたずねた。大河原は黙ってうなずいただけだった。

「そうですか」

車はぽつぽつ灯火《ともしび》に彩《いろど》られはじめた清洲橋通りを止ったり進んだりしながら動いていた。窓の外の街のたたずまいは、何とはなしに物憂《ものう》げで、子供のころ暗くなって仲間が一人ずつ抜けて行く時刻のさびしさを思い出させるような気配があった。

「どうします、それで」

鳴海は思いきってきいた。大河原はしばらく黙っていたが、ぽつんと、何とかしなくちゃならん、と答えた。

「まあ、おれにまかせておけ。ＬＰレコードの一枚や二枚、金なんかなくったって作ってみせる。レコード作って、それが大ヒットすれば専務だって会社だって文句はないはずだ。そうじゃないか、え？」

「そりゃそうですが」

「よし。お前さんもちょっと度胸らしきものがついてきたようだな。くよくよするな、快打一番、それで逆転サヨナラ劇だ。一発屋の重といわれたおれだ。見てろよ」

「しかし、予算がなくちゃオケだってやとえませんからね」

鳴海はしつっこく食いさがった。現実に譜面を作らせたり、曲のアレンジを頼んだり、伴奏のプレイヤーを手配したりする仕事は彼の仕事なのだ。支払うべき予算がなくては、どう動きようもなかった。

「まあ、そう厳しいことを言うな。おれにまかせろと言ってるだろう」

「でも――」

「でもじゃない！」

大河原が不意に顔色を変えて鋭い声を出した。「おれだって大河原重吾だ。お前よりは三十年も長くレコード界で飯食ってきている。予算ぐらいなんだ。いいレコードは金で作るもんじゃない。企画と腕だ。お前さんは一体この一年間で何を覚えたんだ。伝票のつけ方か？　タイムレコーダーの押し方か?」

「好きで伝票の整理してるんじゃないです」

鳴海は少しむっとして言った。大河原も、自分がかっとなった事を大人げないと思ったらしく、急に苦笑して、まあ、おれにまかせておけ、と、彼をなだめるように言った。

「とはいうものの、正直なところ、ちょっと気が滅入《めい》ってるんだ。頼りにしてた作曲家の西谷哲之に断られたんでね。あいつもかなり無名時代から面倒みた男だが、おれから離れて行ってしまった」

大河原重吾の横顔にすれちがう車の照明が明るくなったり翳《かげ》ったりするのを、鳴海章は奇妙ないら立ちと共に眺《なが》めた。

〈果して形だけでもLPの形をしたレコードが出来るのだろうか?〉

と、彼は考えた。制作費を全部遣ってしまったうえに専務からまで金を引き出している。五百万を遣ってしまってレコード一枚出来なければ一寸《ちょつと》うるさい事になるぞ、と彼は考えたのだった。

4

大河原の行きつけの鍋《なべ》料理の店からスタンド・バーへ回り、ちょっと気分を変えようと映画館の建ち並ぶ通りをぶらついていると、突然、大河原が立ち止ってストリップを見よう、と言った。

「もうおそいでしょう。どこかやってますか」

「いや、ここはまだやってるらしい。フィナーレだけでもいいじゃないか。おれは昔ここの劇場の踊り子とつきあってた事があるんだよ。ちょっとのぞいてみよう。つきあえよ」

「はい」

地下の小劇場は立ち見も大変なくらい混んでいた。どうやらそろそろ最後のショウに近づいているらしく、踊り子もバンドも、いやにアップ・テンポの激しいステージをくりひろげている。

鳴海は舞台の花道に進み出て、客をからかうように膝《ひざ》を割って見せている乳房の大きな踊り子の首筋に浮んだ汗《あせ》が、ライトの中で鮮かに光っているのにふと強い欲望を感じた。ズボンの中で硬直するものの気配を感じて彼はポケットの中からそれを握りしめた。大河原にそれを気づかれはしまいかと、気になって彼の方を眺《なが》めると、大河原はぐったりと頭をたれ、片手を壁につけてようやく体を支えているような感じだった。その横顔には、年齢の翳《かげ》りがくっきりと刻まれ、何か精も根もつき果てたような気配が漂っていた。

「大河原さん――」

と、鳴海は思わず声をかけた。「大丈夫ですか。気分が悪いんなら出ましょうか？」

「え？」

大河原はトランペットのやけっぱちのような音にさえぎられて鳴海の声が聞きとれなかったらしく、眉《まゆ》をひそめて、もう一度、え？　とき返した。その眼のまわりにどす黒い疲労の輪が浮き出ているのを鳴海は痛ましい思いで眺めた。

〈この人は参っている――〉

ふだん豪放《ごうほう》に振舞っているだけに、そんな大河原の姿がたまらなくみじめに見えるのだった。

「出ましょうか？」

と、鳴海はもう一度言った。

「フィナーレまで見て行こう。折角《せっかく》はいったんだから」

大河原はそう言って、無理に自分を元気づけるように顔をあげ、伴奏音楽にあわせて爪先《つまさき》で調子をとった。

最後のソロが終ると、舞台は暗くなり、最後のショウ・アップにかかった。トランペットのソロで早い調子の突撃喇叭《ラッパ》が響き、乳房を突き出した女たちが駆け出してきて、お互いに喊声《かんせい》をあげてぶつかり合い重なり合った。そして、鳴海にはわからない軍隊の喇叭のメロディーに変ると、隊列を組んで客席の間を胸を突き出して行進し、やがてステージにずらりと脚を開いてひっくり返った。舞台が暗くなり、それだけは鳴海も父親から教えられた消灯喇叭の感傷的な旋律が喨々《りょうりょう》と流れはじめると、舞台にずらりと並んだ太腿《ふともも》が静かに左右に揺れ、やがてしんと客席も舞台も静かになった。

「オキャクサンハ　カワイソーダネー　アレミテナクノカヨー」

と、客の一人が甲高《かんだか》い声で歌ったとたん、幕が降り、客たちがどっと入口めがけて動きはじめた。

鳴海が大河原のほうを見ると、彼はまるで熱でも出したように赤い顔をしていた。そして、妙に光った目で、降りた幕の一点をにらみつけている。鳴海は思わず目をそらせた。なにか見てはならない大河原の内部をのぞいたような気がしたのだった。

客たちの大半が出てしまっても、大河原はじっと壁際《かべぎわ》に突っ立ったまま、放心したように一点をみつめている。

「お客さん、全部終了しましたよ」

掃除婦らしい上《うわ》っ張《ぱ》りを着た中年の女が、残っている二人に声をかけた。「早く出てください」

「大河原さん」

と、鳴海は呼びかけた。だが、大河原はまったく彼の声さえもきこえない様子だった。

〈気が変になったのかも知れない〉

一瞬、本気でそう思った鳴海を、ゆっくりと大河原が振り返ると、いきなり強い力で彼の肩を叩《たた》いた。大河原の額《ひたい》に青黒い血管が太く浮き上って見えた。

「おれについてこい」

と、彼は低い声で言った。そして、素早く客席の間を駆け出すと、楽譜や楽器を片づけはじめているバンドマンの所へ行き、トランペットを吹いていた、五十年輩の小柄な男の腕をつかんで、ステージの上に引っぱり出した。

「こういう者ですがね」

と、大河原は名刺を出して相手につきつけた。「Rレコードです」

「はあ」

小柄な男は不思議そうに大河原と鳴海を眺《なが》めて、

「何か私に――」

「さっきの喇叭《ラッパ》だけど」

と、大河原は、威圧的な太いバリトンで言った。「あなたは軍隊の喇叭曲はもっといろいろ吹けますか」

「まあね。陸軍のならね」

と、額の禿《は》げ上った小柄な男は答えた。

「終戦のとき、喇叭手だったからね」

「エキストラの仕事があるんだけど、やってくれませんか。ギャラは出しません。しかし、演奏者として、あなたの名前はジャケットに入れます」

「レコードの仕事ですか？」

「ええ」

「あたしにゃ無理ですよ、もう年だしね。ちょっと荷が重いよ」

「いや、あんたならやれる。おれも三十年レコード稼業《かぎょう》やってきた男だ。こうと見た目ははずれたことはないです」

「でも――」

「とにかく来てください。やってきて駄目《だめ》だったら、その時あきらめればいい」

「何を吹くんですか？」

「喇叭です」

「喇叭？」

「そうだ。あんたが知ってる限りの軍隊の喇叭を吹いてもらう。そいつをＬＰレコードに作りあげるんです」

「軍隊喇叭のレコードなんて、そんなもの作ってどうするんですか」

「それはこっちが考える。とにかく来てくれませんか」

「いつです？」

「今すぐ」

「え？」

「おい、鳴海」

と、大河原はあっけにとられている鳴海にきびきびした早口で命じた。

「皆を電話でスタジオに集めるんだ。ミキサーは武見がいい。八束にも手伝わせろ。それから誰かスタジオに残ってる連中がいたら、大河原が今夜録音をするからスタジオを空《あ》けるように言ってくれ。一スタが駄目なら二スタでもいい。早くやれ。今すぐだ」

鳴海は大河原に何か言おうとして、彼をみつめた。大河原の目はさっきと打って変った光をおび、鋭く鳴海の視線をはね返した。

〈正気か？　それとも——〉

早くやれ、と、大河原が言った。鳴海はうなずいて電話を借りに事務所へ向った。思わず駆け足になっていた。

5

その日の深夜、Rレコードのスタジオでは奇妙な録音が行われた。

広いスタジオに初老にちかい貧相な男がたった一人で立ち、起床喇叭《ラッパ》から消灯喇叭まで、かつての日本軍隊のさまざまな喇叭を何十回となくくり返して吹いたのだ。

それは戦争を知らない鳴海や、若いミキサーや、その助手たちのほとんど知らないメロディーばかりだった。

大河原は調整室のガラス窓ごしに、何度となく同じ曲を吹かせ、大声で叱咤《しった》し、時には自分で同年輩の喇叭手におしぼりを運んでやったりしながら、憑《つ》かれたように録音に熱中していた。

そんな大河原の姿を、鳴海は彼の下について以来はじめて見たような気がした。

浅草のストリップ劇場からやってきた喇叭手は、最初は何度となくミスをくり返していたが、そのうち午前三時を過ぎた頃から乗ってきた。彼は吹き出る汗をぬぐおうともせず、直立不動の姿勢でトランペットを吹いた。本物の喇叭が家においてある、と彼は言ったのだが、大河原がペットで吹かせたのである。

録音は朝方まで、ぶっ通しに行われた。

午前六時頃、大河原が躍《おど》り上るようにして両手で大きな円を作った。

「ＯＫ！」

と、彼は力強い声でスタジオの中に怒鳴《どな》った。

「これで出来た。ご苦労さん」

スタジオの中の演奏者は、いったん帰りかけて、もう一度トランペットを持ちなおし、鳴海の知らない沈んだトーンのメロディーを吹き、それから肩で息をしながらもどってきた。

「今の曲は何ですか」

と、鳴海がたずねた。

「国《くに》の鎮《しず》め――戦死者を弔《とむら》う鎮魂《ちんこん》の曲だ」

と、大河原が言い、出てきた演奏者の前に行くと、無言で手をさし出した。相手もゆっくりと手を出し、二人はちょっとの間、お互いの目をみつめ合って握手をした。

「おかげでいい録音ができた」

と、大河原は言った。そして、鳴海を振り返ると、持ってるだけの金を出せ、と命じた。鳴海は五千円足らずしか持っていなかった。大河原はその札と、自分の財布の中の札を全部足して、演奏者のポケットに押し込んだ。

「ありがとう」

と、彼は言った。

「いい仕事ができた。レコードのタイトルは帝国陸軍喇叭集とするつもりだ。試聴盤ができたらまず、あんたの所へ送るよ」

それからテープを片づけ終ると、口に手を丸めてあて、それだけは鳴海も知っている消灯喇叭の曲を真似《まね》して吹いた。

「ディレクターハ　カワイソーダネー　マタネテナクノカヨー」

ミキサーがスイッチを押すとスタジオの中は暗くなった。廊下には朝の光が淡《あわ》くさしている。大河原は電話でタクシーを呼び、演奏者を乗せると、その車が朝の街路に見えなくなるまで社の玄関に立ちつくしていた。その背中のあたりに、色濃《こ》く疲労の翳《かげ》が落ちているのを、鳴海は複雑な思いで眺《なが》めた。

6

大河原重吾がＲレコードをやめたのは、その晩から四カ月ほどたった夏の終り頃だった。

その頃、彼がほとんどポケットマネーだけで制作した奇妙なＬＰ、〈想い出の帝国陸軍喇叭《ラッパ》集〉は、ＬＰレコードとしては記録的な売上げを達成し、さらにまだ売行きは伸びつつあった。

戦後二十数年を経《へ》て、過去の軍隊生活に対するノスタルジーが、そのレコードの売行きを支えていたのかも知れない。買って行くのは、ほとんどが中年以上の男の客だった。

あの晩、録音したテープをさらに重ね合わせたり、間に有名な声優の語りをはさんだりして、そのＬＰは中々の出来栄《できば》えだったと言えただろう。

最初、喇叭だけのＬＰレコードと聞いて、その発売に反対した営業部長の意見を、あえて押し切ったのは専務の決断だったという話だった。

「これが十万行かなかったら、おれは社をやめる」

と、大河原はその席で言ったらしい。

そしてそのレコードは、七月に発売され、テレビのニュース・ショウ番組で話題として取上げられたのがきっかけで、八月十五日の終戦記念日の直前にはプレスが追いつかないほどの売行きを示したのである。

大河原重吾がついにやった、と社内だけでなくジャーナリズムの話題になったのも当然だったろう。彼は、ほとんど制作費をかけることなしに、一枚のＬＰを作りあげ、億単位の売上げを会社にもたらしたのだ。

その彼が、辞表を出した理由を、人々は様々に噂《うわさ》しあったが、誰もはっきりした理由を説明できる者はいなかった。

だが、鳴海章には、その大河原の決断が、なんとなく判《わか》るような気がした。

最後に私物の整理にやってきた大河原は、鳴海を誘って階段をのぼり、透明な陽《ひ》ざしの落ちている屋上へ連れて行った。

「おれがいなくなっても、ちゃんとディレクターの仕事ができるように、専務にお前さんのことは頼んでおいたよ」

と、大河原はまぶしそうに目を細めながら言った。

「一本立ちしても、おれのやり方を真似《まね》するんじゃないぞ。いいな」

「わかっています」

と、鳴海はうなずいて言った。「ぼくはもっと合理的な仕事をする積《つも》りです」

「そうだろうな。結局そうでなくちゃ会社ではつとまらんのだ」

「大河原さんはどうしてやめるんですか」

「聞くな。わかってるくせに」

「ええ。何となくわかってはいますが」

大河原は苦笑すると、独《ひと》り言のように呟《つぶや》いた。

「あの最後の仕事は、運が良かったから成功した。だが、二度も運をたのむ気はないんだ。おれももう限界がきてる。そろそろ消灯喇叭がきこえてくる頃だろう」

「そうかも知れません」

「馬鹿。本当のことを言うんじゃない」

二人は顔を見合わせて笑った。鳴海章は、笑いながら見上げた透明な空に、ふと近づく秋の気配を感じて大きく背伸びをした。

「ニンゲンッテ　カワイソダネー」

と、彼は小さな声で喇叭のまねをし、それから大河原と肩を並べて、階段を降りて行った。


――「帝国陸軍喇叭集」了――

暗いはしけ

1

その女は、よその世界からやってきた人間のように見えた。黒いレースの裾《すそ》の長い服と、黒い羽根のようなショールをまとって、遠くを見るような目付きで舞台につっ立っている。客たちは黙っていた。さっきの歌い手《ファディスタ》の登場を熱狂的な拍手で迎えた肥《ふと》っちょの酔っぱらいの老人も、手を叩《たた》かない。黙って、何か非難するような眼差《まなざ》しで、その女の歌い手を眺《なが》めている。

「どうしたんだろう？」

水品衛《みずしなまもる》が呟《つぶや》いた。彼はけげんそうにあたりの客を眺め回すと、手に持ったグラスをおいて、隣に坐っている私を振り返った。

「どうかしたのか、あの歌い手――」

「さあ。わからんな」

「変だと思わないか」

　と、水品は舞台に立っている女と、私とを半々に見やりながら言った。ひどく神経質な男なのだ。客たちの拍手ひとつ、ギタリストの眉《まゆ》のしかめ具合ひとつさえ気になるたちなのである。音楽の仕事をしているからというのでなく、そういった微細なことまでが気にかかる心の持主なのだった。そうでなくては作曲の仕事などは出来ないのかもしれない。この旅行中も、彼の神経質さには悩まされている。あの有能な男の岩見沢でさえも、時どきは悲鳴をあげかけたくらいだ。エール・フランスのジェット機に乗るのがいやだと言い張ったあげくに、パリからマドリッドへ飛び、そこからイベリア航空でこのリスボンへ迂回《うかい》したのもそのせいだった。三年前に乗ったエール・フランスのスチュワーデスとちょっとした口論をしてからというもの、毎年世界中を回っていても絶対にエール・フランスには乗ろうとしない。そういう厄介《やっかい》な男なのだ。いま、水品は額《ひたい》にかぶさる長髪をかきあげながら、客席と歌い手との間の奇妙に白々《しらじら》しい沈黙を計《はか》っている。

「あの歌手は何という名前ですか？」

　と、水品は私の前に体をのばして、左端に坐っているガイド役の岸本にたずねた。

「さあ」

　岸本は首をかしげて、「ぼくはあまりこの店に来たことがないもんですから」

「客にたずねてみてくれませんか」

　水品はいやに熱心に岸本に頼んだ。

「それと、なぜこんなふうに客たちが彼女を白い目で見てるのか、も」

「そうですね。ぼくも変だと思ってたところでした。きいてみましょう」

眼鏡《めがね》をかけた体格のいい岸本は、気軽にうなずいて隣のテーブルの客にポルトガル語で喋《しゃべ》りかけた。彼が話しかけた相手は、灰色の色のあせた背広の上着を着た、色の浅黒い中年の男だった。職工かなにかの親方といった感じのする人物だった。岸本が舞台に立っている歌い手を指さして何か言うと、その客は黙って顔をそむけた。そして、そのまま反対側の仲間と手ぶりをまじえて喋り出した。

「どうも変ですねえ」

岸本は人の善《よ》さそうな色白の童顔に困惑《こんわく》の色を見せて、「ちゃんと通じてるはずだのに返事もしないんだから」

「店の給仕にチップを握らせてたずねてみたらどう？」

と、水品が言った。

「もういいじゃないか」

私は水品の関心の持ち方の異常さに、なぜかいやな気がして彼の肩を叩いた。「べつにあの女の歌い手に特別な関心があるわけでもあるまいに」

「しかし、気になるから」

水品は立ち上って給仕の方へ指を立てた。ひげを生《は》やしたがに股《また》の男が、うなずいてやってきた。

「岸本君、ほら、これを渡して聞いてみてくれよ」

水品は白い麻の上着の胸ポケットからエスクード紙幣をつまみ出すと、岸本の前にさし出した。

「こんなにやるんですか」

「いいから、あの女の歌い手の名前と、なぜ客たちが手を叩かないのか、教えてもらうんだ」

岸本はエスクード札を給仕に握らせて、何か耳うちした。給仕はちらと舞台を振り返ると、上体をかがめて、岸本の耳もとで何か素早く喋った。そして水品に軽く会釈《えしやく》をするとエスクード紙幣を手の中に握りつぶして壁際《かべぎわ》の方へ去って行った。

「何だって？」

水品が待ちかねたように岸本にきいた。

「ええ、名前はわかりましたがね」

岸本は少し不満そうに首をかしげて、「アレイラ、という歌い手だそうです」

「アレイラ、か、そんな名を使ったファドの曲があったな」

水品は腕組みして舞台を眺めた。せまい店内の客たちは、勝手に自分たちのお喋りをはじめて、舞台の歌い手を無視しているかのようだった。舞台では二人の男の伴奏者が、無表情にギターラを調弦している。ポルトガルでファドの伴奏に使うギターは、少しちがっていた。六弦のヴィオラと、十二弦のスチールコードを持つギターラが一組となって、ひどく繊細《せんさい》で華《はな》やかな感じの伴奏をつけるのだ。十二弦のギターラがメロディーを受け持ち、時に打楽器が加わることもあるらしい。専門家の水品は、ギターだけの方がいい、と言っていた。

　いま、その二人のギタリストが顔をあげて、お互いにうなずき合った。舞台の端に立っている女の歌い手に顎《あご》をしゃくって合図をする。

「なぜ客たちが手を叩かないのか、給仕は喋ったかい？」

と、水品が岸本にたずねた。その時、音楽がはじまった。水品は、後で、というように岸本に手をあげて舞台へ視線をもどした。

　女は十九歳ぐらいにも見え、また見方によっては四十歳以上にも見える不思議な顔をしていた。顔が小さく、胸が挑《いど》みかかるように前に突き出ている。肌の色は浅黒いココア色をしていた。大体がそんな人種の血をひいているのか、それとも陽《ひ》でたっぷり灼《や》いて仕上げた色なのか、ちょっと見当がつかない感じだ。形のいい緊《しま》った唇をしていた。目は金色でまつ毛の陰で猫の目のように光っている。髪を肩までたらして、指に大きな金色の指輪をはめていた。まるで客席とは全く関係のない人間のように、にこりともせずに立っている。その体つきのどこかに暗い、なにか投げやりな虚無の匂《にお》いのようなものを私は感じて目をそらせた。

「〈宿命〉という歌だ。アマリア・ロドリゲスのレコードで聞いたことがある」

と、水品が私に呟いた。

ヴィオラが一瞬やむと、四小節の短いメロディーをギターラが弾《ひ》いた。その音もとだえ、舞台に音が消えた。すると、その時ふと気づいたのだが、客席にも声がなかった。さっきまで歌い手を無視して勝手にがやがややっていた客たちが、不意に深い沈黙におちいって、それぞれ放心したように次の音を待っている。

鋭い、ひび割れたようなアルトの声が遠くからきこえてきた。私は首を回して店内を見回した。声は私の背後の石の汚れた壁の中から遠く響いてくるようにきこえる。だが、それは舞台のあの奇妙な女の歌い手の声だった。

彼女はほとんど口をとざしたまま、ハミングのようにかすかな低い声をもらしていた。それは歌というより、呻《うめ》き声といったほうが似つかわしい。少しも美しくない声だった。やがてヴィオラのコードがその荒れた声を優しくつつむように流れはじめた。ギターラの華やかな金属質のメロディーが控えめに歌いだす。地表にしみた水が、乾いた表土を変色させるように、あの歌い手の声が急に生き生きとしたうるおいをおびはじめるのを、私は手品を見るような思いで聞いていた。

さっき四十歳以上の老女にも見えた女の顔が、今はたしかに匂うような若々しい娘の表情に返っている。片手を握りしめ、耳の下にあてがうように押しつけると、突然、髪をゆすって鋭い激情的な叫びをあげ、一瞬、つきものが落ちたように静かなバラードふうの囁《ささや》くような歌い方に変わっていった。

「変わった歌い手だな」

と、私は隣の水品の肘《ひじ》をつついて言った。だが、彼は何にも答えなかった。私は舞台から目をそらせて、隣の水品の顔をうかがった。

水品は無表情に押し黙って、じっとテーブルの上に組み合わせた自分の手をみつめていた。色白の繊細な小指が、それだけ生きもののようにこまかく震《ふる》えていた。それはちょうど白い小さな蛇が鎌首をもたげて、あたりをうかがっているような感じがした。

「面白いじゃないか、この歌い手」

と、私は重ねて言った。水品はようやく顔をあげ、私をみつめて、え？ と聞き返すような表情をした。そのとき、彼はまるで全く見知らぬ人間を見るような目で私を見ていたような気がした。この四、五年とだえていたとはいえ、学生時代からの古い友人の私を、そんな目で見る水品に私は一瞬、かすかな憎悪に似た感情をおぼえた。

おれは水品をすっかり惹《ひ》きつけているあの黒い服の歌い手に嫉妬《しっと》を感じているのだろうか、と私は考え、思わず苦笑した。昔からよくそんなことはあったのだ。水品と私は本当にいい友人だったし、お互いにそのことを知っていた。そんな仲間が、この四、五年、すっかり疎遠《そえん》になっていたのは、ある女子学生のことが原因だった。私はその女子学生を好かず、彼女と結婚した水品と、自然とはなれて行ってしまったのである。いま考えてみると、私はその女が嫌いだというより、水品を夢中にしてしまう存在はみな好きでなかったのかもしれない。

　歌が終わった。それは終わった、というような余韻《よいん》を後に残したものでもなく、何度も重ねて終わりを強調するローマン派ふうの終わり方でもなかった。突然、ぽっきりと枯れた木の枝が折れるような、さりげなく唐突《とうとつ》な終わり方だった。

　客たちは黙っていた。歌の終わりの、あの熱狂的な声援も、儀礼的な拍手も、どちらもあたえようとはしなかった。そのせまい歌の酒場《カサ・ド・ファド》の中のポルトガル人たちは、まるでそこに歌が存在しなかったかのようなそ知らぬ顔で、さっき中断されたお喋りにもどっていた。誰も舞台を見ていなかったし、女の歌い手の方も客を無視して立っている。

「ファディスタ！」

　と、突然、大きな声で水品が怒鳴った。彼は赤い顔をして、立ち上って手を叩いた。

「ファディスタ！　ブラボー！」

　水品の声だけが天井の低い煙草の煙のよどんだ店内に響き渡った。客たちは皆、会話をやめて、水品のほうを振り返っていた。さっきのひげを生《は》やした給仕も、困惑したように顔を伏せて立っている。

「岸本君、通訳してくれよ」

　と、水品はもじもじしている留学生の岸本を振り返って言って、「おれをこの店の連中に紹介してくれ。東京からやってきた有名な歌の作曲家だと。アメリカでも、ヨーロッパでも、おれの歌が大ヒットしてるって。いま日本で最も若い連中に人気のある現代の英雄、マスコミのスターだって。明日はこのリスボンの街でロケーションをやる話もしてやってくれよ。それから最後にちょっぴり、この女の歌手の歌は、最高だぞって言ってやれ。何だか知らんが、良い歌を歌った人間には拍手してやるのが礼儀だと思うって。おれは彼女の歌は最高だと思うね。そうだろ、森谷《もりや》、え？」

「良かったとも」

と、私は彼に逆《さか》らわずに相槌《あいづち》を打ち、水品を抱えるようにして坐らせた。こいつはいつもこんなふうに突然に酔いが回る男だった。静かに飲んでいるから酔ってないのかと思うと、不意に床に倒れたり、喧嘩《けんか》をはじめたりするのだ。昨夜、マドリッドのホテルで岩見沢を殴《なぐ》った時もそうだった。シェリー酒のグラスを、微笑して、重ねていると思ったら、突然、笑いながら岩見沢を殴りつけたのだ。彼が今夜ついてこなかったのは、賢明だったというべきかもしれない。

「良かったなら拍手をしろ」

と、水品は私の腕の中でもがきながら言った。「本当にそう思うなら手を叩いてやれよ」

「よし。わかった」

「わかった？　何がわかったんだ、おい」

「いいから、いいから」

「何がいいんだ」

「岸本さん――」

と、私はおろおろしてテーブルの上のグラスを倒れないように手でおさえている留学生に言った。

「拍手をしてやろう。そして早く勘定をすませて外へ出るんだ」

岸本はおびえた顔で、二、三度、子供のようにふっくらと肉の厚い色白の手をたたいた。

ファディスタ！　と、私は舞台に掛け声をかけた。

客たちは黙ってこちらをみつめていた。舞台の上の女もそうだった。彼女はまるで無表情に、物を見るような目で私たち三人を見おろしている。私は岸本に金の入った封筒を渡すと、何か大声に叫んでいる水品衛を抱えて石の階段へ通ずる重い木の扉を肩で押した。

「ファディスタ！　アレイラ！」

と、水品は大声をあげて階段を駆け登った。迷路のような石畳の貧民街の坂道を、私は走って行く水品を追って駆けだした。アルファマと呼ばれる中世紀の街並みは、暗く、せまく、どこか魚のすえた臭《にお》いと、赤ん坊の乳の匂いがした。うねうねと曲りくねった坂道の上に、エメラルド・ブルーの夜空が切りとったように細長く見え、坂の道ははるかにその夜の空に続いているかのように見えた。

「森谷さん――」

背後で岸本の声がきこえた。肥っている彼には、この急な坂道の街は苦手《にがて》にちがいなかった。

私は夜目にも白い洗濯物が万国旗のようにひるがえる石畳の坂を、背中をまるめて駆け登って行った。どこかで、沈んだ鐘の音がきこえていた。午前零時は過ぎていただろう。この暗い貧しい街のあちこちの地下室で、ファドの歌い手たちが、さまざまな感情をこめて歌っているのだ、ということが、ひどく幻想的なことのように思われた。この一画では、ナウ・カトリネタとも呼ばれる歌の酒場《カサ・ド・ファド》が、曲りくねった迷路の奥の地下に、夜明けまでにぎわっているのだった。

2

時計が午前一時を打った。

私はテーブルの上に突っぷして何か小声で歌っている水品の肩を叩いた。

「何だ、うるさいぞ」

水品は私の手を振りはらうようなしぐさで、呟いた。

「葡萄酒《ヴィーニョ》をもう一本持ってこい。一九四〇年代の逸品でなきゃ嫌《いや》だ。ポルトか、マディラか、それが問題だ――」

私はあきらめて水品の肩から手をはなした。そこはロシオ広場の裏の、アメリカふうの明るいバーだった。おそくまでやっている店らしく、ほかにも観光客らしい外国人が数人いた。リスボン情緒《じょうしょ》を求める客たちには、縁のない店だろう。ピカピカのジューク・ボックスが店の片隅でビートルズのナンバーを歌っている。

あの中に水品の曲はあるだろうか、と私はふと考えて席を立ち、そのジューク・ボックスの前に行った。ちょっと流行おくれの曲が多い。パリあたりではすでにあまり聞かなくなった〈ミニ・ミニ・ロック〉などという曲名が英語で記入してある。

水品の〈鳩のいない村〉は左隅の列の下から二番目にあった。フォークふうのデュエット曲で、国内では大学生のカップルが歌い、アメリカではピーター・ポール&マリーのグループが歌って、ビルボード誌のヒット・リストの上位を占めた。素朴なメロディーの悪くない曲なのだ。ヨーロッパでも二、三のグループが録音したし、ベルリンでは海外ヒット曲のベスト・スリーにランクされている。私はコインをさぐってジューク・ボックスに食わせ、〈鳩のいない村〉のボタンをおして席にもどった。水品はまだ何か呟くように歌い続けている。私は彼のふさふさと襟元《えりもと》にかぶさる長髪をうしろから眺めながら、この男は果たして今度の計画をどの程度まで本気で考えているのだろうか、と思った。だが、彼がどう考えようと、事態は着々と進行している。水品衛が現にこうしてヨーロッパの果てまで来ていること自体が、その証拠なのだ。帰国すれば、私たちは二千万円以上の資金を税金抜きのキャッシュで手にすることになるだろう。そしてその金がどう使われるかを知っているのは、彼と、私と、それから少数の仲間たちだけだ。

「ファドの本質は何だ。それはサウダーデスと呼ばれる感情だ。それは黒人におけるブルースと同じ意味を持っている。だからといってファドはブルースと同じじゃない。そこんところが問題じゃないか。なあ、森谷よ。そうは思わんかね、え？　どうなんだ、〈ラジオ太平洋〉の社長——」

　水品は酔いの回った口調で喋り続けた。私は、バーテンダーに指を一本立ててウイスキーのお代りを頼み、〈鳩のいない村〉がかかるのを待った。夜のリスボンの中心地であるロシオ広場の裏手のあたりには、まだかなり行きかう男や女の姿が見られた。ウイスキーの酔いが血管の中を河のようにゆっくりと流れていくのを感じながら、私はぼんやり水品と再会した数ヵ月前のことを思い返していた。

　あの日、私は赤坂のラジオ局に黒沢陽をたずねて行ったのだった。水品とそこで会うとは思っていなかった。

　夜おそく、ラジオ番組の司会をやっている黒沢と第三スタジオで待ち合わせて行くと、ゲストに水品衛が来ていたのだ。私がスタジオに入っていったとき、その対談はまだ終わってはいなかった。こちら側には女の制作部員が二人、ぽつんと坐っているだけで、ひどく淋《さび》しい録音風景だった。

黒沢陽は最近人気のあるクラシックの指揮者で、歯切れのいい喋り方と、やや皮肉でユーモラスな人柄が買われて、ラジオのインタビュアーの仕事まで押しつけられていたのである。だが、水品がそのゲストとして姿を見せていたのは、ちょっとショックだった。彼のマスコミ嫌いは有名で、これまでラジオやテレビに出たことがないと聞いていたからである。

「あら、森ちゃん、めずらしいわね」

女性プロデューサーの谷律子が片手をあげて顎《あご》をしゃくった。私は去年このラジオ局をやめるまで、彼女とは何度も一緒に番組の仕事をしたことがある。威勢のいい、仕事の出来る女だった。髪を男のように刈りあげて、やや外股《そとまた》気味に局の廊下を歩く姿は、いかにもきれ者の女性プロデューサーといった感じだ。

「これ、きみがやってるのか」

と、私は谷律子にたずねた。もう一人の女性プロデューサーは、真剣な顔でガラス越しにスタジオの中をみつめている。

「だったらいいけど」

谷律子は、くるりと椅子《いす》をうしろ向きにすると、またがるように坐って、

「あたしゃ、もう今や、三杯目にはそっと出し、の心境よ。なんにもすることがないってのがこんなに辛《つら》いものだとは思ってもみなかったな」

「番組持ってないのか」

「番組なんてもんじゃありませんよ。今のうちの局ときたら、七〇年対策だか何だか知らないけど、見事になくなっちまったわね、まともな番組が。この対談なんて、これでまだ立派なものよ。十五分、ったって実のところ十四分の、ＣＭ抜きの十二分足らずの対談だけど、それだって一応の番組の形をしてるんだもん、こうなりゃ、もう、むしろスカッと気持ちがいいようなもんです。ラジオの仕事にさっさと見切りをつけて、代理店に移って行ったあんたは先見の明《めい》があったって、もっぱらの噂《うわさ》よ。原ちゃんなんかあんた、ビル管理局かなんかに回されてさ、まるで不動産屋の番頭みたいな仕事してる。あたしだって——」

「水品衛がきてるとはめずらしいな」

「うん。彼のカミさんとあたしが、ほら、例の線で近いんでね。ちょいと頼んで引っぱってきたのよ。まるでポン引きだわね、こうなっちゃ。自分の番組でもないのに」

「あんたはラジオが好きなんだよ。古き良き時代に、ラジオの仕事をした人間は、なかなかそいつを吹っきれないもんさ」

「あんたはどうなのよ」

「おれはもうとっくに割切ってる。でなきゃ広告キャンペーンの仕事なんか出来るもんか」

「どうだか」

谷律子は指を立てて左右に振ると、声を出さずに笑った。スタジオの中では、どうやら二人の対談が終わったらしく、水品衛と黒沢陽が挨拶《あいさつ》して立ち上った。私はちょっと考え、それから覚悟をきめて水品が出てくるのを待った。ここで帰ってしまえば、また彼と再会する機会はなかなかなさそうだし、逃げたように取られるのもしゃくだったからである。

　水品衛と私は高校、大学を通じての古い友人だった。高校の頃は新聞部で一緒に働いたし、軟式テニスで前衛と後衛のチームを組んで、国体に出場したこともある。大学に進んでからは、うたごえ運動でいろいろと思い出の多い仕事をやった仲間だ。

　大学を出てからも、時どきは一緒に飲んだり喋ったりしてつきあっていた。少しずつ疎遠になっていったのは、私がラジオ局に入って仕事がいそがしくなり、彼が無名の編曲家としてレコード会社で下積みの生活をはじめてからである。当時は、私たちの仕事は、今では考えられないほど活気があった。私は録音構成番組の若いプロデューサーとして、六〇年安保の前後に最も脂《あぶら》の乗り切った仕事をしたと思う。その頃は、ラジオは生きていた、という感じがする。そして私は若い気鋭のプロデューサーとして、水品衛にいろんな仕事を頼んだ。頼んだ、というのは正確ではないだろう。それはむしろ、あたえてやった、と言うべきだったかもしれない。

　水品衛はレコード会社のあるディレクターの下で、童謡や、歌謡曲や、その他さまざまな音楽の下請け編曲者としてこき使われていた。かつて大学の頃は、うたごえ運動の世界では鳴らした男だったのに、当時のおもかげはまったく失われていた。彼はラジオ局を訪ねてきては、私の顔色をうかがいながら、劇伴や、ＢＧ音楽の仕事のおこぼれを、飢《う》えた動物のような表情で持って帰ったのだ。そんなふうにして、彼はようやく生きていた。

当時の私は、おそらく若すぎたのだろう。どんなに昔の友人に向かってフランクに対していても、やはりそこには何がしかの配慮が欠けていたのだろうと思う。彼はいつの間にか、私のところへ仕事をもらいに現れなくなり、そして、四、五年前、前に私が悪く言ったことのある女子学生と結婚してからは、ほとんど私の前には姿を見せなくなってしまったのだ。

そのうちに時代が足早にラジオという媒体《ばいたい》の横を通りすぎて行った。私たちが気づいた時は、すでにもう、報道番組をはじめとして、番組らしい批評精神に支えられた番組はほとんど姿を消してしまって、ただレコードの皿回し番組だけがラジオの世界を支配するようになっていたのである。

仕事のないプロデューサーは、次々に配置転換されていった。多角経営をうたうラジオ局は、タクシー会社から貸ビル業まで、さまざまな業種の仕事をかかえて、経営の安定を計りはじめていた。会社がその気になりさえすれば、ラジオの制作部員をタクシー会社の指導員にだって出向させることが出来るのである。

私はラジオのプロデューサーという仕事を、ほかの職業より立派と思ったことは一度もない。むしろ、やくざな非人間的な職業だと思ったこともある。だが、私はラジオの仕事が好きだったのだ。ほかのどんな仕事よりも、テープをつないだり切ったりしている時が、スタジオでミキシングに苦心している時が、充実した楽しい気分でいられたのだ。

その仕事から切り離されて、ただ生活のために働くのはどうにも耐えられない気分だった。幸い三十代の半《なか》ばに達した年齢でいながら、私は独身だった。家庭を作ることより、番組を作る方が面白くて、二十代はあっという間に過ぎてしまったのである。私は番組を持たない制作部員として、配転の不安とうしろめたさを背おいながら局に残るより、局からおん出ることを選んだのだった。そして、去年の今頃、広告代理店としては一流の、現在の会社に移ったのである。そこで広告キャンペーンの企画にたずさわっている間、私はラジオを忘れることが出来たと思う。その新しい仕事は、少なくともそんな個人的な郷愁《きょうしゅう》や感慨にふけるひまが全くないほど激烈な職場だったのだ。その中で歯車のように駆け回りながら、一年が過ぎた頃、私は再びあの何とも気分の滅《め》入《い》るような鬱《うつ》状態におそわれ出したのだった。

それは悪い病気の発作《ほっさ》のように、時どき間歇《かんけつ》的にやってきた。その間、私は昼間から酒を飲み、すさんだ気分で仕事をさぼって、大井《おおい》や浦和《うらわ》の公営競馬へ出かけたり、ソープランドのはしごをしたり、理由もなく街のやくざめいた男と喧嘩をしたりした。

私が水品衛と何年ぶりかで再会したのは、そんな時期だったのである。彼はその時、すでに四、五年前の、あのラジオ局に仕事をもらいに来ていたみすぼらしい無名編曲家ではなかった。彼は、わずか数年の間に、信じられないほどの突然な成功者として、私の手のとどかない高みに祭りあげられていたのである。

その夜、黒沢陽との対談にゲストとして招かれていた水品は、スタジオから出てきて私を認めると、率直《そっちょく》なこだわりのなさで、私にうなずいて手をあげた。

「ひさしぶりだったな」

と、彼は言った。私は、何も言わずに、ただ軽く頭をさげただけだった。

「この局やめたんだって？」

と、彼が言い、私は、そうだ、と答えた。

「いてもおれのやる仕事がなくなってしまったんでね。これも時代の流れというもんだろう」

「おれはひねくれてるからラジオには出るんだよ」

と、水品は言った。「最近はテレビの時代だって言うじゃない。出演交渉も、ラジオだと担当者が謝《あやま》ってるみたいな喋り方をするね。テレビだとこれが大違いだ。ラジオで申し訳ありませんが、なんて言われちゃうと、ぼくはラジオならよろこんで出ます、とは言わないにしても、ついＯＫしちゃうところがあるな。わかるだろう、そんな感じ」

「わかる」

私は水品がすっかり変わってしまっていることを、いやでも感ぜずにはいられなかった。彼の率直さ、こだわりのなさ、そして昔の高校時代の頃を思わせる快活さなどは、彼の現在の自分に対するゆるがぬ自信からきているように思われた。

彼はすでに無名のしがない下請け編曲者ではなかった。それどころか、国際的にも名の通ったヒット曲レコードの作曲者として、その存在を知られている。私と同年輩の水品は、そのしなやかな長身と、やや小さめな顔、それに流行の襟にかぶさるほどの長髪などの印象から、まだ二十代の青年のように見えた。

　彼の書くモダーンなポピュラー・ソングは、よく売れただけでなく、音楽的にも新しい、意欲的な作品が多かった。外国の有名な歌い手や、グループの中にも、彼の曲を歌う者が少なくなかった。去年の暮れに発表した〈鳩のいない村〉は、全米ヒット曲の上位に何ヵ月もがんばっている。

　水品衛は、マスコミの華やかな伴奏のせいもあって、現代の新しいスターのように持てはやされていた。彼がいわゆる二枚目でなく、むしろ三枚目的なユーモラスな容貌《ようぼう》の持主だったことも、彼がこれほど強くアピールした原因の一つだったにちがいない。それと同時に、水品衛というスターが、ひどくかたくなにテレビやコマーシャルめいた仕事を拒《こば》み通していることも、かえって彼に対するイメージにプラスしていたようだ。彼を宣伝に使いたいというスポンサーは、いくらでもいた。そして、超一流企業の驚くほどの条件を彼が無造作に蹴《け》ったという噂が、さらにいっそう水品衛のイメージを鮮明なものにしている事実もたしかである。

「何年ぶりかなあ」

　と、彼は谷律子のさし出すジュースを一口飲んで私をみつめた。「うちのカミさんのことであんたと口喧嘩をして、それきりごぶさたしちまったんだっけ」

「うまく行ってるかい」

と、私はたずねた。

「うん」

水品は首をひねって、「うまく行ってるといえば、行ってるし、あの時あんたが心配してくれたような点で問題があるといえば、あるようだし」

そんな明けっぴろげな喋り方も、いまの彼の自信と好調を物語っているようで、私は圧倒されるような気分のまま、彼の前に突っ立っていた。

「これからどうする？」

「黒沢氏にこの書類を渡したらそれで用件はすむんだが」

「おれはもう今夜は仕事はやめだ。しばらくつきあってくれるかい」

「そうだな」

私は少し考えるふりをしたが、そんなゼスチャーなどもう必要もないくらいに彼と自分とはかけ離れているのだ、と考え、体裁《ていさい》をつくろうのはやめて素直にうなずいた。

「よし。じゃあちょいと銀座にでも出るかね」

「いいとも」

私たちはその晩、肩を並べてラジオ局の建物を出た。彼は少しも私たちの間の立場や生活の皮肉な転変にはふれず、まるで昔のテニスの仲間のような感じでフランクに喋り、笑った。だが、あの晩、私があんな突飛《とっぴ》なアイデアを持ち出したのは、やはり心の底に彼に対するコンプレックスがわだかまっていたせいにちがいない。その話をすることで、私は彼に精一杯の見得《みえ》を切ってみせたのだ。もちろん、そのプランは正直にその時の私の隠された願望を反映したものではあったのである。それは夢というより、かつてのラジオマンの描いた一つの幻想だった。それが実現できるとは思っていないが、考えているだけでも私は自分が虫けらではない、と思うことができるような、貴重な幻想だったのだ。それを私が彼に喋ったのが、今度のことの全《すべ》ての発端《ほったん》だった。

3

どこかで銃声のような音がきこえた。もしかすると自動車のバックファイヤーの音かもしれない。この坂の多いリスボンの街では、タクシーというタクシーは、全部旧式のベンツを使っている。ひどい急坂を登ったり降りたり酷使されるので、安い車を使うより結局はその方が得なのだという。

その話をしてくれた岸本は、私と水品をおいて帰ってしまった。彼は案内人としては、とても有能だし、人柄が善かった。関西の音楽大学を出て、リスボンの音楽家のところへ弟子として住み込んでいる。彼はチェロが専門なのだが、ポルトガル語で書かれた美しい歌曲の訳詩にも手をつけているらしい。彼は水品を単なるヒット曲メーカーとしてでなく、優《すぐ》れた曲を書く才能ある作曲家として尊敬している様子だった。

「水品さんはあんな流行歌みたいな仕事じゃなしに、もっと本当の歌曲が書ける方ですよ。そうは思いませんか」

と、岸本は昨日、私にホテルのロビーで喋った。

「どうだろうな」

と、私はあいまいな返事をしただけだった。私は流行歌も歌曲も、どっちでもいいような気がしていたのだ。私にとって、いまの水品は、広告業界において最も訴求《そきゅう》力の強いＣＭキャラクターとして狙《ねら》われている一人の男だった。そして、それと同時に、私の計画の片棒をかつぐ幻想の同志でもあった。音楽家としての才能より、私はそちらの方に関心があったのである。

「おい、具合はどうだ」

と、私は水品の肩を叩いてたずねた。「そろそろホテルにもどる時間だぜ。明日の撮影のことを考えて、岩見沢チーフがやきもきしてるだろう」

「なんだって？」

水品が顔をあげて言った。「岩見沢がどうしたというんだ。あんなやつ、死んでしまえばいいのさ。広告の世界を牛耳《ぎゅうじ》って、人間全部を自分が操《あやつ》っていると思いこんでる馬鹿《ばか》な男じゃないか」

「それはわかってるさ」

「わかってる、わかってる、わかってる――」

水品は首を振ると、私の腕を思いがけない強さで引き寄せた。

「お前さんの欠点は、わかりすぎることだよ。わかってるからどうなんだ。え？　岩見沢に向かって、お前は馬鹿でつまらん男だと言ってやったらどうだい。おれはもう、あんな男と一緒に仕事をするのはいやになったよ」

「それは困るぜ」

私は苦笑して、水品の肩を叩いた。「ここで投げ出されちゃ、例の計画が水の泡だ」

「そうか。そうだったな」

水品は急にしゃんとした口調になると、「大丈夫だ。心配するな。おれだって遊びで今度の仕事を引き受けたわけじゃない。ちゃんと計画を実現させるための責任は果たす。ただ、あの男は虫が好かんというだけのことさ」

「それにはおれも賛成だがね」

「本当かね」

「本当だとも」

「よし。ようやく意見が一致したな、カマラードよ。そこでお互いの団結のために乾杯といこう。オポルトを頼む」

「今夜はもうよせ。少し飲みすぎだぞ」

「もう一本だけだ。それで引き揚げる。約束するから。え？」

「しようがないやつだ」

私は立ち上って、カウンターのほうへ行った。バーテンダーは水品を見て、黙って首を振った。

「駄目かね？」

と、私は日本語で言い、ワインのびんを指さした。ポルトガル語が見当つかないので、〈たのむよ《ポル・ファボール》〉と、一昨日マドリッドでおぼえた片言《かたこと》のスペイン語をつけ加えてみた。

「ノン」

と、バーテンダーは首を振り、白い前掛けでグラスをゆっくりとふきはじめた。私はあきらめてカウンターを離れ、入口のガラスをすかして夜の街の様子を眺めた。どこかほかにやっている店があるだろうかと考えたのだ。

あの女が現れたのは、その時だった。黒く塗ったオープンのスポーツカーが、まるで夢の中の帆船《はんせん》のように音もなく滑《すべ》ってきて、その店の前で止まった。ハンドルをにぎっているのは女だった。黒い服を着、黒い大きなショールを肩にかけていた。浅黒い肌と、猫の目のように光るくぼんだ目に、見おぼえがあった。それはさっきの歌の酒場《カサ・ド・ファド》で、奇妙に感動的なファドを歌った、あの女だった。

彼女はしなやかな身のこなしで車から舗道に降り、目をあげてガラス戸ごしに私を見つめた。それはまるで私がその店にいるのを知っていてやってきたような錯覚《さっかく》さえおこしかねない、落着いた眼差しだった。私は反射的に体を引いた。それがなぜだかはわからない。ただ何となく、そうなったのだ。

私は振り返って水品を見た。彼はテーブルの上に突っ伏して、何か小声で歌っていた。そのときやっと、私は彼がさっきから口ずさんでいた歌が、あの女の歌った〈宿命〉というファドの曲だということに気がついたのだった。

〈まずいな〉

と、私は思った。何故《なぜ》そう思ったのか、私自身にはわからない。ただ何となく、水品にあの女を会わせたくないという気がしたのである。私はドアに背を向けて、ちょうど水品の顔が、入口から隠れるように腰をおろした。かすかにドアのきしむ音がした。私は背中であの女の動きを感じていた。小さな軽い足音が近づいてきた。そして私の背後で止まると、女の手が私の肩にかすかに触れた。私は振り返って、そこに立っている黒い服を着た黒い肌の女を見あげた。

「今晩は《ボン・ソワール》」

と、その女はフランス語で呟いた。ひび割れた低い声だった。

「やあ」

と、私は相手にうなずき、英語を話すか、とたずねた。

「イエス」

女は、かすれた声で答えた。「わたしは五年ほどロスアンゼルスにいたわ」

「ポルトガル人かね」

「ええ。あなたたちは東京からきたのね」

「そうだ」

私はわざとそれだけで黙っていた。水品はさっきから同じ歌の終わりの部分をくり返して歌っていた。歌というより、それは呻《うめ》いているような感じだった。

女は黙って私たちの横に立っていた。バーテンダーは両手をカウンターについて、私たち三人をじっと見守っている。気まずい沈黙を破ったのは、彼女のほうだった。

「この人、さっきわたしが歌った歌をおぼえているらしいわ」

「彼は有名な作曲家なんだ」

と、私は言い、つまらないことを言った、と後悔した。

「あなたはわたしが嫌いなのね」

女がひび割れた声で言った。

「べつに」

「ここに坐っていいかしら」

「おれたちはあのバーテンダーに追い出されかけてるんだよ」

「わたしがいる間はだいじょうぶ」

と、女は言った。「いつも朝まで開《あ》けている店なの。毎晩、わたしはここに寄って葡萄酒《ヴィーニョ》をひとびん空《あ》けて帰るわ」

彼女は手をあげてバーテンダーに微笑した。バーテンダーはうなずいて、一本の葡萄酒とグラスを運んできた。

「やあ、現れやがったな」

突然、水品が顔をあげて、大声で言った。「おれはきみときっとどこかで会うだろうと思っていたよ」

「英語を喋るんだ」

と、私は水品に言った。「いま、偶然にこの店にはいってきたんだよ」

「英語か。弱ったな。おれは横文字に弱いんでね」

今晩は、と、水品は日本語で言い、女にうなずいた。女は黒いショールの下から細い手を出して水品の前にさし出した。鋭い尖《とが》った爪《つめ》が見えた。水品は女の手を軽く支えて、落着いたしぐさでその手の甲にキスをした。

「きっとどこかで会えると思ってた、と彼女に言ってくれ」

水品が言った。私はそれを英語で女に伝えた。

「さっきは拍手をありがとう」

と、女は言った。水品は喋るのは苦手でも、聞く方はどうやら判るらしく、あんたはいい歌をうたった、と片言《かたこと》の英語で言った。

「もう飲まないの？」

と、女は私たちを見て言った。

「あの男が飲ませてくれないんだ」

「わたしのを飲むといいわ」

「ありがとう」

水品は微笑して、女のすすめる葡萄酒をグラスに受けた。少し酔いがさめたような、すっきりした顔をしていた。

「この人は作曲家ですって？」

女がグラスを目の高さに持ちあげながらきいた。

「いや、あれは冗談だよ」

「じゃあ、どういう人なの？」

「彼はおれのパトロンさ。おれに金を出してくれて、事業をやらせているんだ」

「あなたは何の事業をやっているの？」

「小さなラジオ局をやっている。いや、今度の旅行が終わったらやる予定になっているんだが」

「変わったお仕事ね」

と、女は呟くように言った。「ラジオ会社の持主なら大金持ちだわ」

「ちっぽけな会社なんだ。日本で一番ちっぽけなラジオ局さ」

「もう一杯いかが？」

「ありがとう」

水品はうなずいて女とグラスを合わせた。澄んだ小さな音がした。それはなぜか二人の視線が触れあった音のような気が、私にはした。その時、さっきのジューク・ボックスから〈鳩のいない村〉のイントロが流れ出した。

「おれの作った曲だ」

と、水品は女に言った。

「そう。悪くない曲ね」

「信用しないのか」

「あなたが、わたしの歌が本物だってことが判る程度に音楽的才能があることは認めるけど」

「あれは本当にぼくの作曲した歌だよ」

水品は微笑して言い、上着の胸ポケットから万年筆を出すと、テーブルクロスの上に素早く五線を書き、その上に踊るようなタッチで音符や記号を書き込んでいった。

「ほら、いま歌ってるここのところ、この音の進行に苦心したんだ」

と、水品は日本語で言った。女は水品の顔とテーブルクロスの上のメロディー譜を交互に眺め、私に問いかけるような視線を向けた。

「彼は本当は有名なヒット曲の作曲家なんだ。あの〈鳩のいない村〉も、〈冷たい電話〉も、それからパリでヒットした〈金色の目の娘〉も、みんな彼が書いた曲だよ。嘘《うそ》じゃない。ポルトガルでの彼をフィルムに撮影するため、われわれは東京からわざわざリスボンまでやってきたのさ」

女は二、三度うなずいて、両手にグラスを抱くように持つと、

「この曲は好きだけど、あとの二つはわたしは嫌いだわ」

「それは残念だ。ぼくはきみの歌がすごく好きなのに」

「ファドはあなたの書く歌とはちがう種類の音楽ですもの」

「そうかね」

「そうよ。いまのヒット曲の大半は、くだらない音の遊びにすぎないわ。あなたがたは、ファドがいったいどういうものなのか、知っているの？」

「おれはともかく、彼はファドをよくきいている。ポルトガルに来ようと言い出したのも、彼がファドを聞きたいと言い張ってきかなかったためだよ」

私は水品を指さしてそう言った。それは本当だった。彼はポルトガルのシャンソンともいえるファドを、昔から好きだった。以前、〈過去を持つ愛情〉という邦題のフランス映画が公開さ

れたとき、彼が五度も、六度もその中のファドを聞きたいばかりに映画館へ日参していたのを私は知っている。

　あの映画の中では、アマリア・ロドリゲスが、〈暗いはしけ《バルコ・ネグロ》〉と〈孤独《ソリダオ》〉の二曲を歌っていた。暗い特徴のある打楽器の響きと、単調なようで、ひどく豊かな表現力を持つロドリゲスの歌が印象に残っている。

「ファドはポルトガルの土産品《スーベニール》じゃない」

　と、女は言った。

「ロドリゲスは偉大だけど、わたしは彼女とちがう歌を歌っているつもりよ」

　水品は黙って私と女の会話を聞いていた。しばらくして、彼はぽつりと、この女の言うことは正しい、と、日本語で私に呟いた。女は、沈んだ暗い目で水品を眺め、何か小さく口の中で呟いた。それは私にはわからない言葉だった。たぶんポルトガル語にちがいない。

「そろそろ帰ろう」

　と、私は言った。「あすの仕事のことも考えなくちゃ。もうそろそろ二時だ」

「先に帰ってくれ」

　と、水品が言った。

「どうする気だ」

「おれはこの人ともう少し話していたい」

「しかし――」

「あと三十分だけつきあえよ。そしたらちゃんと帰るから」

「三十分か」

私は浮かせた腰をふたたびおろして、女に言った。

「きみはまだ帰らなくていいのか」

「帰りたければ早く帰ってるわ」

「もう酒は飲みたくない」

と、私は言った。「どこかちがう場所へ行かないか」

「どんな所へ行きたいの？」

「静かな場所へ」

「いいわ。わたしが連れて行ってあげる」

女は片手をあげてバーテンダーに合図をすると、立ち上ってドアの方へ歩いて行った。

「どうする？」

「彼女、なんと言ったんだ？」

「どこか静かな場所へ案内してやると言ってる。ひょっとすると、引っかけられるんじゃないのかね。例のローマみたいに」

「馬鹿な」

水品は私がおどろくほどの強い口調ではきすてるように言った。その語調の激しさが私を傷つけ、私は一瞬、目の前の水品にかすかな憎しみを感じた。

店の外で大きな排気音がきこえた。私はバーテンダーに勘定を払い、あの女はいい人間か、悪い人間か、と英語で聞いた。バーテンダーは無言で肩をすくめただけだった。私が店の外に出ると、あたりの空気が冷たく、硬い感じで私のまわりを包んだ。青を基調としたモザイクの建築が、夜の空に光って見えた。人影はまだ石畳の道に残っている。私は店の前に止まって白い排気ガスをはいているスポーツカーを眺めた。それは黒い小船のように低く長いボディを舗道に横たえて、おとなしく動き出すのを待っていた。水品はすでに女の隣に坐っており、二人の黒い影がくっきりと並んで見えた。私は車体をまたいで後部の細長いシートに体をはめこんだ。

「ＯＫ」

女は刃物のように右手を閃《ひらめ》かせてギヤをシフトし、タイヤをきしませてＵターンしながら猛烈な勢いで車をスタートさせた。セカンドで思い切り引っぱっておいて、さらに素早くギヤを入れ換えると、まるで職業レーサーのような慣れた動きで深夜の街を一気に駆け抜けた。

「どこへ行くんだ」

と、私は大声で女に叫んだ。

「シントラへ」

シントラはリスボンから北西の位置にある小さな美しい町だ。私はリスボンに着いてすぐ、観光バスでその町を訪れていた。青い壁面が美しい典雅なホテルと、濃い緑と、古い城の跡がその町にはある。広場から見上げると左手に、奇怪な岩石の突き出した山塊《さんかい》があり、その頂上に女王のための精巧な宮殿がそびえていた。私は昨日の午後、そのホテルのテラスでマディラ・ワインを飲み、一時間ほどぼんやりと時間を過してきたのだ。

水品が大きな声で歌い出した。それは昔、よく公演先で歌ったマーチふうのロシア民謡だった。早いテンポのその曲を、水品は少年のように声をはりあげて歌っていた。女の髪が風になびいて旗のようにひるがえった。彼女は黒いショールを脱《ぬ》ぎ、二の腕と肩をむき出しにして車を走らせていた。岩見沢部長がこのシーンを見たら、早速カメラを回せとどなるだろう。ポルトガルの女性歌手とスポーツカーを駆《か》る水品衛のワンカットは、きっといい絵になるにちがいない、と私は思った。私は叩きつけるような風圧に体を固くしながら、再びあの晩の水品との時間を思い返そうとしていた。

4

ラジオ局のスタジオで数年ぶりに会った水品は、私を銀座の有名な酒場に連れて行った。そこは、これまで私が一度も足を踏み入れたことのない店だった。

水品先生、と店のママもホステスたちも彼のことを呼んでいた。彼はただ単に店の大事な常連というだけでなく、そのユーモラスな人柄が皆に好かれているらしかった。彼はそこでは、いつものあの神経質な態度をほとんど見せず、ゆったりと振る舞っていた。有名になって、精神的にゆとりができてきていたのかもしれない。だが、私は一緒にテニスをやっていた時代から、彼がひどく傷つきやすい、細かな神経の持主であることを知っていた。その時の彼は、それを表に出さずに、逆にのんびりした三枚目を演じていたのではないかと思う。

私たちはその酒場を出て、もう一軒、彼のなじみの銀座の店を回った。それから今度は、私が誘って、新宿の安酒場へ行った。ほかに客はいず、いつものむっつりしたマダムが、カウンターの陰で編物をしているだけだった。

彼女は水品の顔を見て、一瞬、驚き、それから、ようこそこんな汚い店へ、と挨拶《あいさつ》をした。日頃めったに口をきかないマダムだったが、写真で見ている水品の顔はすぐにわかったらしかった。

私たちはその店に朝の四時頃までいた。学生に返ったような気分で、喋り込んでしまったのだ。そして、私たちの奇妙な計画、〈ラジオ太平洋〉の話も、はじめてそこで出たのである。もとはといえば、私の一種の見栄《みえ》が言わせた空想だった。

私が、最近のお前は学生の頃とちがう人間になった、と水品を批判したことから、今度は逆に、彼が私を批判したのがきっかけだったと思う。

「お前さんが局をやめたのは、一種の敵前逃亡だね」

と、彼が私に言ったのだ。

「どういう意味だ？」

「番組規制がきびしくなったとか、自分の番組がなくなったとかいうが、そこで何かを考えるのがラジオマンというもんだろう。あっさり局をやめて、代理店に移ってすむ問題じゃあるまい」

「おれは別に逃亡したわけじゃない」

「だってそうじゃないか。現にお前さんは、それじゃ今の会社で何をやってるんだ」

「おれか――」

私は舌打ちして黙り込んだ。その頃、私は男性用整髪料のキャンペーンにかかっていた。私は正直にそれを言った。

「生活のための職業はどんなものでも大事だということはわかっている。だが、食って生活するほかにお前は何をやろうとしてるんだ」

　と、水品が言った。

「おたくだって昔のあの意気込みはどうした」

　と私は言った。「アコーディオン一丁《ちょう》かついで、本当の日本人のナショナル・ソングを作るんだと夢中になってた頃のおたくが、アメリカふうのヒット・ソング・メーカーになろうとは思わなかったよ」

「おれか」

「おれはいい。そっちのことを聞いているんだ」

「ああ」

「おれは実は――」

　言いかけて、私はその時、一瞬口をつぐんだ。私はその頃ひとつの夢を持っていた。夢というのは、希望という意味ではなく、むしろ白昼の幻想とか、願望とかいったたぐいの代物《しろもの》だった。私は水品に対する対抗意識から、ついそのことを現実のように喋ってしまったのだった。

「実は何だい」

「水品――」

　と、私は改まった顔で言った。「きみは絶対に昔の友人を売らないと約束するか」

「大げさなことを言うなよ」

「冗談を言ってるんじゃないぞ。本当にきみがおれに聞くのなら、話してやる。だが、そいつを口外されると、おれの立場がなくなるんでね」

「よし、わかった。絶対に口外せぬと誓おう。そのお前さんの話とやらを聞かせてくれ」

私はしばらく黙っていた。私は迷っていたのだった。私の幻想を人に喋ることで、それが急に色あせたつまらないものに思えてくるような気がしたからである。

「話してくれよ」

と、水品が言った。彼は真面目《まじめ》な顔で私をみつめていた。

「よし」

私はうなずいた。ゆっくり喋りはじめた。

「おれが計画しているのは――」

と、私は言った。

「全国でいちばん小さなラジオ局を作ることだ」

「ラジオ局だって？」

「ああ。最も小さく、最も自由な、本当のラジオ・ステイションをだ。今のマスコミでは、ニュースは常に体制の側から規制されている。おれの考えているラジオ局では、全国のマスコミでニュースにならなかったニュース、発表できなかった記事、はっきり言えないこと、そんなことを集めて、自由にオンエアする。局の目標はたった一つだ。自由にして規制なき放送。つまり今の流行《はや》りの言葉で言うならば、ゲリラ局を作ることさ。おれは今、そいつの具体化のために全国のラジオの連中と連絡をとりあって研究中なんだがね」

「夢みたいな話はよせ」

と、水品は言った。「おれはラジオは素人《しろうと》だが、電波事業が放送法で規制されてることぐらいは知っている。そんな勝手にラジオ局を作るなんてことが出来るはずがないじゃないか。まして、反体制的なゲリラ放送だなんて」

「それが出来るんだよ」

「どうして？」

「きみはヨーロッパのポピュラー音楽のディスク・ジョッキーを聞いたことがないかね」

私は水品の顔を見て自信たっぷりの声で言った。彼はけげんそうな顔をしていたが、やがて、私の膝《ひざ》を手で叩くと、大きくうなずいて言った。

「そうか。あれをやろうってのか」

「そうだよ」

「なるほど。海賊放送ってやつは取り締りの法的な手段がないらしいからな」

「領海外で電波を出すのは、自由だからな」

「だろうな。海の上に何キロか出ちまえば、それで日本の法律では取り締ることができんはずだ。いつだったか領海外に客船を浮かべてギャンブルをやらせようという計画が出たことがあったのを憶《おぼ》えている」

「それをやるのさ」

「なるほど。ディスク・ジョッキーの代りに規制されないニュースや、自由な意見をどんどん流そうというわけだな」

「ディスク・ジョッキーもやるさ。インターでも、ワルシャワ労働歌でも、艶歌《えんか》でも、何でも流す。放送禁止になった流行歌を集めて特集を組むなんて芸当だってできるしな」

　私は体を乗り出して喋り続けた。次第に自分が熱っぽくなってくるのがわかった。

「小さくても、がっしりした筏《いかだ》みたいな船を太平洋に浮かべっぱなしでおくんだ。必要があれば帆を張ってもいい。マストがアンテナに使える。陸地にはもどらず、補給はほかの船にやってもらう。とにかく国家権力だの、企業の圧力だのってやつから完全に自由な、ラジオ王国を作るのさ。エリアは小さくとも、移動できるから、その強味もある。全国最小の、最も自由なラジオ局という意味はそれさ。おれはいま、こいつを来年早々からスタートさせたいと思ってプランをねっているところなんだ。そうなれば今の会社なんかやめたっていい。小なりといえども〈ラジオ太平洋〉のオーナーとして、縦横《じゅうおう》に腕をふるってやるさ」

　水品は面白そうに私の話を聞いていた。そして二、三度うなずくと、私の顔をみつめてきいた。

「金はどうする？」

「最大の問題はそこだな」

「かなりかかるぜ」

「最初、発足するまでが問題なんだ。オンエアを開始さえすれば、放送の中で聴取者たちに自発的なカンパを訴えるつもりだ。組合や各種の団体にも働きかけて、支持してもらえるかもしれん」

「そいつはやめた方がいい。たとえ反体制の組織からでも金をもらうとヒモがつく。そいつはまちがいないぜ」

「しかし――」

「待てよ」

水品はしばらく私を手で制しておいて、突然、早口で言った。

「どうだ。その金を、おれが作ろうか」

「え？」

私はあっけにとられて水品の顔をみつめた。彼は笑ってはいなかった。冗談を言っているのではないことが、彼の目の色でわかった。

「しかし――」

「いや。おれだってそんなに自由になる金があるわけじゃない。だから、限界のある話だ。しかしだな、もし、ある程度のまとまった金が出来たら、一年間か半年、やれるところまで放送して、行き詰まったところでつぶしてしまったらいいじゃないか。ゲリラ放送だからそれの方がふさわしいような気もする。小さな船を買って、いちばん原始的な放送機材をつんで、たとえちっぽけでもいい、せめて東京だけでもカバーすれば、大したもんだ。東京までとどかなければ横浜だって十分だ。要は、どれだけ広く聞かれるかじゃなくて、真実を曲げたり規制したりせずに放送する自由なラジオが一つでもあるってことだろ？　え？　そうじゃないのか」

「そうだ」

「じゃあ、たとえ一ヵ月でも一週間でもいいじゃないか。何としてでもやってみろよ。面白いぞ」

　水品は興奮した口調で喋っていた。今から十六、七年も前、一緒にアコーディオンをかついで中国地方の山村をうたごえ指導に歩いていた頃の水品の表情が、その時の彼の顔にはあったように思う。彼はきっとその時、自分の現在の生き方に、満足していなかったのではないだろうか。私たちは中年になり、下腹に無駄な肉がつき、かつての若々しい理想主義的な情熱を斜《なな》めに見る大人の目付きを身につけてしまってはいるが、まだ時には完全に石の心の持主にはなりきってはいなかったのだろう。水品の顔には、そんな客気《かっき》と、いたずらっぽい少年の表情が交錯して浮かんでいた。

「どのくらいあれば最小の電波が出せる？」

　と、彼はきいた。

私は二本、指を立てて彼に見せた。

「二千万か」

「おれの計画では、最初にそれくらいあれば、何とかなるかもしれん。半年ぐらいでスクラップにしてもいいなら、セコハンの払い下げ部品を集めて組み立てられるだろう。おれの昔の仲間の、優秀な技術屋さんが、いまは大企業の研究所で働いているんだが、内緒で手伝うといっている」

「二千万な」

水品は二、三度うなずいて、「どうだ、おれを売らんか」

「きみを？」

「お前さんも広告屋なら、おれの利用価値ぐらい判るだろう。おれは今までに何度もステレオのメーカーやら、テレビや、時計や、そのほかいろんなスポンサーから専属の話を持ち込まれてるんだ。だが、全部、最後まで話もきかずに断ってきた。中には凄《すご》い条件で三年契約の話を持ってきた楽器会社もあったんだがね」

「その話はきいている。きみがＣＭをやる気になったら、スポンサーはいくらでも見つかるだろう。しかし――」

「やってもいいんだ」

と、彼は言った。私は唾《つば》をのみ込んで水品の顔をみつめた。

「おれは作曲家としての自分のイメージなんかにこだわってるわけじゃない。こんなもの、マスコミやらレコード会社やら、プロダクションの連中が寄ってたかって、でっちあげたもんだ。それだけさ。そうなんだよ。そいつを一番よく知ってるのは、おれ自身だ。おれが今つくってる歌が売れるのは、売り方が強力で、しかも組織が動いてるからでね。アメリカでヒットするためには、ちゃんとそれなりの金が動き、手がうたれてるんだ。そりゃあたしかにおれは時には悪くない曲も書くよ。そいつはプロとしての最低の条件だからな。でも、おれよりもっと才能のある男で、全く売れない奴《やつ》もいる。おれはうまくやっただけなんだ。売れるから有名な歌い手を使える。有名歌手が歌うからテレビやラジオでも使う。強力にレコード会社がプッシュし、知名度があがってヒットしやすくなる。雪だるま式ってやつだな。どうでもいいのさ、そんなことは。おれは本当に自分が水品衛だろうかと疑いたくなることがあるよ。こういう生き方をするために、おれは生きてきたのかと思うと、どうもね。時には叩きこわしてみたくなる時があるんだ。そんな生活をだ。まあ、いわゆる有名人とやらの気まぐれかもしれん。だが、いまなら、ＣＭの話に乗ってやったっていいぜ。おれの知名度やイメージを売って、その金でその日本最小のラジオ局とやらが本当にできるのならな。どうだ、やるか？」

「本気かね」

「本気の遊びだ。どうする？」

「きみのＣＭ出演の件をおれにまかせてくれるんだな」

「ああ。一切白紙で。頭を越えたボレーのボールを後衛にまかせた心境さ」

「よし」

思いがけない仕事が転《ころ》がりこんできたものだ、という気がした。冗談から転がり出たものが何であれ、やってみる気のする仕事だった。水品衛をＣＭに引っぱり出すというだけでも、駆け出しの広告マンには大した仕事なのだ。

私はその晩はあまりそれ以上突っこんだ話はしなかった。無口なマダムの出してくれた漬物をかじり、ウイスキーの水割りを十杯ほど飲んで彼と別れた。その晩はなぜか酔いが素直に回ってこなかった。たぶん、あの晩、私はひどく興奮していたのだろう。

私たちは深夜の舗道を肩を組んで、昔なつかしいロシア民謡のメドレーを怒鳴りながら歩き、途中でタクシーをひろって別れた。あれは、たしか今年の四月の末のことだったと思う。

5

「シントラ城が見えてきたわ」

と、女が言った。「ところで、あなたの名前はなんだったかしら」

「マモル・ミズシナ」

と、水品は言った。「変わった名前だろう」

「わたしはアレイラ」

と、女は言った。

「店の給仕に聞いた。知っているとも」

水品はアレイラの肩に手を回して、愉快そうな声で私に言った。

「ところで、彼女がどうしてあの店であんなに客たちに冷たく扱われていたのか、そんなところをたずねてみてくれないか」

「自分できけよ。ちゃんと通じるじゃないか」

「おれは日本人の仲間の前で英語を喋るのが、死ぬほど恥ずかしいんだよ」

「国際的な作曲家らしくもないことを言うじゃないか」

「本当なんだ。たのむ」

私はアレイラの背後から、彼女の耳に口をつけるようにしてたずねた。女の柔らかな匂いのする髪が、私の鼻《び》孔《こう》をくすぐった。

「あの店の客たちはなぜきみの歌に拍手をしなかったんだろう？　さっきそのことが不思議でならなかったんだが」

「…………」

「きみを見る客たちの目は、まるで敵《かたき》を見てるような感じだった」

車が、がくんと揺れて減速した。アレイラは素早くハンドルを回して急なヘアピンカーブの坂道を曲った。ライトの輪の中で、ガードレールが白い帯のように流れた。

「きいて悪かったかね」

と、私は重ねて言った。「きみが喋りたくなければ答えなくてもいいんだ」

「べつに」

アレイラは片手で髪をすくって、うるさそうに首をふると、

「あの店の男たちはわたしを憎んでるのよ」

「なぜかね」

「とても優秀な若いファドの歌い手がいたわ。その青年がわたしを好きになって、そして、今年の春、ロッカ岬《みさき》から身を投げて死んだわ」

私は黙っていた。アレイラはハンドルを小刻《こきざ》みに動かしながら続けた。

「彼はあの店の客たちに人気があったわ。人気があるというより、とても愛されていたの。あなたは、ファド・トリステ・デ・リスボアというのをご存じ？」

「聞いたことがある。リスボンの街に生まれて、リスボンの美しさや、愛の苦しみや、別離の悲哀を歌いあげるブルーな感じのファドだろう。水品が教えてくれたんだ」

「ええ。マイナーの、さびしくって抒情《じょじょう》的な曲が多いわね。わたしはファディスタ・トリス

テ・デ・リスボアとしては一流だと自分では思ってるわ。でも、その青年は、ファド・デ・コインブラ、つまり、コインブラの大学生たちの間で歌いつがれてきた陽気な人生の讃歌や愛の歓《よろこ》びの歌のファディスタとしては、わたしにない素敵《すてき》な才能の持主だったの。わたしが歌うと、みんな黙り込む。だけど、あの青年が歌うと、客たちも歌い出し、みんな陽気に叫びだしたものよ。でも、そんな彼がわたしに夢中になって自殺してしまったあと、客たちはみんな彼を死なせたのはわたしだと噂《うわさ》しあっているの。わたしは才能のある男たちを殺してしまう悪い女だって」

「男たち――？」

「…………」

「前にもそんなことがあったのかね」

「ごらんなさい、照明に照らされた古いお城が綺麗《きれい》でしょう」

岩の突き出した異様な山塊の頂きに、典雅で女性的な美しい城がそびえていた。それは夜の青黒い空の下に、まるでふわりと浮かんでいるかのように見えた。

「車を止めるわ」

アレイラは広場を一回りして、ホテルの前の樹陰《こかげ》に車を止めた。ホテルのテラスには、もう人影もなく、濃い樹の影が、くっきりと落ちているだけだった。

「涼しいわ」

「いい気持ちだ」

と、水品が背のびをして呟いた。彼はアレイラと並んで、ぼんやり山頂の古城を見上げていた。アレイラの黒い服と、水品の白い上着が妙に鮮《あざ》やかなコントラストで私の目に残った。

「さっきの話だが――」

と、私はアレイラと水品の間に割り込んで話しかけた。

「男たち、と言ったのは、どういう意味だろう」

「もういいじゃないか」

と、水品が言った。

「こんな夜の中にいると、自分が何者で、何をしに来たのかさえ忘れてしまう。おれたちは外国人の男で、彼女はポルトガルの女、それでいいじゃないか。あんまり細かくつつきまわすのはよせよ」

「わたしを愛したギタリストがいたわ。彼はギターラの弾き手としては最高の芸術家だった。もう一人、ヴィオラの演奏家がいて、彼もわたしを好きになったのよ。そして、ある晩、わたしがそのヴィオラの演奏家と寝ているところを見つけたギタリストは、わたしの横に寝ていた男を銃で撃《う》ったわ」

「彼は死んだのか」

「いいえ、でももうヴィオラは弾けない体になってしまったの。そしてギタリストの方はいま、リスボンの刑務所にいるわ」

それだけか、と私はたずねた。アレイラは光る目で私をみつめた。その目の中には焔《ほのお》のように何かゆらめくものがあった。

「それだけじゃないわ」

アレイラは顔をそむけて言った。「まだほかにもいろいろあるのよ。聞きたければ話してもいいけど」

「聞きたくない」

と、私は言った。「要するにきみは厄介《やっかい》なことを引きおこす女なんだな」

「それがわたしの宿命なのかもしれない」

アレイラは呟き、ひび割れた声で小さなせき込むような笑い声を立てた。その笑い声は、まるで六十歳の老女の声のような感じだった。

「さて、どうする？」

私は水品の肩を叩いて言った。「そろそろ引き返そうじゃないか」

「彼女がどうやら嫌いらしいな。お前さんは」

「好きじゃない」

「おれは気に入っているんだ」

「よせよ」

「もう少し走ろうじゃないか」

「明日の撮影のことも少しは考えろ。そのためにリスボンくんだりまでやってきたんだぞ」

「関係ないね。おれはただファドが聞きたくて来たんだから」

「スポンサーから金が出てるんだ」

「ＣＭの画面に出ればいいんだろう、要するに。ちゃんと出てやるよ。必要以上の心配はするなよ」

「いいとも。じゃあ、言わない」

アレイラは私たちの会話を黙って聞いていた。

「わたしのことでトラブルが起こりそうね」

と、彼女は言った。

「そうじゃない。仕事のことさ」

「この人はもっとわたしと一緒にいたいと思ってるわ。だけど、あなたは明日の仕事があるし、それにわたしのことが嫌いだから早く帰ろうとすすめてるのね」

私はアレイラの顔を眺めて、うなずいた。

「日本語がわかりもしないのに、よくそこまで正確にわかったもんだな」

「わたしはファディスタですもの」

と、彼女は言い、淡《あわ》く笑った。夜の中で浅黒い横顔が妙に美しく見えた。

「サントスはこう言ってるわ。〈言葉は聞くものだ。だがファドは感じるものだ〉と。言葉を越えた感情を伝える使者が歌い手《ファディスタ》なのよ。わたしには、あなたや、この人の考えていることが肌で感じられるの」

「おれは何を考えている」

「見てあげましょうか」

と、アレイラは言った。水晶は黙って私たちの会話をきいていた。

「見てくれ」

「いいわ」

アレイラは私の方へ向きなおった。私の肩に両手を乗せて何か口の中で呟くと、目を閉じて顔を反《そ》らせた。形のいい小鼻が、夜気《やき》を吸いこんでかすかに震えるのを、私はじっとみつめた。

「船だわ――」

「船？」

「黒い小さな船が見える」

とアレイラは言った。「そこにあなたが乗っているのよ。風が強いわ。嵐《あらし》の近づく前の気配があたりに満ちている。あなたは不安げに空を見あげて雲行きをはかってるわ」

私は黙ってアレイラをみつめた。

「見えなくなった」

と、彼女は呟き、目をあけて私を見た。扉を開けて、こちらの心の中をのぞき込むような目だった。

「黒い小船か」

私は苦笑して水品を振り返った。「どうやらわれわれの計画はポルトガルにまでもれたらしいな」

「バルコ・ネグロだ」

と、水品はうなずいて、「おれのも見てもらおうか」

「もういい」

と、私は言った。

「さあ、少し冷えてきた。引き揚げようじゃないか」

アレイラは黙ってうなずくと、黒いショールを引きあげて肩を隠した。そして車に乗り込むと、エンジンを始動させ、私たちのそばに車を動かしてきた。水品はアレイラと並んで助手席に腰をおろした。私が後部シートに乗り込むと、車は猛然と走り出した。闇《やみ》の岩山の頂上に、白い典雅なシントラ城だけが夢の中の風景のように、くっきりと浮かんでいた。

6

リスボンへの道は、走っている車もなく、静かで暗かった。私は闇を切り裂くヘッドライトの中の風景に目をこらしながら、さっきのアレイラの予見について考えた。

黒い小船、とアレイラは言ったのだ。それは私を驚かせた。私は私たちの〈ラジオ太平洋船〉を、黒く塗るつもりだったのである。

あの晩、冗談のように水品が提案した話は、私の上司やスタッフたちを驚かせた。特に企画第一部長の岩見沢は、ひどく興奮していたようだった。これまで水品は絶対にＣＭに出ないと決めて交渉すらあきらめていただけに、思いがけない極秘の企画として、岩見沢はそれを重役会にまで披露《ひろう》したらしい。

セールスの段階まで行くまでもなく、個人的な話し合いで、スポンサーはすぐに現れた。今度はこちらが相手を検討する段階だった。売手市場の強味で、私たちは全広告主の中から水品衛のイメージをそこねず、十分な安定性のある企業を選び出して決定したのだ。最後に残ったのは、Ｑ電気と、Ｒ時計の二社だった。共にその内容も宣伝予算も大型の会社で、両者はともに新しいＣＭのキャラクターを必死で探しているところだったのである。

私の個人的意見によって、Ｒ時計が水品の契約会社として残った。それは専属契約金の高よりも、支払い方の方法の有利さが一つの原因だった。すでに業界では常識となっている裏金が豊富に使える強味を、R時計は持っていた。それに国際的に一流商品のイメージが行き渡り、宣伝のスタッフに若くて優秀な人材を多く集めていることも重要な要素の一つだった。

　私たちは、水品という強力な素材を使って、CMに新しい傾向を創《つく》り出してやろうと意気ごんでいたのである。それは私が広告業界へ移ってからはじめての、やり甲斐《がい》のある仕事といえた。私は水品を使ったCFのコンテを毎晩、深夜まで研究し、企画書の文案をねりにねった。

　私が考えたのは、水品を印刷媒体には使わず、テレビCFのみに起用するという案だった。いくら本人が言い出した話だとはいえ、彼に腕時計をはめさせて、ニッコリ笑った写真を新聞などに出すのはつまらないと考えたからだ。

　彼は何も喋らず、時計さえ見せず、ただ、彼が現在持っているイメージ、つまり、国際的な行動力、新鮮な感覚と爽《さわ》やかな快活さ、一流の雰囲気《ふんいき》、音楽性と人生への好奇心、それらのすべてをひっくるめたイメージそのものを商品にダブらせることだけを考えればいい。そのためには、コマーシャル・フィルムを、一種のドキュメンタリー番組として仕上げるのが最も効果的だと思われた。

　たとえば、モスクワの赤の広場を歩く水品、パリのカルチエ・ラタンで学生たちと議論する彼、ぼんやりと夕陽の砂漠をみつめて立っている彼、スタジオで指揮をする場面、コーヒーを飲む水品、ジェット機から降りてくる場面、譜面を走るペン、歩く姿、走る遠景。そういったさまざまな彼の生活圏の中の一コマをワンカットずつ鋭く、短く重ね合わせて何十秒かのフィルムを構成する。背後にはＣＭの文字も、声もはいらない。ただ冷たく澄んだ秒針の音がカチカチカチ現代そのものの鼓動《こどう》のように響いているだけだ。そして、ＣＦが終わる最後に一言、〈真に現代を生きる、人間のパートナー、Ｒ――〉と無造作に放りこむ。それだけだ。それで十分だと私は思った。Ｒと水品とのイメージを重ね合わせるだけでいいのだ。それが最も効果的で、洗練された行き方といえるだろう。フィルムは出来る限り沢山《たくさん》とっておいて、出来れば毎週、それぞれちがったものにする。シャープな美しい画面を作る新鋭をカメラに起用して、その画面が番組の中身を食ってしまうくらいの素晴らしいものにしよう。

　私はこれまでにないほど強引に自分の意見を押し通した。水品をつかんだ企画者として、私にはその権利があったのだ。

「大丈夫かね」

　と、岩見沢部長は私に念を押したのだ。自分の責任で決定したのに、彼はもし失敗した場合のことをいろいろと考えて不安だったのだろう。

「まかせてください」

　と、私は短く答えただけだった。裏で大きな金額が動くことになっていたため、水品のＣＭ出演専属契約金は、表立っては驚くほど小さなものだった。第一回の海外ロケは、六月に行なわれることに決まった。そのロケを終えた後で、一千六百万円の秘密の金が支払われることになっていたのである。

取材は一週間ですむはずだった。直接の担当者としての私、それに責任者として岩見沢が同行することに決まった。水品とカメラマンを加えた一行四人は、六月上旬に東京を発《た》ち、北欧を回って欧州各地を経由し、リスボンへ着いたのである。

「うまく行きそうだな」

と、岩見沢部長は言っていた。まだわからないが、私の勘でもきっと予想外にいいものが出来そうな気がしていた。リスボンで最後の撮影が終われば、パリから東京へ飛び、第一回の海外取材は終わるのだ。フィルムは直《ただ》ちに編集され、七月下旬から放送されることになっている。

水品は、途中、何度かいらいらした表情を見せた。リスボンに着いてから、一度、岩見沢とちいさなことで喧嘩をしている。だが、すべては順調に進んでいた。私たちは来週はもう東京だ。水品は約束通り、裏金として動いた金を、私たちの計画のためにカンパしてくれるだろう。そして、私たちは親しい友人たち、かつてラジオ時代に一緒に働いて今はちりぢりになっている仲間や、今の放送局や新聞社の中で欲求不満にうずうずしている連中と共に、小さな船上放送局の建設にとりかかるのだ。

そして来年の一月には、新しい、わが国で最初の海賊電波が東京をはじめとする聴取者の耳をおどろかせるだろう。それがいつまで続くかはわからない。やれるところまでやってみるのだ。かつてラジオ局にいた頃にやりたくて果たせなかったあらゆることを自由にためしてみよう。絶対に自己からも他からも規制されないニュースをオンエアするのだ。

私の頭の中に、さっきアレイラが言った黒い小船のイメージがよみがえってきた。黒い服を着たファドの歌い手が運転する車に乗せられて、私たちは素晴らしいスピードで夜のリスボンの街へ走り続けていた。

7

三時半だった。

リスボンの空は少しずつ葡萄酒色の明るさに染まりはじめている。

アレイラは広い大通りの見事なアカシア並木の下に滑るように車をとめた。エンジンを切ると、不意にあたりに静かさがひろがった。

青白く見えるアカシアの花房の影をすかして、アルファマ地区のかなたに照明をうけた古い城壁が輝いていた。

「あれは？」

「サン・ジョルジュの城よ」

「いい気分だ」

と、私は言った。水品は黙ってシートに坐ったままだった。彼は何かに心をうばわれたように、ぼんやりアカシアの葉ごしの空を見あげている。水品の手が運転席のアレイラの指とからまりあっているのを、私は見てはならないものを見たような思いで眺め、目をそらせた。

「サウダーデス、という言葉を知っている？」

と、アレイラが呟くように言った。

「なんだって？」

私がきき返した。

「サウダーデス」

と、水品が横から言った。「外国語に訳したらその美しさが失われるといわれる、最もポルトガル語らしいポルトガル語だ」

「どういう意味だい」

私はたずねた。水品はしばらく黙っていたが、不意に雄弁になって喋りはじめた。

「抒情的なリスボンのファドと、明るいコインブラのファドがある。それぞれ歌の性格はちがっていても、両方のファドに共に流れているファドの魂ともいうべき感情がサウダーデスさ。よく黒人たちのフィーリングをブルースという言葉で表現するだろう。あれと似た言葉だな」

「ポルトガルのブルースか。だが、この国は老いたりとはいえ、抑圧され疎外された黒人たちの立場とはちがうところに立っているんだ。いま世界中で最も多くの植民地を後生《ごしょう》大事に握りしめているのは、なんとこの風光明媚《めいび》な優しい国、ポルトガルだからな」

「それはそうだ」

水品は黙り込んだ。だがしばらくして、また早口で喋りはじめた。

「ブルースと共通というのは、こういうことさ。ブルースがただ単に黒人の悲しみや怒りを歌ったものだけではないように、このファドの心情ともいうべきサウダーデスは、苦悩と歓び、過去と現在、故郷と異国、そういったはるかにへだたった二つの世界を同時につなぐ一本の糸だということだ。いわば、二つの対立した感情を、弁証法的に統一したフィーリングがサウダーデスといっていい。そこがブルースと本質的に似ているとおれは思う」

「雀《すずめ》百まで、か――」

私は苦笑して水品の肩を叩いた。「その下を憶えてるか」

「雀百まで踊りを忘れずだろう。何だい、皮肉かね」

「うたごえ運動の活動家のしっぽが、今のきみにもまだ残ってるらしいってことさ」

「うたごえ、か」

水品は車のすぐ横に立っているアカシアの木の幹を片手で強く揺さぶった。頭の上から黄白色のアカシアの花がシャワーのように私たちの上に降り注《そそ》いだ。

アカシアの花は歩道にも一面に散っていた。白と灰色の大理石をモザイクのように組み合わせた歩道の上に、雪のようなアカシアの花がひろがっている。

「空が明るくなってきたわ」

と、アレイラが呟いた。

「夏の夜は短いのね」

「明日は何時からだい」

水品が私にきいた。

「八時からエストリールへ出発だ」

「眠ってるひまはないな」

「今帰れば四時間は眠れる。そうしないか」

「いやだ」

水品は、はっきりした口調で言った。

「おれの契約はフィルムに出演するだけだ。睡眠不足で出演してはいけないとは書いてなかったはずだぞ」

「いいフィルムを作りたいからだよ」

「ＣＭをやるのは、お前さんのあのちっぽけな海賊ラジオをやるための資金かせぎのためだけさ。いいものを作るとか何とか、そんなことには関係ないね。ちゃんと金さえ取ればそれでいいんじゃないか」

「きみのために言ってるんだ。夜明かしがしたきゃ勝手にするさ。おれは帰るぜ」

「帰るのか」

「一人の女に男二人でつきあっててもはじまらないだろう」

「彼女をそんなふうに言うのはよせ」

「おやすみ」

　私はアレイラに片手をあげて車を飛びおりた。

「帰るの」

「ああ」

「これから海岸のほうへドライブに行くわよ」

「ご自由に」

　私は二人を振り返らずに、アカシアの花を踏みながらホテルの方向へ歩きだした。背後で車のスタートする音が起きないので、途中で振り返ってみると、水品と黒い服のアレイラが一つに重なっているのが見えた。甘ずっぱいアカシアの花の匂いが、少しずつ夜の去って行くリスボンの街に濃密に立ちこめている中を、私はゆっくり歩いて行った。

8

ホテルのフロント係は、目をこすりながら鍵を渡してくれた。

部屋に帰ってバスを使っていると、誰かがドアをノックした。開けてみると岩見沢部長だった。彼はパジャマを着、スリッパをはいた恰好《かっこう》で廊下に立っていた。

「おそかったじゃないか」

と、彼は不機嫌な口調で言った。髪を短く刈りあげ、スポーツ選手みたいな精悍《せいかん》な顔をした岩見沢は、やや充血した目で私を眺めた。

「シントラまでドライブしてましたんでね」

「シントラ？」

「昨日行った所ですよ」

「奴はどうした」

「エストリールの方へ行ったはずです」

「一人で放《ほう》っておいて帰ってきたのか」

「女の歌い手と一緒ですよ」

「なお悪いぜ」

と、岩見沢は言った。

「もしものことがあったらどう責任を取る気だ」

「大人ですから大丈夫ですよ」

「これは大変な金のかかった仕事なんだぜ」

「ええ」

私は、ふてくされて、うなずいて突っ立っていた。

「明日は七時半に下のロビーに集合だ」

「おやすみなさい」

ばたんとドアを閉めると、私は窓際に行って、夜の道路を眺めた。朝が近づいた街角には、人影はなく、鳩が数羽、ゆっくりと並んで歩いているだけだった。

〈明日でこの仕事も終わる――〉

私はベッドに体をよこたえて、頭の中で黒い小船に乗った自分の姿を思い描いた。吸いこまれるような眠気《ねむけ》がおそってきて、私はすぐに深い眠りの中へ沈み込んで行った。

9

さわがしい音で目がさめると、窓の外は明るかった。爽やかな朝の光が、ベランダの草花に降りかかっている。

時計を見ると、六時だった。あれから二時間あまりしか眠っていないのだ。下の道路で日本語の声がしていた。私はベッドを脱け出して窓を開け、下を眺めた。

黒塗りの立派な車が止まっていた。背広を着た若い青年と、半袖《はんそで》シャツの岸本が、何か興奮した口調で岩見沢に喋っていた。岩見沢は青いポロシャツを着、白い靴をはいて、すっかり撮影に出かける服装で舗道に立っていた。朝日が彼の横顔を照らして、長い影が道路にのびている。

「おはよう」

と、私は窓から声をかけた。「ゆうべはご苦労さん、岸本君」

三人の男は、反射的に顔をあげて、こちらを見た。岸本は青ざめた変な顔をしていた。もう一人の男は、一昨日、大使館で会った日本人の書記官だと気がついた。

「いいお天気ですねえ」

三人は黙って私をみつめた。岩見沢が何か言いかけ、手をあげて二、三度左右に振った。私はその意味がわからなかった。バスルームで歯をみがきかけているところへ、岸本が上ってきた。

「早いじゃないか」

と私は言った。

「ええ」

岸本はぼんやり私の手もとを眺めていた。私は彼の様子がおかしいことに、このとき気づいたのだった。

「どうかしたのかね」

と、私は歯ブラシを水ですすいでコップに返しながらたずねた。

「事故があったんです」

「へえ」

「エストリールへ向かう途中の海岸道路で――」

岸本は壁を指先でそっとなでながら、押し出すような口調で言った。

「スポーツカーが運転をあやまって海へ落ち、水品さんと、同乗の女がひとり死にました」

「…………」

私はコップの中の歯ブラシを取って、洗面所の棚の上においた。

「何だって？」

「水品さんが事故で亡《な》くなったんです」

「いつかね」

「今朝、まだ早くらしいです」

「女も死んだのかい」

「ええ。黒い服を着てました。あの店のファドの歌い手です」

「おれたちは、ゆうべ三人でいたんだ」

と、私は言った。

「ついさっきまで一緒だった」

岸本はうなずいて窓際へ行き、こちらに背中を向けて立った。

「水品さんが亡くなれば、この仕事も終わりですね」

「終わりだ」

私はベッドの上に腰をおろし、仕事は終わった、と口の中で呟いてみた。あまりにも突然の知らせで、実感がなかったのだ。

「いい人でしたのにね」

「お世辞はよせ」

と、私は言った。「あれは、厄介なやつだったよ」

岸本はびっくりしたように、私の顔を見た。

「おれはあいつと高校のテニス部の時から一緒だった。陽気で気さくな男に見えるが、神経質で、気むずかしい奴だった。大学の頃もよく喧嘩したもんだ。おれのアコーディオンの伴奏に、あいつはいつもけちをつけたもんさ」

その時、ノックもせずに岩見沢がはいってきた。岸本の姿を見て、岩見沢はうなずき、

「水品氏が不幸な事故にあった。聞いたかね」

「ええ」

「おれたちの仕事も急きょ変更になるだろう。少し打合わせをしたいんだが」

「どうぞ」

「きみは下で待っててくれませんか」

と、岩見沢は岸本に言った。

「ええ」

岸本はうなずいてドアを開け、姿を消した。岸本の足音が遠くなって行くのを確かめると、岩見沢は急にきびきびした口調になって言った。

「まず社に電話をかけて報告しろ。それからすぐにカメラを連れて事故の現場へ急行してくれ。警察に大使館の者だとでも言って、撮影させてもらえ。できるだけフィルムは沢山つかってこい」

「…………」

「もうこれで残りのフィルムもいらなくなる。全部使ってしまってきていい。周囲の風景から、引き揚げられた車から、できるだけ多くとりまくってきてくれ」

「ゆっくりやろうじゃないですか」

と、私は言った。「水品はもう死んじまったんだし、このCMの企画もこれでお流れだ。なにもあくせくすることはないですよ。朝飯でも食って、ゆっくり水品の葬式のプランでもねろうじゃないですか」

岩見沢の顔に奇妙な微笑がうかびあがってきた。彼はそれを押し隠そうとしたが、駄目だった。内側からこみあげてくる笑いは、彼の表情をくぐって溢《あふ》れ出してきた。

「終わった、だって?」

「ええ。これで何もかも万事休《ばんじきゅう》す、か。R時計もえらい仕事に乗っかったもんですね。これでまた一から新しいキャンペーン計画をねらなきゃならないんだから」

「馬鹿をいうな」

と、岩見沢は言った。彼は私をみつめて、首をふった。

「ラジオ局から来て一年そこそこのお人だから仕方がないが、それにしてもね」

「何です」

「おれたちはある意味では最高の獲物《えもの》を手に入れたんだぞ。それがわかってないのか?」

「…………」

「水品衛は死んだ。だが、彼のイメージは残る。それも永遠に老いない。輝かしい夏の記録のままにな。彼は今の若い世代に圧倒的な人気のあった現代のヒーローだった。あいつがリスボンの海岸道路でスポーツカーを二百キロですっ飛ばして死んだニュースは、日本中を大騒ぎさせるだろう。やつはスターのまま、スターらしい死に方をしたんだ。その死には必ず大きな関心が集中し、ジェイムス・ディーンや、赤木圭一郎のように永遠のシンボルとして人気は続く。少なくとも半年はもつだろうな」

「もつ、って、何がです」

「死んだ彼の広告としての訴求《そきゅう》力を言ってるのさ。こいつは大当たりのCMが出来るぞ。水品衛の死の直前の一瞬の輝きを、ヨーロッパの夏の陽の中に鮮《あざ》やかに切りとったショットの連続だ。彼は死んでも、彼の曲は生きる。時間を追いかけて、時間を十分に生きた男の美しくも華やかな生涯、そいつをうたいあげることで商品のイメージに新しい魅力をつけ加えるんだよ」

「彼は死んだんですよ、水品は」

と、私は言った。熱いものが腹の中からこみあげてきかけ、急にさめると胸のあたりで溶《と》け去って行った。私は口をつぐんで、目の前の有能な企画マンを眺めた。彼はやや顔を上気させて、目を輝かせながら喋っている。

「死というイメージを嫌うことはないんだ。死と隣り合わせに美しい生がある。彼の死が美化されることで、彼はいつまでも生きるんだ。そいつを使って、最高のCMを作る。おれのアイデアは間違ってるかね？」

「いいえ」

と、私は答えた。それから上着を取って部屋を出た。彼の部屋をのぞいてみようかと思ったが、気が変わってやめた。外に出ると、朝の光がすでに熱かった。歩道には子供たちが新聞を抱えて立っていた。私は、アカシアの花が一面に散りしいている道路を、港の方へむけてゆっくり歩いて行った。

「どこへ行くんだ！」

と、岩見沢がホテルの窓から呼んでいるのが背後にきこえた。私は振り返らなかった。まっすぐ歩いて広場につき当たり、左へ折れて大理石の歩道をたどって行った。いくつかの門をくぐり、広場へ出た。古い宮殿にかこまれた広場の先に、海があり、大理石の石段が水の中へ続いている。私は、その石段の一つに腰をおろして、海面をみつめた。朝の陽光を反射して、水面は白く光っていた。風は湿って、かすかな潮の匂いがした。

何隻《せき》かの汽船が見え、帆を張った舟も動いていた。空は晴れており、風はなかった。

私は目をとじて、頭の中の深いところをみつめようとした。白い円形の輪の中に、黒い小船の形が浮かび上り、それは次第に大きくなって私の頭を全部暗い影の部分に呑み込んでしまった。

私は頭を振って目を開け、立ち上って石の階段をのぼって行った。広場を横切って街の方へ向かいながら、私はあのシントラの夜の広場に立っていた、黒い服の女と白い上着の男の、異様に鮮やかなコントラストを思い描いた。

朝の陽ざしは、ますます強くなってくるようだった。私は片手を額の上にかざしながら降りかかる光の矢の下を歩いていった。そんな自分の恰好《かっこう》は、きっと降りかかってくる運命の矢から逃《のが》れようとしている人間の姿に似ているのではないか、という気がした。

――「暗いはしけ」了――

付　本作品中に「鴎のいない村」という楽曲が出てきますが、
同名の楽曲を左頁に紹介します。

鳩のいない村

1970年　第3回
日本作詞大賞受賞

作詞　五木寛之／作曲　木下忠司
歌　藤野ひろ子

鳩のいない　小さな村
ひとりぼっちの　寂しい村
だれもいない　小さな村
たたかいが　通り過ぎていった村

鳩はなぜ　逃げて行ったの
人はなぜ　村を焼いたの
鳩のいない　青空だけが
悲しいほど　悲しいほど
青くひろがる　青くひろがる

鳩のいない　小さな村
ひとりぼっちの　寂しい村
だれもいない　小さな村
たたかいが　通り過ぎていった村

鳩はなぜ　死んでいったの
人はなぜ　花を散らすの
鳩のいない　広場のすみに
名前のない　名前のない
墓をつくろう　墓をつくろう

いつになったら　平和な村に
いつになったら　鳩は帰るの
帰ってくるの

対談解説

マイク・モラスキー × 五木寛之

vs

Michael Molasky　　Hiroyuki Itsuki

五木作品を読んで人生が変わる

モラスキー　実は2週間前に仕事で盛岡に行ってきました。

五木　ほう、岩手に。

モラスキー　五木さんを崇敬している照井《てるい》顕《けん》さんに会ってきましたよ。陸前高田で「ジャズ喫茶・ジョニー」を開いた方です。

五木　はい、古い友達です。

モラスキー　照井さんにお会いしたときに、是非とも五木さんに渡して欲しいとお預かりしたものがあります。カレンダーなんですよ。どうぞご覧下さい。今日の対談のテーマにも関係があるんです。

五木　ありがとうございます。たしか「ジョニー」の最初のお店は津波で流されてしまったのですよね。

モラスキー　はい、今のお店の名前は「Cafe Jazz　開運橋のジョニー」となっています。カレンダーには『海を見ていたジョニー』のキャプションが記されているんですよ。まったく偶然で、照井さんに会うことはこの対談が決まる前に予定していたのですが、私がジャズ喫茶の研究を始めたときから何度かお目にかかっていました。照井さんはジャズピアニストの穐吉敏子《あきよしとしこ》さんの熱烈なファンで、２０２２年には盛岡で「穐吉敏子JAZZミュージアム」も設立しています。

五木　照井さんは以前、穐吉敏子さんのコンサートを主催されたりして、私も照井さんとは何十年来のお付き合いになるんです。

モラスキー　照井さんは若いときに五木さんの『海を見ていたジョニー』を読んで強く感銘を受けて、自分のことも「ジョニー」と称するようになったんです。

五木　おそらくまだ本になる前の雑誌に掲載されたのを読んだんでしょうか。

モラスキー　それで周りの人も照井さんのことを「ジョニー」と呼ぶようになったので、お店を開いたときも店名を「ジャズ喫茶・ジョニー」にしたのです。一編の小説が読者の人生に影響を与えているのはとてもすごいことだと思います。

五木　一生を誤っていなければ良いのですが（笑）。

モラスキー　10代の男性たちが五木さんの一連の作品を読んで強いインスピレーションを受けて、生き方を変えてしまったという話を私の周辺でも何人か聞いています。『青年は荒野をめざす』を読んで感動し、自らヨーロッパに渡りジャズミュージシャンとして活躍している人もいます。私自身にとっての海外は日本で、私は40代のときに五木さんの作品群に出会ったわけですけれども、

60代後半となった今でも五木さんの作品を読み返して新たな刺激を受けています。

五木　ぼくも『戦後日本のジャズ文化』ほか、モラスキーさんのいろんな著作に大きな影響を受けました。

現場主義が貫かれているジャズ小説

モラスキー　以前はもっぱら研究のために五木さんのジャズ関連の小説を読んでましたが、今回はもっと幅広くいろいろな音楽小説を読ませていただきました。そこでやっぱり、と思ったのは、現場主義が貫かれていることですね。レコード制作を取り上げた『老兵たちの合唱』や『われはうたへど』、『帝国陸軍喇叭集』でもそこにはエンジニアやミキサーが出てきますし、プロモーターの陰謀なども出てきて、つまりレコードを消費される物体としてではなく、制作されていく過程に焦点を当てているのですね。

五木　短い時間ではありましたけれども、私はCMソングからレコード業界に移り、しばらくレコード作りの現場にいたんですね。当時、ペペ・メルトという人がいたんですよ。ペペ・メルトはフィリピンから来たバンドのリーダーでね。新宿あたりのクラブなどで演奏していて、かなり有名な人でした。一説によると、ドドンパのリズムは彼が作ったという話もあるくらいです。

モラスキー　知りませんでした。

五木　そのペペ・メルトを起用して、〈ロシアン・ゴーズ・モダン〉というアルバムが制作されたときにも少しお手伝いしました。それはロシア民謡を全部ジャズにアレンジした演奏でした。

モラスキー　ジャズ風にですね。

五木　当時はフィリピンバンドというのはとても大きな影響力を持っていたんです。

モラスキー　はい、終戦直後ですよね。

五木　そうです。この人たちはとても感覚が良くて、音楽業界からは冷遇はされていましたが、現場ではとても人気がありましたね。

モラスキー　なぜ、彼らがいち早くジャズを取り入れることができたのかという理由の一つは、彼らには、イヤー・プレイヤーが多かったからだと思います。つまり譜面が読めないので耳で覚えていたんですよ。当時のジャズは教則本もありませんでしたから、レコードを聴いて覚えたので割合と早く演奏できるようになったようです。

五木　ああ、彼らはたしかにそうだった。イヤー・プレイヤーか。まさに現場の人たちでしたね。

モラスキー　そうですね。ですから臨機応変にいろいろな音楽を取り入れることができて、結局、彼らは中間的な存在となって米軍基地のクラブにも普通の日本人とは違って入ることができました。中間媒介的な役割を持っていたと思います。

五木　なるほど。そこで僕は作る側の立場でレコードという音楽の商品化の仕事に携わったことは、自分にとってはとても面白い体験でした。本当に良かったと思います。プレイヤーの人たちもなかなか難しい人が多いので、出演交渉や、スタジオでもう一度演奏してくれというときの言い方なども学びましたし、意外かもしれませんが、私は今でも耳だけには自信があるんです。イヤー・プレイヤーってよくわかりますね。

沖縄の作家との共通点は二重の占領体験

五木　『さらばモスクワ愚連隊』の話になりますが、私が初めてモスクワに行ったときに、高級ホテルのロビーでは日本人旅行者を見つけるとピアニストが〈荒城の月〉を弾いてくれたんです。

モラスキー　ほう。

五木　それが20年ほど経ってから再びモスクワを訪れると、今度はホテルのロビーでザ・ピーナッツの〈可愛い花〉を弾いてくれた。それからさらに年月が経ってから訪れたときにはサンクトペテルブルクの「アストリア」というホテルのロビーでしたが、私たちの顔を見たピアニストが〈乾杯〉という曲を弾いてくれました。日本人に対する音楽のレパートリーがどんどんアップデートしている。そのことが面白かったですね。

モラスキー　『さらばモスクワ愚連隊』で、北見が「赤い鳥（クラースナヤ・プチーツァ）」に連れて行かれたときも、ミーシャが気を利かせてバンドに〈恋のバカンス〉を演奏させて、「日本の曲をやらせたのさ。あんたのために」と言っていますね。

五木　はい。ロシア人たちはザ・ピーナッツがとても好きなんです。それと北欧などでは古風なジャズをまだやっていて、少し遅れてヨーロッパジャズが入ってきますから。そのあたりの状況がぼくにはしっくりきた。1965年にモスクワに行き、帰ってくるとその年の秋には『さらばモスクワ愚連隊』を書き上げていました。今からすれば大分昔の話になりますが、その後まもなく新しい作家たちがモダン・ジャズを取り入れた作品を書くようになってきますね。

　それとモラスキーさんのご本を読んで感じたのですが、沖縄に関心がおありでしょう。

モラスキー　そうですね。長いこと関わっています。

五木　私は沖縄出身の作家たちにすごく関心があったのです。作家の大城立裕《おおしろたつひろ》さんや目取真俊《めどるましゅん》さん、音楽家の古謝美佐子《こじゃみさこ》さんとか。又吉栄喜《またよしえいき》さんとは九州芸術祭文学賞という賞の選考員をずっと一緒にやっていました。

モラスキー　そうですか。実は、目取間さんの作品を初めて英訳したのは私なんです。当時、英語界で彼はまだ無名だったので、本当のことを言えば、翻訳という作業はあまり好きじゃないですが、せめて芥川賞の受賞作『水滴』がもっと広く読まれてほしいとの思いが強くて、翻訳したわけです。

五木　そうだったんですか。『ジョージが射殺した猪』（第8回九州芸術祭文学賞受賞）を書いた又吉栄喜さんはベトナム戦争のあたりについてもすごく詳しくお書きになっているので感動して読んだのですけどね。

モラスキー　五木さんの作品には引揚者としての体験が反映しているので、日本本土の作家よりも沖縄の作家との共通点が浮き彫りになっているように私には感じられるんです。

五木　そうかもしれません。私には日本を他者として見ている視線がありますから。

モラスキー　そうですね。

五木　私たちは沖縄に行くと「ないちゃー（本土の人）」と言われるんだけど、ないちゃーじゃないんだ「外地人」なんだよ、っていうところがあります。

モラスキー　あともう一つ、五木さんと沖縄出身の作家の方々には共通点があると思っています。それは、占領を二重に体験されていることです。五木さんの場合、ソ連軍による朝鮮半島の避難所とかアメリカ軍の収容所に入って、帰国してもアメリカの占領下ですし。沖縄の人たちは「やまとぅんちゅー（本土の人）」や「アメリカー（アメリカ人）」に対する二重意識があるので、そこが共通しているのではないかと。

五木　そうかもしれません。モラスキーさんは「軍票（軍用手票）」ってご存じですか。

モラスキー　はい。

五木　軍票を使った経験がある人たちというのは、沖縄の人たちと私ら北朝鮮にいた人間なんですよ。ソ連の軍票が出たのは戦後。それでそれまで使っていた朝鮮銀行券という共通紙幣が全部紙くずになってしまった。それで安っぽい紙に印刷されたロシア軍の青い軍票を使うことになりました。軍票を使った経験のある人は、本当の占領を体験した人なんです。

モラスキー　なるほど。

五木　その意味でね、私は沖縄には昔から関心がありました。それは外地としての関心ではなくて、共通感覚があるような感じです。

モラスキー　その点で、五木さんのエッセイの中でとても興味深い表現が一つ目にとまりました。確かご自身のことを「在日日本人」とおっしゃっていた。

五木　はいはい。

モラスキー　この表現を使える人はなかなかいないと思います。ですから常に対象物や対象人に対して距離感を保ち客観的でありながら無関心ではなく、関係を持ちながら中に入ったり外に出たりしているという自由自在な視点から小説やエッセイを書かれているように思えました。

五木　いやぁ、宙ぶらりんなんですよ。どちらにも行けないというか、そういう不思議な立ち位置にいるんです。「在日日本人」という表現はずいぶんと誤解を招いて批判もされましたけれども、そこに目をつけていただけるとドキッとしますね。

10年経ったら古くなるような小説

五木　いろいろと振り返ってみて、50年前の小説が、今また、皆さんに読んでいただけるというのは、物書きとしてはとても幸せなことだと思います。ですが、私の気分としては、常にその時代と心中する気分で小説を書いてきました。

モラスキー　おっしゃっていましたね。

五木　ですから、「10年経ったら古くなるような小説を書く」と偉そうに言っていたんですよね。逆に、10年経って古くならないような小説は、１００年経ってもダメだろうって。

モラスキー　実は今日の対談のためにレジメを作ってきたんですよ。そのレジメの1行目が「私は同時代と心中する」という五木さんの言葉だったんです。おそらく北國新聞のエッセイで書かれていた言葉が印象に残っていたのだと思います。小説であれエッセイであれ、同時代に生きる人たちにメッセージを伝えたいという意味で書かれていたと思いますが、「同時代と心中する」というのはかなりドラマチックな表現ですよね。

五木　ですから10年経って古くならないような表現はだめだよね、という感覚なんです。そういう10年経って古びていくようなものは、逆にいつか関心を持たれることがあるだろうと。ですから10年経っても50年経っても通用するようなニュートラルな言葉を使っていたのではダメだ、っていう気分がずいぶんとありました。ジャズにしてもタンゴにしても、それから『暗いはしけ』で書いたポルトガルのファドにしても、やっぱり音楽には全てに命がありますからね。その中でも私は、ジャズのとても良いところを味わったような感じがしています。

モラスキー　とてもいい演奏や音を、言葉を用いて表現することはなかなか至難の業だと思うんですね。特にジャズの場合は。書かれた譜面通りに演奏するわけではないので、その活き活きとしたミュージシャン同士のやりとりや、ステージ上のミュージシャンと聴衆とのやりとり、それらが合わさった活気あふれる空気感を、言葉を使って音が伴わない媒体で表現することは難しいと思うのです。ですから、ジャズ小説を書いた多くの作家たちは、レコードを紹介しているとか、一種のグレーテストヒットみたいな作品がたくさん登場したと思います。五木さんのジャズ小説では主人公がほとんど日本人ですよね。

五木　そうです。

モラスキー　その当時、国内のジャズファンの間で日本人ミュージシャンは見下されていたようですが、五木さんのジャズ小説では日本人のジャズメンが主人公になっており、しかも彼らはちゃんと弾けるように描かれているところが新鮮だったように思います。つまり、当時の国内のジャズ界では日本人ミュージシャンがマイナーな存在というか、アメリカ人ミュージシャンの陰に潜んでいたきらいがあったようです。同じように、ほかの作品やエッセイでも、五木さんはマイナーや社会の陰にいるような人々に焦点を当ててきたこと、また彼らの立場に対する親近感のような姿勢を表していることが際立ちます――沖縄人だったり、ロシアのユダヤ人だったり、いわば社会の周辺にいる人たちに気持ちが寄り添って、同一視していると言うのでしょうか。そのような姿勢がとても興味深くて。私も一人の読者としてだけでなく、人間として強い共感を覚えました。それが今回読み直してより痛烈に感じられたのです。

音楽には「サウダージ」がなければだめだ

五木　ソ連を訪れたときにモスクワに行って、ちょうどモラスキーさんが一杯飲み屋を訪ね歩かれているのと同じようなことをしていました。「悪所《あくしょ》」という言葉があるでしょ。

モラスキー　はい。

五木　そういうところに、どうしても足が向いてしまって（笑）。

モラスキー　そのようですね。ジャズクラブもそうですよね、路地裏ですからね。

五木　有名なロシア文学者で東京外国語大学の学長でもあった原卓也《はらたくや》さんが、「僕はモスクワもしょっちゅう行ってたけど、競馬場なんてとこは行ったことがなかったな」って。「そんなのあるの？」と尋ねられたので「レーニン賞だってありますよ」って答えたことがあります。

モラスキー　『さらばモスクワ愚連隊』のラストシーンも競馬場でしたね。

五木　この「悪所」での体験は、たとえばモラスキーさんの『街娼―パンパン&オンリー』とか『闇市』という本とすごくストレートにつながっていくところがある。私はタンゴも好きでね、アルゼンチンタンゴもコンチネンタルタンゴも好きです。

モラスキー　はい、たしかコンチネンタルタンゴはフランスあたりから現れたのでしたね。

五木　コンチネンタルタンゴが流行り出すと戦争が起きる、という説もありますけれども。それでタンゴが好きなものですから、アルゼンチンに行ったりするなどいろいろと歩き回ってみました。やっぱり音楽というのは、その土地の人々の魂が宿っていると言いますかね。たとえばポルトガルのファドにはサウダーデ（saudade）があるとかね。

モラスキー　はい。『暗いはしけ』でもサウダーデの本質について熱く書かれていますね。

五木　ブラジルの人はサウダージと発音するのかな。同じポルトガル語でも訛《なま》りがありますよね。それでサンパウロ大学の日本語の達者な日系の学生と、ブラジル音楽を一緒に聴くためにバイーア州などをあちらこちらと回りました。

モラスキー　そうなんですか。

五木　それでとてもすごい演奏に出会ったんですね。「これは最高だ、これは聴いて良かった」と私が言ったら、その学生は「うーん、悪くないけどね」とあまり気乗りしていない表情で。ホテルに帰ってから「今日の演奏を君はどうもあまりピンとこなかったようだけど、何か問題でもあったのか」と尋ねたら、「やっぱり音楽にはサウダージがなければだめです。今日の演奏にはそれがなかった」と言うわけ。とてもエネルギッシュでテクニックも良かったけれどもサウダージがないと。このあたりが、私が音楽で好きなところなんですね。ファドもずいぶんと一生懸命聴きました。あと、ギリシャにライカという音楽があります。

モラスキー　はい。

五木　ライカは古い音楽ではありません。第一次世界大戦後にギリシャ王国とトルコの間で起きた希土《きと》戦争《せんそう》（１９１９年〜１９２２年）が終わると、トルコ方面からの引揚者たちが持ち込んだ中近東あたりのメロディーがギリシャの伝統的な音楽とミックスして生まれた音楽なんですよ。これが本当に日本の歌謡曲、演歌と似ているんです。ダラーラスとか、すごい歌い手がいて。

モラスキー　そうなんですか。

五木　すごく面白いです。ほとんど短調のメロディーで。歌い方も似ているし、ビブラートの使い方などもまるで演歌。こんな風にいろいろな国の音楽、特に大衆音楽をあちらこちらで聴いてきました。私の場合は入り口が古風なジャズの世界だったということで、そのことが次第にものの考え方につながっていくんですね。つまりジャズ的な考え方です。たとえば『百寺巡礼』ではモラスキーさんの喫茶店じゃないけど、私は10年間で百山のお寺を巡ったのですが、それらのお寺に行って感じるのは、ここだったらどのような音楽を演奏するのかなと。お寺で読経の声を聴きながら思うわけ。いろいろな国で演奏されているジャズにもすごく関心がありますし、ロシアの場合には、私が最初に訪れた１９６０年代後半はレオニード・ブレジネフ体制下のソ連でしたから、そこでジャズをやるってことは基本的にはアウトサイダー的なことでした。

モラスキー　そうでしたね。

五木　私もペルソナ・ノン・グラータ（受け入れがたい人物）と言われてしばらくソ連に入国できなくなりましたから。

モラスキー　なぜですか？

五木　社会主義ソ連の否定的側面ばかりを誇大、誇張して書いた作家とされたみたいです（笑）。たしかに『さらばモスクワ愚連隊』ではモスクワの路地裏で出会った不良少年を取り上げて物語を書いたわけですから。

モラスキー　その程度のことで入国禁止っていうのは、ずいぶんと狭量だなと思いますね。文学好きな人が決めているわけではないでしょうけれども。

五木　当時はそういうご時世だったんです。

モラスキー　五木さんにお聞きしたかったのですが、いろいろな作品を読んでいると、話が軽快に進んでいて楽しい話だなと思っていると、最後に主人公が突然死んだり（『海を見ていたジョニー』『暗いはしけ』）、陰謀が明らかになったり（『老兵たちの合唱』）。あるいは逮捕されたり（『さらばモスクワ愚連隊』）、あるいは成功の機会を失ったり（『われはうたへど』）などしていますよね。『老兵たちの合唱』では、芸能プロモーターの藤岡がコンサートを自らの手腕で成功させたと思っていたら、実は裏側で政治と金が動いていたことが明らかになる。

五木　そういうことは実際にあるんです。

モラスキー　あるんですか。

五木　実際、当時のソ連は日本にボリショイサーカスやボリショイバレエ、レニングラード交響楽団などを次々と送り込んできて一大文化のブームを巻き起こすわけですね。これはソ連が文化攻勢としてやっていることだった。それを見てアメリカ側が慌てるんですね。それで途端にいろいろな大きなオーケストラやジャズバンドが来日するようになりました。

モラスキー　アメリカの国務省が慌てたと。

五木　実際、東北のジョニー（照井顕）から、穐吉敏子さんとアメリカのバンドを呼んで一緒にやるから来てくれって言われたことがありましたが、そのときはまず、アメリカの大使が来て講演するとかいう話で。

モラスキー　そんなことになっていたんですね。

五木　ジャズからサーカスに至るさまざまな大衆芸能が、国際的な駆け引きの中でもみくちゃにされている現実がありました。

モラスキー　それが現実だったんですね。

五木　はい。私はそんな状況を首をすくめて見ていました。

モラスキー　そうでしたか。たしかに、アメリカの国務省が政治戦略の一端としてソ連にいろいろなジャズミュージシャンを送り、アメリカ文化（正確には「アフリカアメリカ文化」と言うべきですが）のすばらしさを見せつけるのが狙いだったのですね。

五木　『老兵たちの合唱』の中にはそのままの名前を出していませんが、当時は労音（勤労者音楽協議会）というマンモス組織がありました。

モラスキー　ありましたね。

五木　労音が日本で最大のプロモーターでした。ロシアは恐いという印象があったときに、労音はレニングラード交響楽団やモスクワの音楽家たちを次々に来日させるんです。それでアメリカが慌てたんですよね。今度はアメリカから津波のようにいろんな文化使節がぞろぞろとやってくる。

ジーン・クルーパの一言「Keep on」

五木　ところでドラマーのジーン・クルーパが来日したときに、日本のジャズメンの一人が悩んでいたという話を本で読んだことがあります。

モラスキー　悩んでいたというのは。

五木　日本人がジャズをやることに意味があるのだろうかと。そんなことかもしれません。

モラスキー　そういうことですか。

五木　日本人に本物のブルースをやれるのかと悩んでいたんじゃないでしょうか。それで楽屋に潜り込んで、ジーン・クルーパに質問したという。自分は日本人でジャズをやっているけど、日本人がジャズをやることに意味があるのかって尋ねるのです。一言アドバイスが欲しいと。

モラスキー　それほど思い詰めていたのですか。

五木　そう。そしたらジーン・クルーパが一言「Keep on」と言ったというんですよね。

モラスキー　おお。

五木　とにかく続けなさい、ということでしょうか。私はこの「Keep on」がずっと頭の隅に残っていて、どんな仕事でも長く続ける、ということを自分のモットーとしているんですよ。「Keep on」だと。忘れられない話です。

モラスキー　五木さんは「Keep on」をもっとも体現している作家ではないですか。なにしろ「日刊ゲンダイ」の連載が世界記録ですよね。そのエネルギーはどこから来るのかと思っているんです。

五木　いえいえ。私は小説家としてはしょせん二流、三流なのだと思っていますけれども、私自身はメッセンジャーだと思っているんです。自分が考えていることがたくさんありますよね。世の中のことや人間について。そのような考えを、音楽をやれる人は音楽で伝えれば良いし、絵を描ける人は絵で伝えればいい。ですから私は物語や小説を書くことで伝えられたらいいなって思って書いてきました。

モラスキー　熱烈な読者に支持されている五木さんであれば、『さらばモスクワ愚連隊』に出てくるダンチェンコ（ソ連対外文化交流委員会の部長）に認められなくていいと思いますけど。

五木　私はあの男を好きなんですよ。好きで書いてます。あのしぶとい官僚を（笑）。

モラスキー　ちなみに『さらばモスクワ愚連隊』で北見がダンチェンコの前で弾いた〈ストレインジ・フルーツ（Strange Fruit）〉は、実はニューヨーク出身のユダヤ系の左翼が書いた曲で、一種の反抗歌ですよね。様式も全くブルースではなかったのですが、女性ジャズ・ヴォーカリスト御三家の一人と言われたビリー・ホリデイが歌うと何を歌ってもブルースになるわけですよね。

五木　たしかに。

モラスキー　彼女が歌っていなければこの曲は広まらなかったと思います。そういう面白い背景がありました。ですから、やっぱりジャズの第一線を演奏してきたのは間違いなくアメリカの黒人たちで、彼・彼女たちが創り上げて広めた音楽ですね。しかし、基本的に彼・彼女らのオリジナル曲を除けば、スタンダードと呼ばれた曲の8割くらいはアメリカの移民としてのユダヤ人かその子孫が作曲しているんですよ。

五木　はい。

モラスキー　ジャズを第一線で演奏していた白人のアメリカ人たちは、少なくとも50年代まではイタリア人やユダヤ人、アイリッシュといったアメリカの白人たちの中ではどちらかというとマイノリティという位置づけの人たちだったことも興味深いなと思っています。

五木　そういえば、ハリウッドが作ってきた西部劇の伴奏音楽で名曲と言われる作品は、ほとんどがルーツがロシア系の作曲家たちによりますよね。『OK牧場の決斗』からして。

モラスキー　そうですね。

五木　ナタリー・ウッドという女優がいましたけど、あの人はナターシャですし。

モラスキー　そうですか。それは知りませんでした。

五木　俳優でコメディアン、歌も歌ったダニー・ケイだって、本名はデーヴィッド・ダニエル・カミンスキーだものね。とにかく当時のアメリカの大衆文化を創り上げてきたのは実はロシア系の移民たちだと言っていい。

モラスキー　まさに。

五木　アメリカ映画というのはアメリカの看板だったわけですけれども、その作品の音楽はロシア系の人たちによって作曲されていたことを考えると、面白いし、感慨深いですね。

モラスキー　また、そのロシアからの移民のほとんどはユダヤ人だったと思えばなおさらですよね。アーヴィング・バーリンがその一人で、皮肉なことに彼は〈ホワイト・クリスマス〉という最も有名なクリスマスソングも作った人です(そもそもユダヤ人はクリスマスとは無縁のはずですが)。

五木　アーヴィング・バーリンは〈ホワイト・クリスマス〉の作詞・作曲者で、ハリウッドを代表する映画音楽家になりました。

モラスキー　はい。あと、日本の戦後史もふたを開けてみると、大衆芸能やスポーツ界の第一線で活躍した人たちには在日の人とか韓国から連行された先祖を持つ人が多いですね。都《みやこ》はるみや力道山など。そのような、いわゆる社会の主流から締め出された人たちにとっては、芸能界とスポーツ界はいちばん入りやすかったのではないでしょうか。

五木　そうですね。沖縄の人たちもね。

メジャーな曲とマイナーな曲

五木　私は京都にしばらく住んでいたことがあるんです。休筆っていって仕事を休んで、それで龍谷大学の聴講生になったりしました。

モラスキー　ああ、そうでしたね。

五木　それで何年か京都に住んだのですが、住んでいるマンションというかアパートのすぐ裏が「jazz spot YAMATOYA（やまとや）」だったのですよ。

モラスキー　じゃあ東山ですね。

五木　はい。すぐ前が昔は武道館だったのですが、その当時は京都の芸術大学音楽学部の分校でした。ですから朝はビオラの音で目を覚ましてね、夕方はジャズの音と共に過ごすために「YAMATOYA」に行く。「YAMATOYA」は本当に下駄履いて行ってましたから。

モラスキー　それは日常的ですね。

五木　私は２００２年に、都はるみさんと一日かけて、京都の町を歩き回ったことがあります。その最後に左京区の「YAMATOYA」に行ったんですよ。２階と１階があってね。

モラスキー　はいはい。２階にはピアノがありましたよね。

五木　そうそう。それで１階には「やさしいジャズ」と書いてありました。ということは、２階では「むずかしいジャズ」がかかっているわけだ。それで「やさしいジャズ」の方に入ったら、ちょうど〈レフト・アローン（Left Alone）〉がかかっていたんです。すると都はるみさんが、「私はね、本当はこういう歌を歌いたいとずっと思ってたの」って。つくづく心《しん》からそういうふうに寂しそうな顔をして言ってました。

モラスキー　それは面白い、でもわかるような気もします。

五木　彼女は今、まったく活動していません。あの人は才能がある人なので惜しいなって思いますが。彼女が歌うとね、マイナーな曲が陽気に聞こえるんですよ。

モラスキー　と言いますと。

五木　専門家のモラスキーさんを相手に言うのもおかしいかもしれませんが、オタマジャクシ（音符）というのは先が丸いでしょ。それが五線譜の上に乗っているわけです。ちょうど五線譜の線の上に乗せると音符の丸い部分が上下に切れる。

モラスキー　そうですね。

五木　それを見ていると、音符には一つの音の中に上側と下側があるような気がしてくるんです。

モラスキー　なるほど。それは面白い捉え方ですね。

五木　だからマイナーな曲でも演奏の仕方や歌い方によって、元気よく明るく響くんじゃないかと。トルコの音楽ではないけれども軍歌ってマイナーな曲が多いんですよ。不思議なことに。

モラスキー　たしかにそうですね。

五木　あれは、勇気を鼓舞するときには必ずしもメジャーな曲である必要はないということですね。私は〈大河の一滴〉という歌詞を書いて曲を付けてもらいましたが、作曲者が「五木さんはマイナー好きだから、マイナーコードで全部書きました」と言う。そんな気をつかってくれることはないよ、と応じたのですけど。その曲を合唱団が歌ったのですが、イントロからして弱々しく、切ないメロディーが流れてくるんです。

モラスキー　少し陰気な感じですね。

五木　そうじゃなくてね。マイナーの曲を朗々と、そして堂々とした人間の悲壮感を超えて歌わなきゃダメじゃないかって、私は言っている。たとえばロシア軍といいますか私が見たのは昔のソ連軍ですが、彼らが行進するときによく合唱している歌は〈ともしび〉という歌なんですね。ロシア民謡で歌声喫茶ではよく歌われます。

モラスキー　はい、知っています。

五木　「夜霧の彼方へ　別れを告げ」という歌い出しのセンチメンタルな曲です。この曲をソ連軍が合唱しながら行進していると、たくましくて凶暴にすら聞こえるんですよ。五十嵐《いがらし》一《ひとし》さんという中東・イスラーム学者がいて『音楽の風土―革命は短調で訪れる』という本でマイナーとメジャーの音楽を論じているのですが、だいたい世界中の6割ぐらいはマイナーな音楽が主流の音楽だって言っていますね。

モラスキー　興味深い考察ですね。

五木　たとえばイランの〈パーレビよ去れ〉という内容の抵抗歌はマイナーコードで書かれていました。一方、〈ホメイニ師こんにちは〉という内容のこちらは喜びの歌ですが、これもまた短調で書かれているのです。つまり、喜びと勇気の歌はマイナーなのだと思っているのですね。ですから、メジャーな歌が前向きで明るく建設的であり、マイナーの歌がどこか寂しくて切ないというのは、演奏の仕方や歌い方によって変わるのではないか、と思っているところがあります。

モラスキー　ええ、ビリー・ホリデイの歌もそうですね。それから沖縄の民謡の音階もメジャーの音が入っているのにマイナーなムードが漂っていることがあります。

五木　うん、たしかにそうだね。

モラスキー　たしかに歌い方によって変わります。声の使い方やいろいろな歌い方の手法があって、たとえばいろいろな系統のアフリカアメリカ音楽の大きな共通点は、音楽学でいう「メリスマ」という手法です。簡単にいえば、音を曲げるという意味です。

　つまり、メロディの中の一つの音を伸ばしながら微妙に上げたり下げたりすることなんですが、それはブルースの名手サニー・ボーイ・ウィリアムソンのハーモニカや、ゴスペルのマヘリア・ジャクソンの歌、ジャズのリー・モーガンのトランペットなど、さまざまな種類のアフリカアメリカ音楽によく表れます。

　ところが、同時代のアメリカの白人の音楽では、それほど出現しません。その反面、歌の一つのテクニックとしてアフリカや中近東のさまざまな音楽にも、フラメンコにも、日本の民謡や演歌にもよく表れます。もちろん、それぞれの音楽の伝統や使い手によって異なりますが、意外に幅広い音楽的現象として、世界各地のマイナー調の歌に表れているかもしれません。

五木　なるほど、それははじめて知りました。

話はもどりますが、都はるみは日本にとって「訪れた人」なのだと思います。だから〈アンコ椿は恋の花〉とか〈北の宿から〉〈馬鹿っちょ出船〉といった歌を歌っても全然明るく朗々と聞こえる。

モラスキー　なるほど。

五木　ですから、メジャーとマイナーのメロディーラインについての思い込みをなくした方がいい。明治維新は短調のメロディーでやってきた、と五十嵐一さんは書いています。

モラスキー　〈同期の桜〉もそうですよね。

ピエ・ノワール（引揚者）の系譜

五木　ところで海外からの引揚者のことを、フランス語では「ピエ・ノワール（Pieds-noirs）」とか言うそうです。言葉の元々の意味は「黒い足」かな。アルベール・カミュなどもピエ・ノワールですよ。彼はフランス領アルジェリアから本国に帰ってくるわけですから。

モラスキー　そうですね。

五木　そういう人たちはたくさんいます。「ピエ・ノワールの系譜」というのがあるそうです。カミュの『異邦人』は『エトランジェ（L'Étranger）』の邦訳ですけど、私は『引揚者』と訳した方がいいのではないかと思っています。つまり、外地から本国へ帰ってきた人。

モラスキー　なるほど。

五木　気持ちは生まれ育った外地の太陽と光の中にあると。しかし、そこは禁じられた国であって、帰ってきたときは本国はブルジョアの地で、自分たちは受け入れられない。その宙づりになった状態が「L'Étranger」なのですから。

モラスキー　そういうことですね。

五木　「引揚者」としての「ピエ・ノワールの系譜」を辿ると、もう本当に映画監督から音楽家、そして文学者に至るまでたくさんの人たちがいることに気付きます。だから「エトランジェ」が「引揚者」。日本なら、たとえば坂本九《さかもときゅう》さんが歌った〈上を向いて歩こう〉（英題：SUKIYAKI）はアメリカでもずいぶんとヒットしましたよね。あの曲はチャイナ・メロディだと思うんです。作曲した中村八大《なかむらはちだい》さんは１９３１年に青島《チンタオ》で生まれていますね。向こうから帰ってきた人です。

モラスキー　そうでしたか。

五木　それから国民映画『男はつらいよ』の主人公の「フーテンの寅」で有名な葛飾は日本人の

心の故郷とか、下町とかいわれますが。

モラスキー　このシリーズは面白かったですよ。

五木　あれもやっぱり山田洋次《やまだようじ》監督が引揚者だからかもしれません。2歳のときに満洲に渡っていますし、たしか戦時中は大連第一中学校だったかな。1947年に大連から引き揚げています。それで特につよく日本人のアイデンティティーのルーツを求めるところがある。山田さんがあの映画で作り上げたのは、失われた日本人の心の故郷なんです。つまり彼がピエ・ノワールの系譜だからなんじゃないか。

モラスキー　ああ、そういうことですか。

五木　安部公房《あべこうぼう》もそうですよね。

モラスキー　たしか彼は満洲でしたね。

五木　そう、生まれは東京だけど少年時代は満洲で過ごしているんです。こんなふうに、もう挙げていけばきりがないくらいピエ・ノワールの系譜の人たちがゾロゾロ出てくる。昔は満映（満洲映画協会）っていうのがありましたけど、あそこの人たちが引き揚げて来て、何人も東映に入って東映でヤクザ映画を撮ったりする。映画監督の内田吐夢《うちだとむ》さんが『血槍富士《ちやりふじ》』なんていう映画を作ったりしたのも、みんなピエ・ノワールの系譜を感じさせますね。

モラスキー　それは興味深いですね。

五木　ピエ・ノワールの系譜をたどっていくとすごく面白いですよ。小澤征爾《おざわせいじ》さんだって満洲生まれで、父親の小澤開作《おざわかいさく》は満洲国協和会創設者の一人です。それで同志の板垣征四郎《いたがきせいしろう》と石原莞爾《いしわらかんじ》から一字ずつもらって「征爾」と名付けたといいますから。つまり当時の満洲のリーダーである二人の名前をお父さんが息子に付けたわけです。

モラスキー　そういうことだったのですか。

五木　その当時は、満洲にジャズが移行してたんですね。哈爾浜《ハルビン》とか大連とか、いろんなところにね。

モラスキー　そうでしたね。

五木　トランペット奏者の南里《なんり》文雄《ふみお》さんなんかも、上海《シャンハイ》に行ったり、あっちこっち行ったりしていましたけど。戦争中は、国内ではファシズムの系統の中でジャズが敵性音楽とされていましたから。

モラスキー　そうでした。

五木　帝国ホテルで行われたジャズのパーティーに、右翼が殴り込むなんていう事件もあったりしました。それで上海に行ったり、哈爾浜に行ったり大連に行ったりする。そういうところで一つのジャズ文化が花開いて。戦後、引き揚げて来ると、占領軍の基地での仕事と過去の自分たちがやってきたものがミックスされて、いろんなジャズが生まれてくるわけですよね。

モラスキー　これは、引揚者の文化史みたいなものを誰かが書かなければならないですね。

五木　モラスキーさんが『ピエ・ノワールの系譜』っていう本を書いてみたらどうですか。

モラスキー　書けますかね。

五木　調べれば続々と映画界、文学の世界、音楽の世界から系譜の人たちが出てきますよ。穐吉敏子さんもたしか外地と関係があったと思います。

モラスキー　満洲の遼陽《リアオヤン》市生まれでしたね。

五木　そういう人たちって、どこか違うんですよ。

モラスキー　それはどこが違いますか。共通点をあえて見出すとしたら。

五木　うーん、どこなんだろうね。とにかくこだわりがないというか、何か独特のものがあるんです。僕は人と会ったときに、あなた外地にいたでしょってすぐに分かります。

モラスキー　本当ですか。

五木　なんかね、アメリカの中でもいろんなルーツの違いがあるでしょ。言葉の訛りや習慣や何かで感じるところがあるのではありませんか。

モラスキー　たしかに、ＷＡＳＰ（White Anglo-Saxon Protestant　アングロ・サクソン系の白人でプロテスタント信者）じゃないっていうのはすぐ分かる場合があります。

五木　なるほど。

モラスキー　同じアメリカ生まれの白人同士でも、どこか違うな、と。何もそういったルーツの違いなどを考えたことのないような、社会の中心ばかりで生きてきたような認識の人に会うと、ああ、やっぱり自分が見てきた世界の見方とずいぶんかけ離れているなというのは感じます。

五木　うん。分かります。

移民と日本

モラスキー　実はあるとき、ふと思ったんですけれども、「移民」というのはアメリカでは海外から移住してくる人というイメージがあまりにも強いのです。しかし日本で「移民」という言葉はあまり使われないじゃないですか。

五木　そうですね。「移民」はあまり言わない。「難民」は使いますが。

モラスキー　そうですね。もしかしたらまれに迷惑をかけているかもしれませんけど決して難民ではなく、また自ら困難を逃れて日本に来たわけではないけれども、最期を日本で過ごすつもりで移住してきた人たちは、れっきとした移民です。しかしそういう言葉がどうも適切じゃないと思えること自体がちょっと興味深いなと思うんですね。

五木　なるほど。

モラスキー　五木さんの文化論として『日本幻論』とか『サンカの民と被差別の世界』などに書かれているのは、さまざまな生き方やさまざまな背景の人たちで、戸籍を持っていない、あるいは戸籍を拒む人たちですよね。今だったらマイナンバー制度を拒むっていうことにも通じるかもしれませんけれども。そういう人たちがいた方が健全な社会だという見方にすごく感銘を受けたし、強く共感も覚えました。

五木　それはうれしいです。

モラスキー　それで、もともと日本と何らかの関連があった人たちが帰国するのではなく、海外から移住してきて住み着いて、普通の日本人に間違えられるほど同化できないのかもしれませんけど自分なりに努力して同化しようとする人たちに対して、どういうふうに考えるべきなのかというと、ほとんど盲点なんですね。

五木　ああ、たしかに。

モラスキー　これは五木さんの盲点というわけではなく、日本人にとって移民というのは、いわゆる移民問題という抽象的な現象としてしか語られていないと思うんです。実際に外から住み着いている人が結構いるというのに。

五木　そうですね。

モラスキー　そこで五木さんは、サンカの人とか漁民《ぎょみん》の人とか、あるいは弾左衛門《だんざえもん》（江戸時代の被差別民であった穢多《えた》・非人身分の頭領）の末裔《まつえい》の人たちのことをご著書に書かれてきたのかなと思いまして。

五木　「令和」という言葉も、「導気令和、引体令柔」から取られた言葉ですね。そういう言葉がすでにあって、もともとは中国の古典の中にも出てくる言葉じゃないかと思っているのですが。

モラスキー　でも日本の古典に由来する元号だと。

五木　それは、やっぱり日本人が持っている大陸コンプレックスですかね。だから、その辺から自由にならなきゃいけないんじゃないかっていう感じがしています。

鳩と鵺

モラスキー　今回、いろいろと五木さんの小説を読み返して、そういった一種の純血主義に対する抵抗があるのかなと感じました。

五木　そうですか。

モラスキー　本能的な抵抗、それは引き揚げ時の脳裏に焼き付いている実体験に基づくのだろうと思うのですが、他方では登場人物に「純」が付く人がいることに気が付きました。

五木　ほう。

モラスキー　必ずしも「純」の字が使われているわけではありませんが『青年は荒野をめざす』の「北淳一郎」や『海を見ていたジョニー』の「淳二」など、「ジュン」という響きがお好きなのかなと。

五木　ああ、なるほどね。

モラスキー　なんとなく若い人たちが読んでいるときの純真な精神に共鳴するだろうと思ったんです。もう一つ気付いたのは、鳩がよく登場しますね。『さらばモスクワ愚連隊』では北見がミーシャと再会する場面で、「鳩が寄ってきて、私のショルダーバッグにひょいと止った」と登場しています。今回の作品集には含まれていませんが、『第三演出室』では何か所も出てきますね。「数羽の鳩が足もとに近づいてきた」や「ピーナッツの袋から豆粒をつまみ出して鳩を呼んでいた」、「すっかりあなたに慣れているようですね、この鳩たちは」、「ぼくも子供の頃、鳩を飼ったことがありますよ」、などです。それから『鳩を撃つ』という作品もありますね。

五木　そうそう。鳩はいわゆる平和の象徴になってますけどね。でも、鳩は凶暴な鳥だと思いますよ、ある意味では。

モラスキー　〈鳩のいない村〉という作詞もされていますよね。これはやっぱり平和のシンボルとして分かりやすいと思うんですけど。

五木　でも、あの歌にしても、出てくるのは殺される鳩ですからね。鳩はけっこう攻撃的な動物だというふうに思います。

モラスキー　『鳩を撃つ』はそうですね。ヒッチコックの『鳥』（英題：The Birds）の中でカモメが凶暴になっていくような、人食い鳩の怖い話です。そういえば五木さんのエッセイ集『デビューのころ』には、CMソングの会社から鳩がもっとも嫌うサウンドを作るように命じられる場面がありました。五木さんは鳩の攻撃性を見抜いていたわけです。

五木　モラスキーさんに、いくつもの作品を丁寧に読んでいただいて本当にうれしいです。

モラスキー　こちらこそじっくりと読ませていただく機会をいただけて感謝しています。20年ほど前に初めて一連のジャズ小説を読んだときとは違って、全く新たな一面が浮き彫りになってきました。特に今日の話のテーマにもなっていますが、それこそ主流からすこし外れた視点ですね。五木さんのジャズ小説に見られる現場主義、ライブ重視、活発なやり取り、そういった本来の姿がよく浮き彫りになりました。他の作家の作品ではあまり見られない特徴で、最初に目を惹かれたところです。今回、エッセイも読ませていただいて、ああ、なるほどこういうところから、こういう経験に由来しているんだろうなというふうに新たな発見がありました。

五木　私など中間小説と呼ばれるような、そういうジャンルをみずから選んで仕事してきたわけですけどね。3日経ったら古くなるっていうような、そういう世界で仕事をしてきたつもりでいたのに、何十年も経ってこんなふうにしてまた活字になるっていうのは本当にうれしいですね。なにしろエンタテインメントや中間小説という言葉は差別の対象でしたから。

モラスキー　強いて言えば、私はジャズも中間音楽だと思いますよ。少なくとも両面性があると。両面性というのは、『さらばモスクワ愚連隊』の北見とダンチェンコが演奏しようとした両面性です。両方に深みがあって相反するものではないと思います。ですから中間というよりも両面的だと言うべきかもしれません。

五木　中間っていうのは鵺《ぬえ》かな。鵺は半分が鳥で半分が動物みたいな得体の知れない動物なんです。それで私は「鵺的な小説を書いていこう」という志が最初にあったんですね。鳥でもなければ、動物でもないっていう。そういう枠に入らないような小説を書こうと。たまたまそこに中間小説雑誌という媒体があったものですから。

モラスキー　ああ、そうでしたか。

五木　そこを自分の戦場というか、ジャズの人でいうと演奏する自分のお店を選んで、そこでやってきたわけです。それがこういうかたちでモラスキーさんに読んでいただいて、意見を聞かせていただけるというのは本当に光栄です。

モラスキー　こちらこそ、この対談に呼んでいただいて非常にありがたかったのは、五木さんとお話しできることはもちろんのことですけれども、改めて一人の作家の作品を立て続けに読む機会を得られたことです。この7～8年ほどジャズピアノの歴史について調べたり本を書いたりしているのですが、一人の作家との出会いというのは、読み手のそれぞれの年齢やそのときの境遇、人生経験などによって印象が変わってくることを実感しました。

五木　私も全く同じ体験をしました。このお正月は編集者さんからモラスキーさんの『戦後日本のジャズ文化』『新版 占領の記憶 記憶の占領』と『ジャズ喫茶論―戦後の日本文化を歩く』『呑めば、都―居酒屋の東京』、そして『闇市』『街娼―パンパン&オンリー』などのご著書を提供していただいたので、じっくりと読ませていただきました。このお正月はまさにモラスキー漬けでした。

モラスキー　たくさん読んでいただいて恐縮です。

五木　読み返してみるとね、やはり昔読んだときとは印象が違うんですよね。以前も面白かったのですが、時間をおいてから読み返すと違って見えます。とても面白かったですね。今度改めて『モラスキー論』を書きたいと思いました。

モラスキー　いやいや、それはたいへん恐縮です。私も今回、たとえば１９９５年に刊行された五木さんの『デビューのころ』は、自分が『戦後日本のジャズ文化』を書いていたときに一度読んでいましたが、今回改めて読み直して面白いと思ったのは、『デビューのころ』は五木さんが小説家としてデビューした１９６７年刊行の『さらばモスクワ愚連隊』から約30年後に書かれているのですね。それで、五木さんがご自身の作品を約30年後にどのように思われたのかを確認できました。五木寛之セレクションの第1弾である【国際ミステリー集】を読むと、『蒼ざめた馬を見よ』をはじめとしたロシアや周辺国関係の作品は、現在ウクライナとロシアの戦争中であることを考えればいろいろな示唆に富んでいることが分かります。そこで今回の音楽小説の作品群からはどのような示唆を感じられるかなと。今の若い人たちの音楽との接し方は、これらの作品が書かれた頃とは大きく変わってきています。

五木　そうですね。

モラスキー　以前のようにジャズ喫茶に行って座って聴くとか、自宅にオーディオを構えるとか、あるいはレコードを大切に扱うといったことがなく、歩きながらでも電車の中でもイヤホンでいつでも世界中の音楽を聴くことができます。このように音楽の聴き方が変わってきた若い人たちが、五木さんの音楽小説を読んだらどのように感じるのか興味があります。

五木　音楽との向き合い方がまったく変わってしまったことはつとに感じていることでした。いずれにせよ時代というものがあります。時代はどんどん置いていかれますし、ある意味では繰り返しもします。この二つの違った方向の中でどう向き合っていくのかが大切です。

社会の中心から遮断・疎外されている人たち

五木　モラスキーさんの『ジャズ喫茶論』を読みますとね、モラスキーさんが菅江《すがえ》真《ま》澄《すみ》という人物と重なって見えました。菅江真澄は日本中を歩き回って多くの人にインタビューした民俗学者です。同じ系譜として宮本常一《みやもとつねいち》がいます。彼も日本中を歩き回ってフィールドワークを続けた民俗学者です。そしてもう一人、沖浦和光《おきうらかずてる》がいます。この人たちはみな、アカデミズムの民俗学ではなく自分の足で歩いた民俗学者の系譜です。そして私の中ではこの系譜として菅江真澄、宮本常一、沖浦和光、そしてモラスキーさんと連なっているんです。

モラスキー　いやいや、それはちょっと恐れ多い。

五木　いや、本当にそう思いますね。『ジャズ喫茶論』を読みますと、普通はお店に入ったらレコードのコレクションやインテリア、そして雰囲気などを描写するだけだと思いますが、モラスキーさんの場合は店主やその家族へのインタビューが中心になっています。

モラスキー　はい。

五木　そして実に細かくその人たちの人生を、ジャズ喫茶を経営するに至るまでの軌跡として詳しく捉えています。これはもう、現代の民俗学者だと思いました。人という対象から追究した民俗学です。

モラスキー　ありがとうございます。

五木　それともう一つ。私が個人的にうれしくなったのは、『呑めば、都—居酒屋の東京』で取り上げていたエリアというか縄張りです。銀座や新宿というよりは、たとえば東武東上線や京成本線、板橋や赤羽といったところが出てきますでしょう。これらのエリアは私の学生時代からの若い頃の縄張りなんですよ。特に北千住のあたりや京成電車の沿線とかはよく通った場所なので懐かしくてね。北区の赤羽には住んでいたこともあるんです。

モラスキー　そうでしたか。

五木　ええ。ですから東武東上線と中央線、それから京成電鉄という、つまりは東京の郊外というか。

モラスキー　山手線外ですね。

五木　そうです、辺境ですね。このようなところをエリアにしていろいろと書かれていることに私はとても共感するところがありました。

モラスキー　私も五木さんの作品に同じようなことを感じました。五木さんはご自分のことをおそらく謙遜として天邪鬼《あまのじゃく》だとおっしゃっていますが、私は自分のことをさらなる天邪鬼だと思っているんです。未だにスマートフォンを持っていませんし、テレビや電子レンジも持っていないような生活に徹してますから。一人で行動していることで「永遠の異邦人」、あるいは「どこへ行っても非国民」と自称しているわけです。

　そこで五木さんの『デビューのころ』と『サンカの民と被差別の世界』と『日本幻論』などを読むと、結局、内部の人たちは外部の人を必要としているという洞察が見られます。特に『日本幻論』の最後、漂泊者の思想のところで、社会の中心から遮断・疎外されている人たちも、実はその社会にとって必要不可欠な存在であるという洞察にはとても共感できました。

五木　そうですか。辺縁という言い方はおかしいかもしれませんが、つまり端の方、たとえば今世界中から注目されているウクライナという国名、ロシア語のウ・クライナという言葉にはどこかに端の方というか辺境という語感があるんです。同じように新宿や銀座よりは阿佐ヶ谷や高円寺、中野、荻窪のあたりとか京成本線沿線とか、あるいは下町と呼ばれる台東区や葛飾区、これらのエリアにモラスキーさんが東京の真実を見出したことに、私は中心と辺縁という視点から面白いと思い感動したのです。

モラスキー　ありがとうございます。私の日本での出発点は葛飾だったんですよ。今はインターネットを使えば、そこに行かなくてもどんな様子なのか分かりますよね。お店も入ってみる前にどんな風なのかネットで調べることができます。

五木　そうですね。

モラスキー　でもそれはちょっとつまらないな、と思っています。私は学生たちと接していると、今の若い人たちは冒険者としての発見の喜びを自らで奪っている、つまり自縄自縛の状態に陥っているのではないかと思えてます。今、授業では東京についても教えているのですが、学生たちに宿題を出すんですよ。スマートフォンの電源を切って、事前に調べることなく行ったことのない駅で降りて歩き回り、その町を子細に観察して来なさいと。

五木　ほう。妙な表現ですが、「地を這《は》うような」という言い方が合いますね。モラスキーさんの書かれている内容を読むと、本当にディテールにこだわられていて細密に描写されている。このエネルギーはどこから出てきているのだろうと驚きます。私はジェイムズ・ジョイスの『ユリシーズ』の描写を思い出しました。

モラスキー　いやいや。

五木　まさに微に入り細をうがっていますね。アメリカの大衆的なミステリーなどを読んでいると、どこかへ移動するときにはどこそこの角を曲がってどこのハイウェイに乗り、何号線を走って、といった具合に細かく書きますよね。一方、日本の小説の場合はもう、乗ったら着いたっていう書き方をしますけど。

モラスキー　なるほど。

五木　現実のディテールに対してこれほどこだわって一つ一つ丹念に書くということが、私たちの文章の伝統の中であっただろうかと思いました。それで改めて、私はモラスキーさんがお書きになった文化論や日本の民俗学と言いますか、それらに対して逆にエキゾチックに感じたのです。このような目を通して日本を見る人はいないなと。普通は日本的な目で日本を見るように変わってくるんですよ。

モラスキー　しかし、僭越《せんえつ》ながら私はその点、五木さんとはどこか共通しているような気がしています。五木さんが先ほど挙げた宮本常一など日本人の民俗学者たちもそうですが、特定の社会や文化や民族などを捉えようとする際には「内からの視点」も「外からの視点」も両方必要だと思います。私は、日本という国や日本語という言語に初めて接したのは十九歳でしたので、どうしても「外からの視点」が目立ちますが、引き揚げの実体験にある程度の人間形成をされた五木さんご自身もそうした「内と外」両方の視点を行ったり来たりすることが、ごく自然な形で身についているように感じられます。だからこそ、今回五木さんのいろいろな作品を読み返してみたら、以前に増しての親近感を覚えたわけです。勝手ながら……。

五木　たしかに外からの視点はいつもあります。

モラスキー　五木さんは『日本幻論』で、日本は単一民族ではない、単一民族であるというのは幻想だ、とはっきり書かれています。サンカ（山窩）や海の民、沖縄なら海人《うみんちゅ》ですが、このような人たちに着目されていることも、中心からすこし外れた人たちに対する温かい視線を感じます。それは野次馬的な好奇の視線ではなく、この人たちは実際にどのように暮らして、その生き方は我々に何を考えさせるのかという根源的な問いを根底に置かれています。たとえば『さらばモスクワ愚連隊』ではソ連にいったプロモーターの北見がスチリャーガ（ロシア語で不良少年）と呼ばれる主人公の少年ミーシャに出会いますが、彼も社会の中心から外れた存在ですし、『蒼ざめた馬を見よ』の中でも主人公の鷹野隆介はソ連でオリガという名のユダヤ人の少女に出会っています。ちなみに私の先祖ですが、片方の祖父はロシアからアメリカに移住したユダヤ人なんです。

五木　そうなんですか。

モラスキー　はい。本人が5歳のときでした。そのようなバックグラウンドがあります。といっても、私は特にロシアに関する知識もなくて、ロシア語もまったく分かりません。ただ、そのためか五木さんの作品で「引揚者」という言葉がしばしば唐突に出てくるところが私には印象深くていちばんズシンと来るんです。たとえば『さらばモスクワ愚連隊』でも北見がダンチェンコの前で〈ストレインジ・フルーツ〉を弾き出したときにもそれまでのストーリーに対して唐突に、「その時、私はなぜか引揚船の甲板から見た、赤茶けた朝鮮半島の禿げ山のことを思い出した。ほこりっぽい田舎道と、錆《さ》びたリヤカーのきしむ音がきこえてきた」という文章が飛び込んできます。

それまでの筋とは違うのですが、だからこそリアルに感じられたんです。

ジャズへの抵抗と草創期のエネルギー

五木　そもそも私はジャズについては学問的にもほとんど勉強していないし知識もない人間なんですけれども、戦後の１９４５年から１９５０年にかけての時代はジャズっていうのはまだ、外国の珍しい音楽という感じでメジャーではなかったのですよね。

モラスキー　そうですね。

五木　それで本格的なジャズブームが起きるのは、トランペット奏者のディジー・ガレスピーやアート・ブレイキーが来日してからですから。

モラスキー　そうですね。１９５４年にＪＡＴＰ（Jazz At The Philharmonic）というアメリカの大物ジャズメンを集めた来日ツアーがあって、これが一つのジャズブームのきっかけとなり、その後の１９６１年にはアート・ブレイキーとジャズ・メッセンジャーズの初来日ツアーがあって、これがモダンジャズ中心の新たなブームを起こしました。

五木　それまでのジャズっていうとかつての植民地である上海《シャンハイ》とか哈爾浜《ハルビン》などでトランペットの

南里文雄などが演奏していたようなディキシーランド・ジャズなんですよ。それで、もう本当のラグタイムというか、そのあたりにものすごく惹かれてしまって。

モラスキー　なるほど。

五木　それから50年代になると、いわゆるモダンの旋風が吹き荒れてきました。すると私は逆に意固地になってしまってね。

モラスキー　それもよく分かります。

五木　それでとにかく行儀の悪いジャズというか、〈ミシシッピー・ガール〉〈セントルイス・ブルース〉とか〈クレセント・シティ〉といった感じの匂いのする曲に、惹かれました。私にとってのジャズの入り口はノスタルジーなんですよ。あるいは懐古主義と言ってもいい。

モラスキー　分かります。

五木　ええ。ですから新しいジャズにはずっと抵抗がありました。当時、渋谷に「渋谷 SWING」という店があって、そこではわりとポピュラーなビッグバンドとかいろいろとスイートな曲がかけられていたので通っていました。その後、雑誌の仕事でローリング・ストーンズのミック・ジャガーと対談というか通訳付きのインタビューを行ったことがあったんですよ。そのときに彼から「あなたは若いときにどんな音楽を聴いていたのか？」と尋ねられたので、「渋谷というところに『渋谷 SWING』という店があって、そこでスイートなジャズを聴いていた」と答えました。すると彼は、「ボクもうちのギターのキース・リチャーズも若い頃はみんなそういうジャズで育ったんだよ」って。たとえば当時流行った曲でザ・ピーナッツも歌ったりした曲がありましてね。ちょっとタイトルを思い出せませんが。こんなメロディーでね（と口ずさむ）。「そう、シドニー・ベシェだ」って彼はよろこんでいた。

モラスキー　ああ、五木さんと私の共通点がもう一つありました。歌うのが苦手ですね（笑）。

五木　聴くのは大好きなんですけどね（笑）。

モラスキー　たしかにロックミュージシャンとしてイギリスから出てきた人たちって、ジャズやブルースで育ってるんですよね。

五木　だからミック・ジャガーなどはポーランドのワルシャワにも演奏に行ったりしてとても面白い人でしたね。ロシアの構成主義などにも関心を持っていた。「こんどの『スティール・ホイールズ』というステージの美術は構成主義なんだ」と言っていた。

モラスキー　当時まだポーランドは、「鉄のカーテン」の向こう側だったわけですものね。

五木　とても知的な人で面白かったですよ。

モラスキー　ジャガーといえば、一般的にはド派手なステージのイメージがありますから、それは意外ですね。

五木　ある意味ではインテリジェンスというものをすごく持った人だと思いました。

モラスキー　ジャガーがそういう人だったとは驚きました。

五木　いずれにしても私の場合は、たとえばみんなが目を閉じて沈黙してレコードを聞いていたりすると、何か酒場でおっちゃんたちがタバコを咥《くわ》えながら演奏しているような音楽の方へ、意固地になって流れていくという傾向がありましてね。ですからジャズというよりは、当時の娯楽音楽というのかな、そのあたりにいつまでも居座って今日まで来ている感じです。

モラスキー　まぁ、たしかにそういうのは「ポーズ」と呼ばれていて、たとえばニーチェかなにかの哲学書を一生懸命読んでいるような姿勢でモダンジャズを聴いているのが当時のお定まりの聴き方だったんですよね。それに対して五木さんの場合は多少天邪鬼《あまのじゃく》の側面もあったのかもしれませんが、モダンジャズだけその聴き方なのはちょっと違うんじゃないかという違和感を覚えられたのはさすがだと思います。

五木　私はやはり大衆文化の地盤から足を離したくないんだという気持ちがジャズに関してはずっとありました。ですから私はジャズのレコードはあまり聴かないんですよ。ほとんど生演奏で聴いてきているので。

モラスキー　その気持ちは分かると思います。

五木　モラスキーさんも現役のピアニストですからご存じかもしれませんが、１９５０年代当時、銀座に「テネシー」というお店があったんですよ。この「テネシー」があり、近くにはシャンソンの「銀巴里《ぎんぱり》」がありました。

モラスキー　ああ、「銀巴里」も有名ですね。

五木　それから新宿にはポップスやモダンジャズが演奏された「新宿ACB HALL（アシベホー

ル）」がありました。銀座では「ＡＣＢ」や「日航ミュージックサロン」、銀座の「ＡＣＢ」はポップスで若い人が多く、それから「不二家ミュージックサロン」という店もあって、ここではジャズ以外にハワイアンなどもやってましたね。上野の「金馬車会館」では藤沢嵐子《ふじさわらんこ》が歌ってた。ともかくライブが花盛りだった頃です。

モラスキー　そうですね。

五木　それで私も「テネシー」にけっこう通いましてね。出ているバンドと言えば、「南里文雄とホットペッパーズ」や「森亨《もりとおる》とシックス・ポインツ」、「沢田《さわだ》駿吾《しゅんご》ダブル・ビーツ」、それから「白《しら》木《き》秀雄《ひでお》クインテット」など、いろいろな人たちがごちゃ混ぜでした。とにかく声をかけてもかまわないところでしたので、「それいけ！」とか「よう、ジュンゾー！」などと声をかけあう雰囲気の中で聴いていたものですから、ジャズ草創期のエネルギーが感じられた時代です。そんな時代が5年ほど続きましたかね。

モラスキー　そうでしたか。

五木　若き日の大橋巨泉《おおはしきょせん》が司会したこともあった。

モラスキー　彼はコンサートの司会者とかラジオから始まりましたね。

五木　そうなんですね。「テネシー」で演奏を聴いて以来、私はずっと生演奏で音楽を聴いてきたんです。そういえば、浅草の方でチンドン屋をやっているうちにスカウトされて入ったなんて噂のあった石川順三という優秀なクラリネット奏者がいたりして本当に面白かった。ですから、そこで止まっているんですよ、私のジャズは。

モラスキー　戦後の日本文学ではジャズを作品に取り入れた作家は決して少なくないですよね。有《あり》吉佐《よしさ》和子《わこ》、石原慎太郎《いしはらしんたろう》、大江《おおえ》健三郎《けんざぶろう》などなど少なくはないのですが、そのほとんどはいわゆるアメリカで録音された作品やミュージシャンの名前が出てくるに留まっています。一方、五木さんのジャズ小説の特徴はいろいろありますが、最も特徴的なのは現場主義と言いますかライブを重視している点です。ジャズは〈もの〉ではなく〈やること〉だ、行動なのだ、という点に早くから着目されています。それはまさに今お話しいただいた聴衆体験に起因するものだと考えています。いわゆる古いジャズではそのような聴き方が共有されていて、（腕を上げながら）「やー」とか「わー」とか声に出して聴いていた。ジャズを聴く場所は図書館じゃないんだからいいんじゃないかって私もちょっと反発したくなります。

五木　その解釈はすごく面白いと思います。私の青春というのは、生身のジャズメンたちの生演奏と重なっていたものですから、そこから抜けきれていません。『さらばモスクワ愚連隊』が映画化されて、ピアニストの八木《やぎ》正生《まさお》さんが音楽プロデューサーをおやりになった。当時のそうそうたる演奏者が揃ったのですが、当時のメンバーはピアノが八木さんと宮沢明子《みやざわめいこ》、ドラムが富《と》樫雅《がしまさ》彦《ひこ》、トランペットが日野《ひの》皓正《てるまさ》、トロンボーンが東本安博《とうもとやすひろ》、クラリネット宮沢昭《みやざわあきら》、ギターが沢田駿吾さんです。すごいメンバーでした。

モラスキー　そうでしたか。

五木　話が変わるけれども、以前書いたもののなかに『ヘアピン・サーカス』という小説があります。

モラスキー　すみません。そちらはまだ読んでいません。

五木　車の小説です。同タイトルで映画化（1972年）されたのですが、菊地《きくち》雅章《まさぶみ》さんがやっているんですよ。それでジャズファンが、映画を見るのではなくて音楽を聴きに行くといった噂も聞いたりしています。

モラスキー　そうだったんですか。

五木　私のジャズ体験はそのあたりが中心です。作品の中にジャズをと言われると非常に恥ずかしくて、結局チンドン屋の音楽みたいな感じに受け止められるところもあるので。今の時代では聴く機会がなかなかないでしょうね。

モラスキー　たしかにそうですね。

五木　上海などに行くとビッグバンドがやってますけれど。でもそのような中でモダンジャズというか、それがどちらかというと文芸雑誌で論じられるような空気に変わってきたあたりから、少しずつジャズとの距離ができたような感じがしているのです。

ジャズメンは服装を見たらすぐ分かった

五木　昭和から今の令和に至るまでの大衆文化論として、今日は私の本の話をしなければならないのに、どうしてもモラスキーさんの本の話をしたくなっちゃうんだよね。

モラスキー　いやいや、照れくさいですね。

五木　実に面白いんですよ。モラスキーさんの本のおかげで良いお正月を過ごしました。それにしても岩波現代文庫から出ている『新版 占領の記憶 記憶の占領』は分厚い本ですね。

モラスキー　そうですね、分厚いだけで。

五木　註がものすごくたくさんついていますよね。

モラスキー　それは学者病なのですよね。実はこの本は、唯一英語で書いた本なんです。

五木　そうなんですか。上手に訳されていますよね。

モラスキー　相当大変だったと思います。原著は90年代に英語で刊行されましたが、英語圏の日本史や日本文学の研究者向けに書いたわけです。日本と沖縄文学を並列して語る人は日本でも多分あんまりいなかったと思ったので、やってみようと思いました。『闇市』とか『街娼―パンパン＆オンリー』に書かれていることは、自分はリアルタイムで一切経験してないわけですよね。当然、戦争も経験していません。そういえば私は危うく1年の差でベトナム戦争の徴兵制度を免れたのです。自分が18歳になる1年ほど前に徴兵制度が解消されましたので。そうでなければ今ここにいないかもしれません。

五木　やっぱり戦後は遠くなりにけりですね。「パンパン」なんて言葉にしてもね。

モラスキー　死語ですよね。

五木　ですから言葉の持っている背景というか、今はどんな説明しても伝わらないでしょう。「パンパン」というのは蔑みの言葉だけじゃないんですよ。ある意味ではかっこいい存在だったんだから。

モラスキー　当時はファッションの最先端をいっていたわけですからね。

五木　そうそう。だからルージュを引いてね、ぐっと胸を張ってて。世の中に対して猫背になって日陰にいるような感じは全然なかったんですよ。

モラスキー　堂々としていたと。

五木　堂々としていたね。「何が悪い」っていう感じだったね。

モラスキー　そうですね、大胆な存在でしたね。

五木　新しい日本婦人が出現したと、私たちはちょっとビビりました（笑）。

モラスキー　五木さんはエッセイ集でも書かれてますけれど、蔑まれる人たちへの視線の中には必ずといっていいほど、憧れや羨望といったアンビバレントな二面性があり、自分が憧れてることに気付いたらなおさら蔑視したくなると、自分に対する戒めとして。

五木　そういう複雑なコンプレックスがあるんですよね。

モラスキー　そのような心情は不変だと思います。ヨーロッパのいわゆる「ジプシー」のような少数民族など、社会の主流から外部に追いやられてしまうさまざまな立場の人に対して、そういった視線が向けられるという意味で共通しているのかなという気がします。

五木　1950年代のジャズメンというか、演奏する人たちは服装を見たらすぐ分かりました。

モラスキー　何か特徴があったのですか。

五木　上衣の袖が長い。トランペットを吹くにしてもベースを弾くにしても腕が上がるでしょ。そうするとやっぱりずり上がってきますよね。だから袖が長め。それからベーシストは必ずすごい時計をはめてるんですよ。演奏のとき、キラリとその時計が見えるんですね。

モラスキー　なるほど。

五木　そういうことを知っているという意味で私たちはとてもラッキーでした。生身の人間が演奏してるジャズを聴きながらやってきましたから。あとジャズも興行になってくるとやっぱりビジネス、政治が絡んできて大変になってきますね。

モラスキー　そうですね。

野坂昭如とのコントラストと共通点

モラスキー　『さらばモスクワ愚連隊』では、日本のジャズバンドをソ連で演奏させようとして、その打ち合わせのために主人公の北見がモスクワに行くという展開でしたが、結局それが『老兵たちの合唱』という作品につながっているのでしょうか。

五木　私はプロモーターっていう人たちに関心があったんです。その当時の文化交流では最先端を行く人たちだったから。その行き着く先は、政治と経済の狭間をすり抜けながら最後は冷戦時の鉄のカーテンをこじ開けて「赤い呼び屋」と称された国際芸能プロモーターの神彰《じんあきら》みたいになるのですけどね。でも、まともな世界ではないという感じがありました。

モラスキー　なるほど。ところで個人的な興味なのですが、五木さんは今でも手書きで原稿を執筆されていますか？

五木　はい。もうずっと生原稿を書いてます。

モラスキー　ということは、例の3種類の文字でかき分けていらっしゃる。

五木　よくご存じですね。ちょっと右上がりとフラットのやつと右下がりっていうふうにかき分けています。

モラスキー　それがまた興味深くて。もう一つも個人的な感想ですが、私から見ると、文体とか物語の中身はまったく異なりますが、作家のスピリットとして野坂昭如《のさかあきゆき》さんとの共通点を勝手に感じているんです。文体はまったく違うのですが、お二人とも歌の世界を含めていろんな仕事をしてこられて混沌とした青春を送られています。そして現場主義者じゃないですか。ただ本をいっぱい読んで考えてきたタイプの頭でっかちじゃなくて、頭も切れるけれども実体験が豊富な上で書いてるっていうのを強く感じるんです。

五木　野坂と私とでね、『対論』っていう本を出しているんです。

モラスキー　存じ上げています。

五木　二人で1冊分の、ぶっちゃけた議論をしてるんですね。「対談」じゃなくて「対論」というタイトルを付けてますけれども、これはすごく面白い本です。対論をするときに、二人でタッグマッチみたいに役割を決めたんですね。俺は偽善をやるからあんたは偽悪をやれって。それで偽善と偽悪の両方をお互いに演じながら二人で論じ合った本です。

モラスキー　野坂さんにはお会いしたかったのですけどかないませんでした。

五木　野坂が亡くなったときは、私が弔辞を読みました。

モラスキー　そうでしたか。

五木　結局、戦友というか、お互いに対立者としてコントラストのある役割を演じつつね。彼は偽悪を演じて、あんなふうに乱暴な言葉づかいをしているけど、本当は良い人なんだよ、優しい人なんだよっていうのが野坂の役割で。

モラスキー　野坂さんはよく喧嘩して、あちらこちらで出入り禁止になってましたよね。

五木　私はいちおう礼儀正しくやってるけど本当は腹黒いっていう役割でね。野坂が亡くなったときには本当にガックリきました。彼と私とお互いに照明を照らし合ってるような部分がありましたから。

モラスキー　読者として勝手に想像すると、二人とも積極的に世の中に出ていろんな体験をしてみようとされていたように思えます。その体験を土台に作品を創造していこうっていう大胆な現場主義的な姿勢に共通点を見いだせるのではないかと。もちろん文体はまったく対極的だっていうのは分かりますが……。

五木　さて、懐かしい人たちも登場してまだまだお話ししたいところですが、今日はモラスキーさんとお話しできて本当に楽しい時間を過ごしました。ありがとうございました。

モラスキー　こちらこそ、とても充実した時間を過ごせました。ありがとうございました。

――「対談解説」了――

＊この対談は２０２３年１月に行われました。

マイク・モラスキー

早稲田大学国際教養学部教授、専門は日本文化研究・ジャズ研究。1956年（昭和31年）米国セントルイス生まれ。1976年に初来日。シカゴ大学大学院東アジア言語文明研究科博士課程修了（日本文学）。ミネソタ大学教授、一橋大学教授を経て現職。

主な著書は『戦後日本のジャズ文化』（岩波現代文庫、2006年サントリー学芸賞）、『呑めば、都―居酒屋の東京』、『ジャズ喫茶論―戦後の日本文化を歩く』（以上筑摩書房）、『日本の居酒屋文化―赤提灯の魅力を探る』（光文社新書）、『新版 占領の記憶 記憶の占領―戦後沖縄・日本とアメリカ』（鈴木直子［訳］、岩波現代文庫）、『ジャズピアノ（上下）―その歴史から聴き方まで』（岩波書店、2023年秋刊行予定）など、日本の戦後文化とジャズや居酒屋をテーマにした書籍を多数執筆。ジャズ・ピアニストとして演奏も行う。

おことわり

作品掲載にあたり、表記を一部、改めたところがあります。

作品に書かれている一部の名称や呼称については、現在では差別的で不適切とされるものもあります。編集にあたり最大限表現には配慮いたしましたが、過去の時代の歴史的考察の立場から、あえて掲載をさせていただきました。著者、出版社に差別の意図はまったくないことをご理解いただきたく、お願い申し上げます。

（編集部）

作品目録

さらばモスクワ愚連隊

【初出】
・1966年(昭和41年)6月、『小説現代』、講談社

【単行本】
・1967年(昭和42年)1月、講談社/第6回小説現代新人賞/第55回直木賞候補

【文庫本】
・1975年(昭和50年)11月、講談社文庫
・1979年(昭和54年)5月、角川文庫
・1982年(昭和57年)6月、新潮文庫
・1993年(平成5年)1月、『星のバザール ロシア小説自選集』内、集英社文庫

【収録作品集】
・1969年(昭和44年)9月、『現代作家代表作シリーズ8』内、講談社
・1969年(昭和44年)10月、『現代長編文学全集53』内、講談社
・1972年(昭和47年)10月、『五木寛之作品集1』内、文藝春秋
・1976年(昭和51年)5月、『筑摩現代文学大系92』内、筑摩書房
・1978年(昭和53年)4月、『小説現代新人賞全作品1』内、講談社
・1979年(昭和54年)10月、『五木寛之小説全集1』内、講談社
・1996年(平成8年)7月、『物語の森へ:全・中短篇ベストセレクション』内、東京書籍

・2002年（平成14年）8月、『新潮CD』内、新潮社

海を見ていたジョニー

【初出】
・1967年（昭和42年）4月、『小説現代』、講談社

【単行本】
・1967年（昭和42年）7月、講談社

【文庫本】
・1974年（昭和49年）5月、講談社文庫
・1981年（昭和56年）6月、新潮文庫
・2021年（令和3年）7月、新装版、講談社文庫

【収録作品集】
・1969年（昭和44年）、『現代作家代表作シリーズ 2』内、講談社
・1973年（昭和48年）10月、『五木寛之作品集 17』内、文藝春秋
・1980年（昭和55年）4月、『五木寛之小説全集 2』内、講談社
・1993年（平成5年）11月、『ふるさと文学館 17』内、ぎょうせい
・1996年（平成8年）7月、『物語の森へ：全・中短篇ベストセレクション』内、東京書籍

老兵たちの合唱

【初出】

・1968年(昭和43年)2月「男だけの世界 第二話」『中央公論』

【単行本】

・1968年(昭和43年)10月『男だけの世界』内、中央公論社

【文庫本】

・1970年(昭和45年)9月『男だけの世界』内、角川文庫

・1973年(昭和48年)6月『男だけの世界』内、中公文庫

【収録作品集】

・1969年(昭和44年)10月、『現代長編文学全集 第53』内、講談社

・1980年(昭和55年)1月、『五木寛之小説全集 7』内、講談社

われはうたへど

【初出】

・1969年(昭和44年)8月、『オール讀物』、文藝春秋

【単行本】

・1970年(昭和45年)3月、『涙の河をふり返れ』内、文藝春秋

【文庫本】
・1976年（昭和51年）6月、『涙の河をふり返れ』内、文春文庫
・2013年（平成25年）12月、『怨歌の誕生』内、双葉文庫
【収録作品集】
・1973年（昭和48年）3月、『五木寛之作品集6』内、文藝春秋
・1977年（昭和52年）10月、『五木寛之自選短編集』内、読売新聞社
・1980年（昭和55年）12月、『五木寛之小説全集14』内、講談社

帝国陸軍喇叭集

【初出】
・1970年（昭和45年）7月、『問題小説』、徳間書店
【単行本】
・1978年（昭和53年）10月、『浅の川暮色』内、文藝春秋
・1994年（平成6年）10月、『狼たちの伝説』内、光文社
【文庫本】
・1978年（昭和53年）12月、『スペインの墓標』内、文春文庫
・1985年（昭和60年）9月、『浅の川暮色』内、文春文庫
・2006年（平成18年）11月、『狼たちの伝説』内、光文社文庫

・２００９年（平成21年）８月、『風の柩』内、徳間文庫
【収録作品集】
・１９７３年（昭和48年）10月、『五木寛之作品集17』内、文藝春秋
・１９８１年（昭和56年）10月、『五木寛之小説全集24』内、講談社

暗いはしけ

【初出】
・１９６９年（昭和44年）10月、『小説現代』、講談社
【単行本】
・１９７１年（昭和46年）10月、『ヒットラーの遺産』内、講談社
【文庫本】
・１９７７年（昭和52年）７月、『ヒットラーの遺産』内、講談社文庫
【収録作品集】
・１９７３（昭和48年）２月、『五木寛之作品集５』内、文藝春秋
・１９８０年（昭和55年）12月、『五木寛之小説全集14』内、講談社
・１９８９年（平成元年）10月、『哀愁のパルティータ―南欧小説集―』内、集英社文庫
・１９９６年（平成８年）９月、CD book『五木寛之クラシック小説集３』内、小学館

著者略歴

五木寛之（いつき ひろゆき）

1932年（昭和7年）9月福岡県生まれ。

生後まもなく朝鮮半島に渡り幼少期を送る。

戦後、北朝鮮平壌より引揚げ。52年早稲田大学ロシア文学科入学。57年中退後、PR誌編集者、作詞家、ルポライターなどを経て、66年『さらば モスクワ愚連隊』で第6回小説現代新人賞、67年『蒼ざめた馬を見よ』で第56回直木賞、76年『青春の門』（筑豊篇ほか）で第10回吉川英治文学賞を受賞。

2002年、第50回菊池寛賞、09年にNHK放送文化賞、10年に『親鸞』で第64回毎日出版文化賞特別賞を受賞。

著書は『朱鷺の墓』『戒厳令の夜』『風の王国』『蓮如』『風に吹かれて』『大河の一滴』など多数。翻訳にリチャード・バック『かもめのジョナサン』、ブルック・ニューマン『リトルターン』など。

撮影（対談）：若林直樹

カバーイラスト：ナガノチサト

対談協力：地蔵重樹

編集協力：菅原ひろみ

編集：末廣裕美子、植草武士

五《いつ》木《き》寛《ひろ》之《ゆき》セレクション Ⅱ《に》

音《おん》楽《がく》小《しょう》説《せつ》名《めい》作《さく》集《しゅう》

2023年4月18日　第1刷発行

著者　五木寛之

発行者　渡辺能理夫

発行所　東京書籍株式会社

〒114-8524
東京都北区堀船2-17-1
03-5390-7531（営業）／
03-5390-7455（編集）
https://www.tokyo-shoseki.co.jp

印刷・製本　図書印刷株式会社

ISBN 978-4-487-81449-7 C0393 NDC913.6